U0466722

刘先平大自然文学文集典藏
千鸟谷追踪

刘先平 ◎ 著

刘先平
大自然文学
文集典藏

2001年，在安徽黄山考察。

刘先平，1938年11月生于安徽省肥东县长临河西边湖村。父母早逝。12岁离家到三河镇当学徒，后在大哥刘先紫的帮助下脱离学徒生活。求学道路坎坷，依靠人民助学金完成学业。1957年毕业于合肥一中。1961年毕业于浙江大学中文系。在合肥师专、合肥六中等校任教师。1972年之后，在安徽省文联任文学刊物编辑、主编。

1957年开始发表作品，先是诗歌、散文，后涉足美学。1963年，因一篇评论再次受到批判，停笔。20世纪70年代中期，跟随野生动物科学考察队野外考察数年。1978年，响应大自然召唤，重新拾起笔来，致力于大自然文学创作与思考……

他被誉为我国"当代大自然文学之父"。

他曾经两次横穿中国，从南北两线走进帕米尔高原。

他曾经三次穿越塔克拉玛干大沙漠，四次探险怒江大峡谷。

他曾经六上青藏高原，多年跋涉在横断山脉。

他曾经两赴西沙群岛，在大自然中凿空探险40多年。

他的代表作有四部描写在野生动物世界探险的长篇小说和几十部大自然探险奇遇故事。

他的作品共荣获国家奖九项（次）。其中有三届中宣部精神文明建设"五个一工程"奖、三届全国优秀儿童文学奖……

2010年，安徽省人民政府建立并授牌"刘先平大自然文学工作室"。

他2010年获国际安徒生奖提名。

他2011年、2012年连续两年被列为林格伦文学奖候选人。

他2018年获首届中国自然好书奖。

他2019年获第三届比安基国际文学奖。

他历任安徽省人民政府参事、安徽省政协常委和人口与资源环境委员会副主任、安徽省作家协会常务副主席、中国野生动物保护协会理事。现为中国作家协会名誉委员。1992年，国务院授予其"突出贡献专家"称号。享受国务院政府津贴。

刘先平大自然文学文集典藏

千鸟谷追踪

刘先平 ◎ 著

时代出版传媒股份有限公司
安徽文艺出版社

图书在版编目（CIP）数据

千鸟谷追踪/刘先平著.--合肥：安徽文艺出版社，2021.6
（刘先平大自然文学文集典藏）
ISBN 978-7-5396-7155-0

Ⅰ．①千… Ⅱ．①刘… Ⅲ．①长篇小说－中国－当代 Ⅳ．①I247.5

中国版本图书馆CIP数据核字（2021）第023361号

出 版 人：段晓静
策　　划：朱寒冬　姚 巍　　统　筹：宋晓津　张妍妍
责任编辑：张妍妍　柯 谐　　装帧设计：张诚鑫

....

出版发行：时代出版传媒股份有限公司　www.press-mart.com
　　　　　安徽文艺出版社　　www.awpub.com
地　　址：合肥市翡翠路1118号　　邮政编码：230071
营 销 部：(0551)63533889
印　　制：三河市华东印刷有限公司　(010)61594404

....

开本：700×1000　1/16　印张：20　字数：300千字
版次：2021年6月第1版
印次：2022年1月第1次印刷
定价：1200.00(精装，全15册)

....

（如发现印装质量问题，影响阅读，请与出版社联系调换）

版权所有，侵权必究

卷首语

  我在大自然中跋涉四十多年,写了几十部作品,其实只是在做一件事:呼唤生态道德——在面临生态危机的世界,展现大自然和生命的壮美。因为只有生态道德才是维系人与自然血脉相连的纽带。我坚信,只有人们以生态道德修身济国,人与自然和谐之花才会遍地开放。

——刘先平

序

呼唤生态道德

生态道德的缺失，造成了我们生存环境的危机。

感谢大自然！在山野跋涉的三十多年中，大自然给予了我最生动、深刻的生态道德教育，因而无论是我的描写在大熊猫、相思鸟世界探险的长篇小说，还是在野生动植物世界探险的奇遇，都是努力宣扬生态道德的伟大，呼唤生态道德在人们心间生根、发芽。

环境危机重压着世界已是不争的事实，人们都在纷纷追究其原因，并寻找济世的良方。环境危机实际上是生态危机。

建设生态文明，中国为世界树立了榜样，具有划时代的意义。生态文明的建设，必然呼唤生态法律的完善、生态道德的树立，从根本上消解环境危机，保护、营造良好的生态。

法律和道德是一切文明的两大支柱，也是人类文明的标志。几千年来，我们已有了处理人与人之间、人与社会之间关系的行为规范、法律法规、道德准则，却根本没有处理人与自然关系的行为规范。按《辞海》(1979年版)中"道德"的释文："道德是一定社会调节人们之间以及个人和社会之间的关系的行为规范的总和。"这足以证明：人与自然之间的关系根本未被纳入"道德"的范畴，缺失了生态道德；或者说，生态道德在这之前，根本没有进入我们的观念。这是认识的失误。

"生态"一词的出现,至今不过二百来年的历史,而生态与人、与生存环境的紧密关联,在时间上则是更近的事情。这也从另一个侧面反映了人类在认识自然、认识人与自然、认识人与环境方面的重大失误,更加说明了树立生态道德的紧迫和重要!如果不能在全社会牢固地树立生态道德的观念,就无法建设生态文明和人与自然和谐的社会。

正是生态道德的缺失,成了产生环境危机的重要原因。长期以来,我们在处理人与自然关系方面,根本没有建立系统的行为规范、树立道德,法律也严重滞后;因而对大自然进行了无情的掠夺,无视其他生命的权利,任意倾倒垃圾,没有预后评估、监测地滥用科技,造成了环境污染、资源枯竭、生态失去平衡,以致受到大自然的严厉惩罚,直到危及人类本身的生存,才迫使人类重新审视与自然的关系,规范人与自然关系的法律和生态道德才得以突显。强调生态道德,在于强调、突出它比之于其他道德的鲜明特点——人与自然的关系。我们急需建立对于自然应具有的行为规范,以调节人与自然之间的关系,消解环境危机,建设人与自然的和谐。这是时代向我们提出的重大命题。

比较而言,树立生态道德比制定、完善生态法律,有着更为艰巨的一面。法律是"由立法机关或国家机关制定,国家政权保证执行的行为规则的总和",而道德是公民应具有的修养、品质,带有自觉或自我的约束。当然,对法律的遵守,也是修养和道德的表现。法律可以明令从哪一天开始执行或终止,但同样的方法并不适用于道德。比如某一行为并不违背法律,但违背了道德。这大约也就是媒体纷纷设立"道德法庭"的原因。生态道德在全社会的树立,是个艰难而长期的任务,需要启蒙和培养的过程,对一个人说来甚至是终生的,需要全体公民的参与和努力。

三十多年来在大自然的考察,七十多年的人生经历,使我逐渐深刻地认识到树立生态道德的重要、紧迫。三十多年前我所描写的青山绿水,现在已有不少面目全非。大片原始森林被砍伐了,很多小溪小河都已退化或干涸,有些物种消亡了……

记得1981年第一次到西部去,云南的滇池,四川的岷江、大渡河、若尔盖湿地……美丽而壮阔的景象,使我心潮澎湃。滇池早已污染、水臭。2007年10月,再去川西,所经岷江、大渡河流域,到处在建水电站,层层拦江垒坝。在一个山村水电站工地,村民忧心忡忡地诉说:大坝建成后,村前的小河将干涸,到哪去找吃的水啊?!这种只顾眼前的利益,无序、愚蠢的"改造自然",对整个生态系统的破坏已有显示。我国最大的高寒泥炭沼泽湿地若尔盖,泥炭层最深达9米,它在雨季吸水,干季溢水,1千克干泥炭可吸蓄8—12千克的水。它是黄河上游的蓄水库,蓄水量相当于三个葛洲坝。枯水季节,黄河水的30%(一说40%)是由这里补给的。但在20世纪曾挖沟沥水采掘泥炭。现在湿地已大面积退化为草原,沙化、鼠害严重。最发人深省的是,在这里拍摄红军战士过草地时,竟然无法找到深陷的沼泽,只好人工制造。黄河屡屡断流,当然不足为怪了!

水是生命的源泉。水的污染给整个生物链带来的是灾难性的影响,使人类的健康、生命处于极不安全的状态。中国五大淡水湖是长江中下游湖泊群的代表,是中国人口最为密集地区的生命线,号称"鱼米之乡"。但只经历了短短的二十多年,其中的太湖、巢湖,已是一湖臭水,根本无法饮用。其他的也都面临着湖面缩小、污染等生态恶化。在经济发达的长三角、珠三角,水污染更是触目惊心。

大自然养育了人类,可我们缺失了感恩,缺失了对其他生命的尊重,妄自尊大,胡作非为。当人类对自然缺失了道德时,自然也会还之以十倍的惩罚!

我曾立志要为祖国秀丽的山河谱写壮美的诗篇,但只是短短的二三十年,我所描写的山川河流不少都已是"历史""老照片"。

我曾冒着种种的危险和艰难,在野生动植物世界探险,无论是描写滇金丝猴、梅花鹿、黑叶猴还是红树林、大树杜鹃,都是为了歌颂生命的美丽,但是总也避免不了生命的悲壮——它们在人类的猎杀、砍伐、压迫下苦苦挣扎。即如每年要进行一次宏伟生育大迁徙的藏羚羊，或是给人类带来福祉的麝，或是山野中呼唤爱的黑麂……都无可避免地遭受着厄运。它们生存的空间，正被人类蚕食、掠夺。

这使我无限忧伤、愤怒，更加努力地呼唤生态道德的树立，也更寄希望于孩子。

正是大自然的生存状态，激起了我决心在一些作品之后写下后记，为过去，为未来，立此存照。

三十多年来，大自然以真挚、纯朴、无比的热情，接纳了我这个跋涉者，倾诉、抚慰……结下了深厚的友谊。

热爱生命，尊重生命，热爱自然，保护自然，保护环境，应是生态道德最基本的范畴。

我们来自自然，与自然有着血肉相联的关系。人类初期对自然是顶礼膜拜的。很多的部落，将动物的形象作为图腾。我们的祖先，对人和自然关系的认识，曾有过很多智慧的表述，如"天人合一"、盘古开天地的创世纪之说等等，至今仍是经典。

从世界教育史考察，对自然的认识，一直是教育的最基本、最经典的内容，讲述天体气象、山川河流、森林、环境和资源等等。以人类生存的环境、人类在自然中的位置作为人生的启蒙，在孩子们幼小的心灵中培植对生命的热爱、对自然的感恩。但这种优良的传统，随着人类社会、经济，尤其是科学技术的发展，逐渐淡化或消失。城市钢筋水泥的建筑，活生生地切断了孩子们与自然的联系。现在城里的孩子不知稻、麦为何物已不是怪事，甚至连看到蚂蚁也发出了惊呼。缺失生态道德的社会、科学技术的发展，不仅使自然失去了自然，更为可怕的是使孩子们失去了自然。

我希望用大自然探险奇遇，还给孩子一个真实的大自然世界，激活人类曾有的记忆,接通与大自然相连的血脉,接受生态道德的洗礼、启蒙,同时,启迪智慧的成长。大自然是人类的母亲,请千万不要忘记,大自然也是知识之源,正是在人类不断探索自然的奥秘中,科学技术才发展到辉煌灿烂。即使到今天,生命起源仍是最艰难的课题。

  道德是一个人的品质、修养、不朽的精神。道德力量的伟大,犹如日月星辰。我一直坚信,只有人们以生态道德修身济国,人与自然和谐之花才会遍地开放。

2008 年 4 月 2 日

目　　录

卷首语 / 001

序　呼唤生态道德 / 002

一　弯弯蛾眉，一只金光灿灿的鸟 / 001

二　龙龙自己的故事：一窝鸟为啥三黄一黑？ / 010

三　相思鸟和八音鸟……鸟类王国在召唤 / 018

四　一上眉毛峰，小探险家沿琴溪寻找 / 032

五　再探琴溪，寻找通向鸟类王国的道路 / 043

六　在野人岭上，突然遭到奇袭 / 054

七　粉眼红肋，不知它带来的是福是祸 / 065

八　三勇士野餐，发现一片新世界 / 076

九　新发现：响尾鸟飞到了橘林 / 087

十　站在凤尾岩，千鸟谷尽收眼底 / 100

十一　搜索信号，箭猪表演奇特的战术 / 115

十二　漂泊，相思鸟向何处漂泊 / 129

十三　落霞湖畔，水中精灵起舞 / 141

十四　深夜，林中传来吓人的叫声 / 154

十五　网，捕鸟的网张在高山上 / 177

十六　森林中的黑雾,危险的猎雕生涯 / 188

十七　鸟也沐浴,猛禽为何在高空集结? / 203

十八　相思鸟启程,漫长的流浪生活开始 / 216

十九　主旋律消失,也许存在鸟王 / 230

二十　相思鸟的群体结构,是母系社会吗? / 242

二十一　迷惘,鸟羽彩色图案的密码 / 255

二十二　进退赤沙冈,雾中遭遇龟板豹 / 267

二十三　高山草海,猴面鹰发起凌厉攻击 / 283

二十四　等待,等待大自然的回答 / 298

后记 / 304

附录　刘先平四十多年大自然考察、探险主要经历 / 305

一 弯弯蛾眉,一只金光灿灿的鸟

一股金色的喷泉,从松林苍碧的树冠上喷出,射向蓝晶晶的天空,飞进穿过山口洒来的阳光……

啊,金翅鸟!令人眼花缭乱的金翅鸟!

望着这鸟群,李龙龙惊呆了。

鸟群在阳光照射下,闪烁着万点金光,忽而像一片花海,忽而似一抹云霞,美极了!

李龙龙觉得身子突然轻飘起来,振翅展翼似的放开脚步,奋起疾追鸟群,卷起一阵旋风。

鸟群飞越黔溪,又掠过橘林上空,在笼罩着淡淡晨雾的盆地上空,兜了一个圈子,才骤然流星似的向湛蓝的天幕坠去……

李龙龙的心也一下空了,怏怏不乐地转过身来,向黔溪中学走去。

李龙龙的家原在庐城,他是乘着搬家的汽车来到这里的。汽车在皖南的山区里转来转去,最后停在一个名叫仙源的深山小镇上。这里到处是山峦,到处是林海,眼前野花斑斓,耳畔鸟语不断。这正是李龙龙很久以来就心驰神往的地方啊!一切都是新鲜的,他感到自己很幸福。昨天晚上,他见到了黔溪中学初一(2)班的班主任王黎民老师。这位年轻的女教师热情地告诉他:"入学手续已经办妥,你明天来上课吧。我把你的名字写了个纸条,贴在你的座位上了。"

李龙龙就要在新的学校读书了。这儿的老师和同学虽然都是陌生的,但他没有感到紧张。他的身体特别健壮,属于"人高马大"的类型。同他的体格一样,他的性情也十分开朗,心宽气爽,无所畏惧。

他一点也不怯生,大步走进了校门。

他昂着头,甩着膀子跨进了初一(2)班教室。在课桌上找到贴有自己名字的座位,坐了下来。但他万万没有想到,他这张课桌立即成了无数视线的焦点,就像这里坐了两头大熊猫——这时,他才注意到和他同课桌的一位小个子同学,已先坐在那里。

淘气鬼们望着他俩先是扯眼吊线,挤鼻子歪嘴,再是像灌木丛中山雀聒噪,一片杂乱的叽叽喳喳:"喂,瞧哇!曲艺团真会逗乐,派了两个小相声演员到咱们班留学了。"

龙龙以为褂子穿反了,左瞧右看也没发现什么不正常,随即轮流把淘气包们一个个扫视了一遍。人熟地熟的淘气包们哪把这种示威放在眼里。

"嘻嘻,一个是小牤牛,一个是大跳蚤……哎哟哟,亲妈耶,咱肚子上肿起一块大包。"

"别哭,伢子耶,咱来给你揉揉。"

"不能揉,揉破了不得了……咯咯咯……"那个小胖子躲着、护着胳肢窝。

李龙龙示威似的摇了摇宽宽的肩膀,也没能镇住那些调皮捣蛋的,眼看那咻咻的窃笑声(还有几声又尖又细的女声伴笑哩)就要酿成轩然大波时,李龙龙同桌的那个小同学不动声色、低声细语,但又字字清楚地说了句:

"那里装的都是灶马尿——笑尿。"

谁都懂得这句歇后语的含意。据说只要给正在痛哭流涕的人灌两口灶马(蟋蟀科昆虫)尿,那人能立即破涕为笑。越是想忍住,越是笑得厉害。谁愿意是喝了灶马尿来上学的?这句话像一服止笑剂,教室立即安静下来。要不然,正一脚跨进教室的班主任王老师,也会闹个大红脸的。

然而,到了学生下课起立时,连矜持的王老师,看着自己安排到一个座位上的两位学生,也忍不住笑了起来——

穿一件咖啡色夹克衫的潇洒的大个子李龙龙,额头两边像牛犊小犄角要冒桃,当地人称"碴拐头",再配一副鹰翅眉、大眼睛、高鼻头、阔嘴巴……全身洋溢出一股粗犷、豪爽劲儿。他要往少年摔跤队里一站,连教练也会多看他几眼。

比李龙龙矮大半个头的刘早早,穿了件旧学生装,身材像破土不久的杉树苗,单单薄薄。他那乌黑的头发,细细的眉毛,戴着近视眼镜的小眼睛,还有他说话低声细气、走路文质彬彬的样子,使他显得格外小巧玲珑。

把这两个人排在一张课桌上,难怪淘气鬼们说他俩是说相声的了。

王老师也感到:这样两位外表、内质差别极大的学生,大约很难合得来。她是暑期才从师范专科学校毕业,和这些刚离开小学、考入初中的学生一道进入新学校的。排座位表时,她什么也没有想,只是觉得两个学生的名字有相同的构造……一星期没结束,王老师发现自己又错了。看来,排座位也是一门艺术哩。

淘气鬼开始起哄时,李龙龙有些莫名其妙,在讪笑声中,他以为是老师有心照顾这个瘦小的同学——五十几个小把戏挤在一间教室,难保没人欺侮他(这不已经开始作弄人了),这时,魁魁梧梧的李龙龙是当然的保护人。这使他有点自豪。谁知邻座轻言慢语的一句话,就使对方偃旗息鼓、全军覆没,这使他仔仔细细地注视着早早了;再听他口音是本地人,更是喜上眉梢,心里乐得痒痒的。

孩子们有自己的世界。在李龙龙的童年世界中,他和小鸟结下了不解之缘。先是爬高掏窝捉小鸟,随着年龄的增长又操起了弹弓和气枪。不过,生活在几十万人口的城市里,由于环境污染日益严重,生态平衡遭到破坏,对他的爱好不能说不是一个打击。别说见不到他知道的犀鸟(雌鸟在树洞内孵小鸟,雄鸟用泥巴糊得只留个小洞喂食,这是最好的捕捉时机)、导蜜鸟(跟着它就能找到野蜜)、建巢专家纺织鸟、太阳鸟(它们的羽毛曾被当作货币使用)、能抓起羊的鸟,更别说无法看到他心目中最俊美、出产在本省紫云山的相思鸟了。

那是在一次偶然的相遇中,一位叔叔给他快要枯竭的爱好注入了甜美的清泉,李龙龙更爱鸟类世界了。当他考取初中还未上学时,他就随着父母工作的调动来到了仙源镇。龙龙乐得一蹦三尺高——仙源就在著名的紫云山区啊!这意味着他即将看到栖息在大山中几百种奇特珍贵的鸟,几十种稀奇古怪的野兽,特别是那俊美的、嘴儿像一颗南国红豆的相思鸟。

紫云山区是著名的风景胜地,大多数人都只知道已开展旅游事业的温泉一带。其实,那只是偌大的紫云山区东侧的一小片天地。险峻的山峰、茫茫的云海、无边的森林,深藏着奇异喧嚣的动物世界、绚丽多彩的植物海洋,古往今来吸引了无数的探险家来这里跋涉。据历史记载,它曾是我们祖先黄帝采药的大山。

在神秘莫测的紫云山怀抱里,有一个较大的盆地,仙源就坐落在中央。它本身就是自然、历史文化留给后人的一份珍贵的遗产:居民们至今所居住的房屋,大多仍是数百年前明代、清代的建筑,方言口语中依然保留着大量的古汉语词汇。这大约和它特殊的自然环境有关。

过去要进入这块盆地,只有一条沿着溪水岸边的险峻小道。

不知哪年,有人凿开了大崖,才有了石门,这片土地才不断为世人所知。相传陶渊明有位叔父在这里当县令,寄居叔父家的岁月,他来过仙源,《桃花源记》当然就是他的一篇杰出的游记。不信吗?只要迈步跨进石门,眼前的景色即《桃花源记》的写照。

奇妙在一条大溪——黟溪蜿蜒于盆地,从每家每户的门前或院内穿过,又灌溉着田园。

这条神奇的黟溪是从背后的天平杠飞流而下的,收集了四周峰峦的秀丽、幽谷的清香,于是这块盆地春弥杏花雾、桃花雨,夏呈枇杷、樱桃,秋天百果飘香。

仙源又是著名的花茶产地,家家庭院摆满了黄泥花盆,珠兰、木兰、茉莉的芬芳笼罩着小镇,难怪人称仙源是金黄红艳的果、碧绿溢香的茶、五彩缤纷的花。

那么,就要对黟溪追根求源了。天平杠很有些来历,它并不见得奇高,海拔只一千多米。它的奇特在山体——游龙拱卧的天平杠,俨然是块硕大无朋的黛色巨石,磅礴雄伟。不知哪朝哪代的秀才,被它触发了灵感,在石上刻下"大块文章"四个大字。

四季云海的波耘涛耕,风雪惊雷的催动,巨石上竟然萌生出绿芽,生长出坚忍倔强的紫云松来。有资格称上紫云松的,虽都低不盈寸、高不盈丈,然而短鬃的松针,还是织成了如云如盖的绿冠,繁衍起生命的大树!

天平杠一石为界,将涓涓滴水分流。向南流出的到了仙源,细水已成有波有澜的黟溪。黟溪傍着眉毛峰脚绕了个弓背,从齐云山下兜了一圈——经过千重山万重壑的哺育,它成了新安江,留给富春一江山水诗画,又冲进了卷雪连天的钱江潮……远的不说,就近而言,这条灵秀的山河,陶冶了一代艺术大师,这就是美术史上著名的"新安画派",而且砖雕、木雕、石雕都独树一帜,更有令医学界侧目的"新安医派"……凡此种种,不一而足。

天平杠北坡的一支溪水却是另一性格。它没在云里雾里穿行多远,在峡谷中长啸一声,舒开了腰肢,汇成了泱泱大湖,留下一面镜子给青山白云,然后才抽出一条青弋江,流流连连地向长江走去。大诗人李白曾在这条江上留下无数灿烂的诗篇。直到现今,桃花潭上的六角塔还屹立在江边。(李白:"桃花潭水深千尺,不及汪伦送我情。")

天平杠西侧的溪流,成了阊江源。阊江向西径流,直达我国第一大淡水湖——鄱阳湖!

这座举世无双的天平杠,竟然成了三方的山水风物!

"文化大革命"结束之后,开始了大规模的四化建设,仙源是规划中开发、建设紫云山,播撒现代文明科学的基地。

这样神秘的紫云山还能不使龙龙向往?又怎能不使他怀揣种种愿望?谁知好运天降,他随着父母工作的调动,突然成了紫云山的居民。嗨!这也是他的立脚的"基地"啊!他将去这片陌生的山区领略奇风异景,探寻珍禽异兽!他懂得友谊的可贵,刘早早的表现,已使龙龙产生了一种特殊的感情。

仙源镇不大,放晚学时,李龙龙就跟着刘早早去认家门。刘早早家在镇外花圃那边,和这里大多数的老式房子一样,前有院后有园。终年潺潺不息的流水,经石砌的渠道从门前流过。还未进门楼,耳边就传来一阵悠扬婉转的鸟鸣。

李龙龙的神情为之一振,他屏声息气地站住倾听,直到那串卷舌颤音滑了一段花腔戛然而止,他才穿过堂屋,跨进后园。

他看见高高的玉兰树下挂着精致的鸟笼,一只金光灿灿的鸟,在笼内矫健地跳动着。龙龙从来没有见过这样美的鸟,特别是那丁香花似的白眼圈、一双弯弯的蛾眉。

"什么鸟?"他问跟在身边的刘早早。

"认不出?"

龙龙摇了摇头。

"摇头不值价,先思摸思摸,再仔细观察观察它的眉眼:雪白的、银菊瓣的、月牙儿似的……"

龙龙心里一亮,乐了:"画眉!一定是!"

又粗又响的嗓门,吓得鸟在笼中腾腾跳。

"对了,它是鹛类王国中大名鼎鼎的国王哩。外国人称咱们是'鹛类王国'，因为这类鸟在世界有两百多种，咱们国家就占了一百多种。但这还不算稀奇，有味道的事在后面哩！女演员化装时都要画眉毛，你没见过谁立意要画个生姜眉、豆瓣片吧……对，是依着它的眉毛描的哩！也是这样月牙弯弯的，美得连人都向它学哩！"

开学的第一天，龙龙就听说刘早早有一个外号，叫"小百科"。现在，听早早有根有据地大谈画眉鸟，龙龙更佩服得五体投地，忙问："你养的？"

"咱有这样的能耐？会下蛋、趴窝、孵鸟？"

"哈哈哈……"龙龙笑得眼水往外淌，"真逗，该问是不是你喂的。"

"去年在刺棵丛里抓来的。老鸟衔草理窝时，咱就瞅准了。你猜它下的蛋是什么颜色？"

"你这样问，说明它不会像鸡蛋、鸭蛋壳儿那个色。"龙龙从他那灵秀的眼里发现了端倪。

"玉蓝玉蓝的，晶莹透亮。见过雨后乍晴的天吧？就是那个色儿。"

他见龙龙张着个大嘴只有听的份儿，高兴得眸子里好像有一对黑天鹅直拍翅膀！

"这只不算拔尖。咱幺叔讲，金色的羽毛有点泛红才珍贵。这一只嘴丫子生小了，唱得差一些。不过，幺叔教了个窍门，选择锋利的石片放在笼里，让它磨嘴丫。"

"哦？"

"它的嘴丫爱长黄，长多了，就像笛子吹口长了个疙瘩，不好听。磨平了，声音才嘹亮，调儿多变。开头咱不信，后来在山上看到画眉真的在树上歪头扭颈磨嘴丫，听说，它也能学人讲话哩！你别又摇头，其实，能学舌的不止鹦鹉，还有鹩哥、八哥……就像咱妈要杀鸡，先在缸沿上蹭几下刀……你看，它为你表演'磨'术了……"

"哈！真的，它左一撇右一撇地在石片上磨，太妙了。太珍贵了！"

"这就叫'太妙了''太珍贵了'？你真舍得用形容词。画眉在咱这里遍地都有，不稀罕。"早早微微地晃了晃脑袋，"对咱这儿奇特的鸟，形容词原本就不够用，你还不省着点。"

"真的？"龙龙的鹰翅眉一展。

"紫云山珍奇的鸟多哩！白色的鹇鸟，红色的红嘴玉，紫色的鸟精，黄色的鹂莺，长胡子的一枝花，蓝翎子的石青。还有，上次报上登了一张鹰身猴面鸟的照片，说是在全世界都稀有。么叔来了，咱给他看报，他说咱们的紫云山也有。它又凶又狠，敢找老豹子干仗，奇吧？埃及金字塔有狮身人面像，咱们有鹰身猴面鸟……有位科学家说过，咱紫云山简直是个鸟类王国！"

龙龙听得心花怒放。没想到，这个不起眼的早早，对鸟类这样懂行。他又问："你也喜欢研究鸟？"

早早抬起了眼，看着深邃的天空："谈不上研究，只不过喜欢观察鸟类。"

"哟！你还挺谦虚哩！"

早早的眼神，仍然沉浸在天空："真的，咱只是喜欢。它们生得五颜六色的，把各式各样的色彩配搭得匀称透了。停在枝子上，是绿树上的花；张开翅膀飞，是会飞的花……"

"对，一点不假，是会飞的花，开放在天空里的鲜花。"龙龙拍起了巴掌——他想起了突然飞进阳光下的金翅鸟群，但早晨看到时，只觉得很美，却没有找到恰当的比喻。

"鸟儿要是亮起嗓子，合唱团、小乐队听了都得叹气。早晨、傍晚在山坡的舞台上，鸟叫得特别欢：轻音乐、进行曲、圆舞曲……要是把这些都录下来，肯定能编一部《鸟类音乐集》！多有意思！音乐家不是也能参考参考吗？鸟类学家说过：鸟是大自然的歌手，没有鸟鸣，大自然就成了哑巴；鸟是大自然的花朵，没有鸟飞，天空就没有了色彩！"

龙龙激动得鹰翅眉一跳一跳地说："走，到我家去。我拿样东西给你看。"

也不管早早愿不愿意,龙龙拉起他就跑。到了家,龙龙才松开早早的手,把书包一甩,从墙上摘下一支乌亮亮的气枪,往早早手里一塞:"给!这支枪的使用权,归咱俩了。咱俩一道研究鸟……"想起早早刚才说话用词,改了口,"观察,是观察鸟。这就说定了!"

从上小学起,在漫长的四年时间里,龙龙不买一粒糖果,不买一支冰棒,把一枚枚硬币攒起来。后来终于感动了爸爸,给他买回一支崭新的气枪。平时,他宝贝得连妈妈也不许摸,今天,他连想都没有想,就毅然做出了决定。

早早看了看枪,又耷拉下眼皮默默地递还给他。龙龙的心往下一沉,声音中有着沮丧:"你?"

"……"

"说呀!你刚才还一说一大串,说得咱心都快跳出喉咙,现在为啥不开口,成了哑巴?"

"咱俩爱的不一样。"

"你爱鸟,我也爱鸟,咋会不一样?"

"你是爱打鸟。咱是爱看鸟……"

"哎呀!这有啥不一样?"

"咱正躲在树丛后有滋有味地听它唱歌,欣赏它美丽的羽毛,可你啪一枪射去……"

"嗯哼!吓我一跳。原来说的是这码事。"龙龙悠悠晃晃的心定了,又兴高采烈地扯着大喉咙,"你说得也有理,不过那是过去的事!现在,对鸟,咱俩爱得一样。我说一样就一样。"

早早盯住他的脸,眼睛里是那对黑天鹅正瞅着他,像是在问:吹牛,还是真话?

龙龙挺得意,把板凳嗒嗒地拉到挨靠早早坐下,说:"你别急,听我给你讲个故事,是讲我自己的……"

二 龙龙自己的故事：一窝鸟为啥三黄一黑？

龙龙自己的故事：

去年七月一个星期日的早晨，龙龙扛着气枪乘车来到十五里外的蜀山。蜀山虽不大，但庐城四周也就这么一座绿山。

今天运气不坏，没一小会儿，龙龙的挎包里已装了五只小鸟。

碧绿的树冠上，飞着一只黄鸟。龙龙做好了举枪准备，黄鸟却一收翅，停在树枝上。它正在射程以内，可是树枝挡着弹道。

他和这种鸟儿还有着一段瓜葛。记得，幼儿园院内的树上有过这种鸟。他曾用手指绷住橡皮筋，拿纸弹射过它。它睬都不睬，还嘲弄似的叫起来，叫得小朋友们停下堆积木，支起耳朵听。龙龙又射去一个纸弹，鸟却叫得更响。小朋友们乐了，一边为小鸟叫好，一边用手指刮着脸蛋羞他……他心里很不服气。老师这才发现他溜出了教室……他把憋在心里的怒气，一股脑儿都记到黄鸟身上，总想打它一只下来，总也未能如愿。

后来人长大了，这事还没有忘记。今天，他又看到这种鸟了，心中不免高兴起来。

扑哧！龙龙一扣扳机，黄鸟扑扑膀子飘落下来……

一阵尖叽叽的叫声，让龙龙眼瞪得像蛤蟆——树枝间有个鸟窝哩！

龙龙三爬两蹿上了树，才发现那个高杯子样的鸟窝，吊在细枝子上。想掏，摸不到；想走，又不甘心。看看上面有根粗枝，他决定爬到那里再想法子。

能捉到这样的小鸟喂大,保准好玩。

从上面往下一看,龙龙乐得咧开嘴笑出声:大口深杯样的窝里,攒动着四只毛茸茸的幼鸟。只要一晃动枝叶,它们就张着肉色的嘴嗷嗷叫。奇怪,中间有只长了黑毛,在三只黄茸茸的小鸟中格外显眼。这是咋回事?他试着伸腿去踩下面树枝上的鸟窝……

"喂!下来!"

一声严厉的叫喊,吓得他缩回了腿。树下站着一位背枪的青年,仰起的黑脸拉得老长。

龙龙也火了:"你管得着吗?树上又没结桃子、苹果!"

"知道吗?这儿有鸟窝。"

"咦哟!你也是看中了这个。它又不是你家的,是我先看到的。"

"要说谁先发现归谁,倒是我在你头里!"

"你想讹哪个?拿出证据来。"

"窝里有三只黄毛鸟,一只黑褐色鸟,共四只。我还知道怎么有了只黑褐色鸟。"他仰着脖子,嘴角上挂着一丝刺人的笑意。

龙龙既不服气,又窝火:"你瞎猜的,糊弄我?没门。有本事你上来吧。"说着伸下一条腿,准备去蹬翻鸟窝。

黑瘦的大个子哗啦一声举起枪:"滚下来!"

龙龙吓蒙了。他退回几步抱起胳膊,往树干上一靠,歪头犟颈子嚷着:"够胆子的放枪吧!地不是你开的,树不是你栽的,我就不下来。……喂,你怎么不开枪呀?"

大个子松了口气,脸色也温和一些,大步向靠在树根的气枪走去:"好吧!你就待在上面乘风凉,我要没收气枪了。"

龙龙一看他提走了枪,慌得像只猫,离地三尺就往下跳,拔腿就追。好在那人没走几步远。龙龙欺对方不经意地随随便便提着枪,抓住猛一拽。谁知那枪却像焊在人家手里,自己被弄了个趔趄。龙龙没想到这个黝黑精瘦的人,臂力这么大。

大个子止住步,反身把枪递还他,又跟着他走到树下。垂头丧气的龙龙弯腰捡挎包,被那人一把拦住:"你看到这树上的牌子了吗?"

硬塑料片子上写着:

此树有窝鸟。严禁任何人毁巢捉鸟。
保护益鸟,人人有责。违者罚款。
蜀山管理处

理屈的龙龙,只好摇了摇埋下的头。他上树时眼里只有鸟窝,哪里会看到这个小牌牌?

"你看怎么办?"

话语虽不像刚才严厉,但他黝黑的脸上,有着一股逼人的威严。

龙龙感到事情不妙,捡起包,想溜。黑瘦子一看包里有分量,说:"打了些什么鸟,拿出来看看。"

龙龙赌气地把鸟往外一倒:"法律也没规定不准打鸟。"

那人一惊,沉下脸,伸手捡起黄鸟,心疼、气恼得浑身打哆嗦。看得出是强忍着才没给他两巴掌。龙龙倒是情愿挨顿打,也不愿陷在这样狼狈的境地。

几只蜜蜂在近处嗡嗡,远处有黑老鸦叫着:"呱!呱!"

那人沉默了好一会儿,才平息了怒火,深深地叹了口气,说:"是的,现在法律没规定一概不准打鸟,这点让你钻了空子。可是,你知道这叫什么鸟?"

龙龙无聊地踢着地,摇摇头,觉得浑身燥热。

"有两句古诗:'两个黄鹂鸣翠柳,一行白鹭上青天。'你读过吗?"

这首诗吗？龙龙确实读过，那是妈妈教的。他点了点头。然而，她却没讲过黄鹂是啥鸟。他又摇了摇头。但现在说这干吗？

"读过。很好。鸟能让人享受大自然的美！"那青年掂了掂手里的死鸟，"可是，这幅风景画被人挖了个洞，两个载歌载舞穿行翠柳的黄鹂没有了……跃然鸣出的歌声也突然消失了……"

龙龙愈来愈吃惊，眼睛瞪圆了，心像是被什么啄了一口，额头上已沁出汗珠："是它？"

"对，它就是诗中的黄鹂，学名叫黑枕黄鹂。它四五月从南方飞来，八九月间带着新的一代又回南方去越冬……"

龙龙后悔了，他仔细地打量它，像是要把它的形象刻在心里。

"猛然看去，通体闪着艳丽的金黄；仔细看，有道宝石般的黑环穿过眼睛，极像戴了一顶灿烂的皇冠，两翅和尾上又配了黑羽，多么富丽堂皇啊！可是……"

心里正在难受的龙龙，不知怎么被"可是"两字提醒，看到了对方背在肩上的双筒猎枪："你不是也打鸟吗？武器更先进哩！"

没想到大个子一点也不惊慌，反而像有了新的发现："不一样，我们俩打鸟的性质、目的不同。"

说着，他打开从背包里掏出的一个小盒，从各种各样的刀子中挑出一把。当他左手捏开黄鹂的嘴巴时，忽然掉下一条虫子。

"松毛虫。"龙龙不觉低声说。

"糟害松树的松毛虫。"他边说边用解剖刀将鸟的嗉囊切开，将胃容物倒到一张白纸上，未容龙龙细看，又拿起一只黑褐色的鸟，"这是你们叫它布谷鸟的大杜鹃，在夜空里的鸣叫，特别迷人。"他也把胃容物倒到白纸上。

他又拿起一只鸟："这是燕鸟。"解剖后也把胃容物倒到纸上。

龙龙傻眼了：没消化的、未消化完的、缺胳膊少腿的……能看出形象的，全是各色各样的小虫:有地老虎、虫蛾子,其中松毛虫最多。

那人用刀片轻轻拨着,说:"这是金龟甲,这是椿象、梨星毛虫、吉丁虫、蝗虫、步行虫、青水蛾、松尺蠖。你看看,它们吃的全是害虫。特别是黄鹂和大杜鹃,简直是铁喉咙。松毛虫有毒,还有股难闻的臭味,别的鸟都不敢碰它,只有它们偏偏把松毛虫当作美味。"

"松毛虫确实怕人,我吃过它亏。"

话说出口,龙龙自己也奇怪,怎么搭上他的话茬?松毛虫的厉害,龙龙领教过。有次打鸟,闯进了松林,头上、身上落满了黑灰灰的毛毛虫。抬头一看,枯黄的枝叶上爬的都是,吓得他连忙跑了出来。他的脖子和脸肿了,痒了一个多星期。

那人黝黑的脸上,闪着光彩,神情和善多了。他接着说:

"说到松毛虫,林业部门和科学家们都头疼。我们省在江淮丘陵地带、江南山区种植了大片的单相松林。没想到出现了新问题,松毛虫成了灾难,年年用飞机撒药,虫灾年年不断。毒死了树上的鸟、河里的鱼虾,污染了环境,偏偏松毛虫却大量增殖,它有了抗药性,只好年年加大药量……"

"那……那,没有别的办法吗?"

他从衣袋里掏出了笔记本,翻开来指给龙龙看:"这是我们观察、统计过的数字:这种大杜鹃,每天要吃一百多条松毛虫。黄鹂呢,平均每天要喂雏鸟七十多次,再加自身吃的,总有近三百条的松毛虫……"

"乖乖,这么多!"

"你吃过苹果吧?见过那上面有黑点,挖到里面烂了一大片的……那就是果园虫害。"

他用解剖刀指着纸上的一条小虫。

"喏!这种梨星毛虫,能吐丝把梨树叶子卷起来,为自己筑个防空洞。它躲在里面危害果树,药剂拿它没法,但是,黄鹂能把它找出来吃掉。鸟消灭害虫的本领大哩!"

"那,松毛虫不就好消灭了,松林不就能被保护了吗?"

"事情还没那么简单。就讲黄鹂吧,它喜欢飞进松林吃松毛虫,却不在松树上做窝。只种大片大片的松树,是个大错误,它破坏了生物世界的生态平衡,有很多鸟都不进松林的。黄鹂喜欢在哪种树、哪样的枝上做窝呢?"他用手指了指刚才龙龙爬上的大树,"这棵是高大的常绿阔叶树——栎树。鸟窝吊在离地面有四点七米的水平细枝梢上,风一吹,像摇篮似的晃悠……"

头顶上方雏鸟的叫声,喑哑、微弱。

他停住话,望着龙龙,脸上的神色似乎在问:小鸟为啥叫?

"它们饿了,等着喂食。"

"对呀,你学过成语'嗷嗷待哺'吗? 就是这个意思。还有句古谚:'劝君莫打三春鸟,儿在巢中待母归。'你看,多可怜的小鸟!"

龙龙垂下了头,心里乱极了。他从来没听过这些鸟在大自然中有如此特殊的功能……

那人拉了拉他说:"咱们往边上走走。看,剩下的一只老鸟来喂食了。"

龙龙觉得这话又是冲他来的,低声说:"老师没讲过这些……"

那人沉思了一会儿,才说:"我们的课本有缺陷,目前,保护鸟类的法律也没有……否则,今天也不会这样便宜了你。"停了停,又说,"科学家们正在呼吁哩,森林是大自然的呼吸系统,调节着大自然的生态平衡。鸟是森林的卫士。一对啄木鸟,能保护十多亩森林。一群杜鹃,曾救了一片快被虫子毁掉的栎树林。你说鸟能不能打?"

龙龙真心实意地摇了摇头。那人拿过他的气枪,看了看:"保养得不错。你的枪法看样子也不赖……"

"还说哩……"龙龙伸手拿了回来。

"不怪枪,我也背了枪嘛! 枪能帮我研究怎样保护鸟,让它们繁盛起来。

研究鸟类离开标本不行。科学是用事实说话的。采集标本,就是一种专门的学问。譬如说:该将子弹射到什么部位,才能做出好标本?百发百中不容易呀!福建有个唐家,几代人都为科学采鸟。有的鸟就是以'唐氏'命名的。再讲,也还有害鸟,消灭害鸟也要用枪。你知道吗,和鸟做朋友,比打鸟更有趣。譬如,这窝鸟中那只黑褐色的鸟,来历就很奇特。"

看到龙龙好奇的神色,他接着说:"别看大杜鹃是消灭害虫的能手,它却从不筑巢,是个无赖汉,总是把蛋下到棕头鸦雀、大尾莺等别的鸟窝里,还扒掉窝里原有的蛋。这窝黄鹂……"

"是它自己生了一个蛋在黄鹂窝里,又用爪子扒掉了一个黄鹂蛋,要黄鹂帮它孵蛋、喂鸟?"龙龙没想到有这样奇怪的事。

"是呀!那么,能不能研究出一种办法,让它专在害鸟的窝里下蛋?"

"嗯哼,好极了!让它专找麻雀窝。麻雀蛋被摔了,大杜鹃也孵出了。日子一长,麻雀就少了,没了。这种消灭害鸟的办法好。叔叔!你跟我说说,用啥办法才行?"

大个子青年听到"叔叔"两字,笑了,但又一摊手,说:"这是设想,还有好多的难题。麻雀是不是害鸟,也还值得研究。这都要靠你们这些未来的科学家去研究,去找办法呀!"

远处传来了喊声,他只偏头应了一声,似乎还有话要说。

这时,龙龙觉得这位叔叔的脸也不是那样黑了,倒像是一块正在锻打的铁,外面并非红光闪亮,里面却藏着灼人的炽热,特别是那双眼,威严中透着亲切。总之,他是一位已经让龙龙钦佩的人!

那边有人喊:"快过来,找到了,这对鸟已迁到山南筑巢。"

叔叔转身就跑。龙龙急了:"叔叔!你住哪儿?叫什么名字?"

不知他听清没听清,只回头说了句:"只要你真心爱鸟,咱们还能见面……"

"我要像那个叔叔一样爱鸟。咱俩爱鸟怎么不一样?"

龙龙用这句话结束了故事。

早早紧紧抓住他的手,像铁锤敲钉子,一字一顿地说:"走,到咱家。咱有样东西给你看!"

盆地上空的晚霞,浓得像霜后的枫林。晚风轻轻拂面,带来清幽的果香。

刘早早从抽斗里取出一个硬纸本子。李龙龙小心翼翼地接过,翻开第一页,眼前顿时一亮——整整齐齐、井然有序地排着红、橙、绿、青、蓝、靛、紫等各种色彩的鸟羽。

同一色调,又按深、浅、浓、淡递进。李龙龙头一次知道,光是一个红色,竟然分成大红、猩红、绯红、赤红、桃红、紫红……

后半本贴着有花纹、图案的鸟羽,铁线般各种花纹,淡彩式的几何图形,浓艳得如火如荼。最后,还有十多种鸟的整个翅羽、尾羽的粘贴。那些色彩的组合、排列,更令人叹为观止……

这真使龙龙大开眼界。他只见过影集、集邮簿,却从未见过这样叫人心旷神怡的飞羽集。

这厚厚的一本羽毛,得一片片收集、整理,要花多少时间才能累积起来?又得费多少心思,才能分门别类地排列好?

他扬起鹰翅眉,认真地打量起刘早早——这个已不再是需要由他来保护的角色,在那单薄的身子骨里,蕴藏着大山一样丰富的内容啊!龙龙心里突然明白了一点什么……

早早被他看得不好意思,笑着说:"咱脸上又没一朵花,也没一片鸟羽。"

龙龙哈哈大笑,兴高采烈,咧着个阔嘴巴说:"我说一样就一样嘛,咱俩都爱鸟,嗯哼,咋会不一样呢?"

"大致一样……以后要打哪只鸟,都同意才能放枪。赞成这条协议,咱俩就说定了。"

三 相思鸟和八音鸟……鸟类王国在召唤

一天,放晚学后,刘早早带龙龙去捉画眉鸟。

龙龙自打听说能把画眉驯得学人讲话,就急着亲自试验试验。有只能说话的鸟,那多有趣!上学时,会说"再见",放学到家,它又冲着你喊:"你回来啦!"若是把它放到山林里去,说不定还能邀来各种各样的鸟——他和早早要观察哪种鸟,就招来哪种鸟,省得去东寻西找。如果科学家叔叔需要的话,他和早早可以专门召鸟,供他们研究。

要捉画眉,当然要找早早。不料早早不冷不热,只是慢悠悠地转动着黑亮亮的小眼珠,说:"噢,你以为随便一只画眉都能学会人讲话?咱幺叔说过:先要把小画眉放到流水潺潺的水潭边,人躲起来。它若能开口,模仿叮咚作响的水声,才说明它有资格参加训练。咋个训法?听说它的舌头太尖(人的舌头就是又圆又扁的),要用绿豆在上面又碾又磨,碾磨多少天呢?直到它的舌尖子又圆又扁,才能教它说话,它也才会模仿千奇百怪的鸟音。"

听到这些奇妙的事,反把龙龙的兴头撺弄得蹿上房:

"逮小的,就逮小的吧!你带咱去找窝!"

他推着早早肩膀就要走。早早灵巧地一闪身,龙龙推了个空,差点摔个狗吃屎,回手抓住早早胳膊拖。早早被拉疼了,挣不掉,又掰不开他的手,说:"你三十夜头找咱要月亮,咱会变吗?"

"咱不要月亮,要的是画眉。"

"现在是春夏秋冬那一季?"

龙龙还是不睬这一套。他知道自己的舌头比早早的笨,说不过他,只是死拉硬拖。早早只好说:"眼下是入了秋的九月。画眉四五月就理窝下蛋了。"

龙龙这才嗯嗯哼哼地傻笑:

"逮不到小的,逮老的嘛!"

"老鸟性子急,又胆小,见了猫狗乱扑腾,难喂养。"

"好呀!刘早早,火是你点的,风是你吹的,等到把咱心撩痒了,兴头儿烧起来了,你倒当头泼盆水,叫咱冒青烟,呛喉!够交情吗?"停了停又不咸不淡地说,"哼,别以为咱不知你心眼里的小九九!是怕逮不到画眉,戳破了你吹的牛皮!"

这时,院子里扑棱棱一阵响,把谈兴正浓的李龙龙吓了一跳:十几只麻雀,从团簸边突然飞起,落到屋顶上,正瞪着黑眼珠瞅着他俩。他们不知不觉已走到刘早早家门口了。团簸里晒的是油菜籽。他俩刚进门,麻雀又呼啦啦落到团簸里,掏抓啄食。李龙龙一边去哄赶,一边说:"菜籽遭殃了,咋没人看?"

早早看也不看一眼,漫不经心地说:"马上要点油菜,让它们把虫捡掉。"

"哟,照你这么说,麻雀还是功臣?还得给它的坏名声平反哩!"

说啥,也不能叫李龙龙相信,麻雀不吃能榨油的菜籽。早早那副不屑争论的神态,更叫他生气。他把大鼻泡一鼓,直着喉咙嚷嚷:"它通知你了?那……我问你,晓得它吃到嘴里是啥滋味?"

"像你吃红烧肉一样!"刘早早应声答了句,脸上平平静静。

李龙龙一时说不出话来。早早又说:"不信?你去看嘛!"

李龙龙真去团簸里用手指划拉。他的手停住了,鹰翅眉推到顶,眼睛得老大:蜘蛛样的小虫,在菜籽里爬哩!颜色和菜籽差不多,不细心,见不到。

"桌子上两样菜:一碗寡菜油,一碗红烧肉。你挑哪样?"

龙龙眨巴眨巴眼:这个鬼早早,心上都是窍窍,对鸟还真有观察。

早早把转笼拿出来,龙龙看得眼珠都不转。这个鸟笼也是圆柱形的,只不过比一般的鸟笼要大,似乎是两个笼套起来的。大笼周围一共有十二个门。每个门后都是用圆篾拦起的甬道。甬道只有鸟身那么宽,每条甬道都通向中间的一个小笼。

刘早早把玉兰花树下的画眉笼提来了,笼口对准转笼的一个门,然后打开中间的小笼的门,再打开画眉笼门。几下一掇弄,画眉鸟蹦蹦跳跳地通过甬道,进入中间小笼。刘早早关上小笼,又抓了点喂食带着,才和李龙龙出了门。

到了山坡上,刘早早不往树林里钻,却跑到灌木丛旁边,放下笼。李龙龙正想张嘴问,刘早早不客气地一摆手,然后支起耳朵听。

笼里的画眉驯顺,人在跟前也叫。它叫叫停停,停停叫叫。稍停,远处有只画眉应声了。刘早早说:"再换个地方,这只鸟斗争性不强,又是个公鸭嗓子。"

憋着一肚子话的李龙龙,实在忍不住:"你玩的哪门子把戏?捅开窗纸说亮话不好?尽让人抱着个闷葫芦。"

"这叫会看的看门道,不会看的看热闹。什么事不是先观察,脑子转明白再说?要不然,现在说得天花乱坠,你还以为咱是卖膏药的。就说这个画眉鸟吧,它最害羞怕臊、喜欢藏在灌木丛里,蹦上跳下,找虫扒蛹,很少站在枝顶上露面。这是咱的观察。你不亲眼看看,能相信鸟也有喜好?"

李龙龙没话驳他。一点不假,刚说的事,他就不太信,不是有句谚语说,"鸟站高枝,水往低流"吗?

这边笼里的鸟刚开口,那边小灌木丛中已有鸟接上茬,响起"二部轮叫曲"。

"就要它!"

刘早早说着,动手把转笼外的每个门都打开,然后,再一个个支起带动门闸的机关,又投了食料,这才提着笼,走到灌木丛,挂到枸溜果子的枝上。

晚风轻吹,凉爽爽的。西边蓝天上的云块,像是鲤鱼鳞:红一片,黄一片,白一片,青一片。

李龙龙不得不佩服刘早早。他选的这块地方既隐蔽,又能把鸟看清。笼里的画眉叫得又响又亮,树丛里的鸟前应后和,抑扬顿挫,总想拔高压顶。笼里鸟歇一时不叫,它就耐不住性子,独自鸣唱,俨然是在挑战。不一会儿,两只鸟愈叫愈烈,互相比试。

一会儿,像有支活蹦乱跳的交响乐曲声闯进了李龙龙的耳里:忽如大号昂扬,银笛清脆,或雄伟磅礴,或浑厚深沉;忽如疾风骤雨;忽如月色溶溶下的碎波微浪——把他直听得手舞足蹈,心花怒放。

灌木丛里的鸟沉不住气了。枝叶飒飒响处,飞起了一只金晃晃的鸟。刚穿过一段竹枝树叶,它又落下,腾腾腾地向前跳。

嘿,露面了!它偏着个头,左右打量起笼中的鸟。那两道弯弯的蛾眉,神气活现地闪动起来。

笼中的画眉,炫耀似的连连啄食蛋黄拌米,又在石片上磨蹭喙锋,美滋滋地小声叫了两句。

"它在说:'如意如意。'"早早的笑容也是美滋滋的。

龙龙一歪脖子,说:"咱说它是在问:'如何如何?'它在馋灌木丛中那只好吃佬哩!"

笼中画眉张口鸣了个悠长的序音,再拖个圆润的滑音;音调一转,引颈昂首,吐出一串脆嘣嘣的短促音,婉转动听。

灌木丛中的画眉,气得一个跳跃,站到笼前的树枝上,怒目而视。

平时受尽主人爱抚、赞赏的笼中画眉,哪里受得了这一套!也笃一下跳到笼旁,连连向外扑了几次,头也未能钻出,但仍不甘心地抓住笼篾,吊着身子。

灌木丛中的画眉乐了,故意在枝头欢快而敏捷地蹦上跳下,树枝还和着节拍。

笼中画眉从一刹那的丧气中清醒,它跳到食盒旁边,故作姿态地向后退了一步,盯着瘦肉,把白眉纹俏皮地翘起,向灌木丛里的鸟儿一仰头,意思是

——啊,多精细的好菜,请——

等瞅见对方钦羡的目光,立即啄食两口;再盯住对方,咂了两下嘴——啧啧,真鲜美!——然后小声叫了两句"如何,如何",又吃两口,又"如意如意"叫两声。三番五次重复后,理了理羽毛,骤然耸冠翘尾,嘹嘹亮亮地唱起来。

先是馋涎欲滴,继而妒火中烧的灌木丛画眉,愤怒地扑上转笼。那里的门多,它不费劲地进入笼口,气势汹汹地从甬道向前钻。

笼中画眉哪肯示弱,立即准备迎战。

灌木丛画眉紧腹收毛,雄赳赳、气昂昂跳跃向前,突然身后啪嗒一响,门闸落下。它知道事情不妙,慌忙中也顾不得许多的面子,决定立即撤退。谁知,头被拦住,尾巴受挡,说什么也转不过身来,退不回去……

欢乐的笑声,伴着快速的脚步,两个小伙伴兴高采烈地跑来了。龙龙抢先摘下转笼,诱来的鸟急得乱扑乱跳。早早唱起口诀来:

"层层叠叠竹团城,里里外外都是人;指望兄弟来相助,谁知家鬼害家人。"

正看鸟的龙龙,听他唱得有韵有辙,问道:"什么歌?"

"转笼诱鸟曲。"

龙龙把鹰翅眉一扬:"咱也念个给你听——百啭千声随意移,山花红紫树高低。始知锁向金笼听,不及林间自在啼。——这叫笼中画眉自叹!"

"哟!没想到你还是个大诗人嘛!这刚巧和咱那对上了!"早早说。

龙龙忍不住笑:"哈哈哈! 咱没那个能耐,是宋朝大诗人欧阳修写的。还是那次打了黄鹂后,咱要妈妈尽找写鸟的诗,妈妈就教我这首诗。"

"你也教给咱。咱们以后也能写出好诗。因为鸟儿很美,咱和它处长了,也会美起来,作文也能写得美。"

龙龙一拍早早的肩,龇着个阔嘴巴,说:"我是现烧热卖。我算服了你。若不是亲眼看,谁要跟我说画眉只会蹦蹦跳跳,不会像鸭子歪打歪打走路,就是把杠子抬弯、抬断,我也不信。更不会信你用个鸟媒子,又是这么个转笼,就能稳稳妥妥把金画眉逮到! 你真神,咱信服。你得把肚里的鸟经都吐出来。想保守,我非捶扁你不可!"

"有啥经? 有什么咒? 看多了呗! 画眉鸟公的好斗。听说,过去还有人用它比赛,赌输赢的,像斗蛐蛐一样。在它的地盘里,别的鸟飞去它不管,就是容不得另一只画眉! 谁要侵犯,先是警告,后是武力驱逐。鹛鸟,都有这个特性。捕鸟人就是利用它这个特性。"

"母鸟呢?"

"不好斗,叫得也差。但它跟在公鸟后头叫,仿佛是和声、伴唱。你注意没有? 山坡上的画眉总是一唱一和,用它也能诱来公鸟。其实,没鸟媒,没有转笼也行,可以学它叫,把画眉引到放了马尾扣的地方,只是,那容易伤鸟。"

早早的这些鸟经,打开了龙龙的眼界。他觉得这比光打鸟有趣得多,心里萌生出了许许多多的问题。他又不愿多思考,不管什么时候,只要脑子里跳出问题,张嘴就问:"画眉为什么只是跳?"

"它不愿露面。灌木丛里那么多刺棵棵,藤条条,小树枝,挤得密密的,咋好飞?"

"那它又为什么不愿露面呢?"

"怕被人打了。就像你背了支枪,它不怕?"

"它不会飞?"

"飞不远。飞一段路就落下。"

"怪事。为什么它喜欢跳,不喜欢飞?"

"你见过燕子在地上跳吗?"

"燕子为什么不在地上跳?"

"它在天上张着嘴兜捕虫子。鸟要饱肚子,就要找食,哪里找到食,它就在哪里。在天上逮虫子没法跳,在灌木丛里找虫子没办法飞。"

"那,都是找虫子吃。燕子为什么不到灌木丛找虫子吃?"

这可把早早问住了,但早早就是早早,倒是有话回答哩:"任何事咱都知道,咱还要来上学,咱还要去观察?"

龙龙这才傻乎乎地嗯哼嗯哼地笑着:

"对!咱俩一定把它研究清楚。"

头两天上课,早早倒是常提醒,要龙龙注意听课。谁知,龙龙有那么多的问题,沤在肚子里发酵,气泡一鼓一拱的,不说出来多难受!早早要是不回答,龙龙会抬手掀桌子,翘屁股,挪板凳。再说,早早也不是能忍得住话的人。

王老师急得无可奈何地摇头、叹气:"真像是一根线上拴着的两个蚂蚱!红眼蚂蚱腾地一蹦,绿眼蚂蚱也不安稳。"

这话让淘气包子们听到了,觉得挺形象的。然后,你一句、我一句地往上凑。两天没到晚,教室里就响起新的儿歌调:

蚂蚱,蚂蚱,你伸腿,红眼蚂蚱跳,绿眼蚂蚱叫;绿眼蚂蚱瞪瞪眼,红眼蚂蚱哈哈笑,蚂蚱、蚂蚱,你伸腿。……

当然,有人高马大的李龙龙,他们还不敢跟前跟后唱。

稍有经验的老师在讲课时,全身都是眼睛。老教师更有洞察整个教室的能力——能感觉到学生最隐蔽的小动作。一节成功的课程,是老师和学生共同组成的一支和谐的协奏曲,若是哪里有了噪音,老师就要停下,重新组织教学秩序。李龙龙和刘早早的低声交谈、小动作,当然要被老师注意到。

王老师不断听到任课老师的反映:李龙龙和刘早早好讲话,不注意听课。这使王老师很气恼,把他们叫到办公室,从学习目的谈到课堂纪律,足足讲了三十分钟。最后问:"以后课堂能遵守纪律吗?"

早早低着头,龙龙挺着胸,谁也不说一句说。

王老师急了,又大声问了三次,早早点了点头,龙龙还是嘟噜着个葫芦嘴。事情也只好这样收场。

有一天上外语课,老师见他俩谈得津津有味,突然喊起了李龙龙,教鞭指着黑板上的"O",意思是让他读。李龙龙心里想:嘿,想抓我糊涂错,没门,这样简单的还认不得?于是,用他特有的大嗓门,得意地大声说:"这是零。"

大家先是被他说蒙了,静得出奇。等到回过味来,教室里爆发出笑声。李龙龙愣愣的不知所措。急得早早连忙把腹部一收,脖子一伸,嘴唇一窝,像是打了个饱嗝:"欧。"

这个机智的启发表演,滑稽得引起更大的哄笑声。连老师也没忍得住。

龙龙这才如梦初醒,明白是教英语字母,不是上数学课。

这样的事,叫王老师简直无法相信。但没隔几天,她就碰上了。讲汉语知识时,她发现李龙龙的眼瞪得特别大。说实话,李龙龙有点害怕班主任,上她的课比较注意。但王老师总感到龙龙的眼神像蒙了雾。王老师说:"我刚刚讲了形声字的主要特点在于形旁和声旁。"接着,她用粉笔在黑板上笃笃敲了两下,"注意!光凭形、声来推断,有时也要发生错误。请同学们好好想想,并举出两个例子……李龙龙!"

龙龙腾地一下站起来,但由于上次的教训,未敢贸然回答。王老师只好进行启发式的诱导:"先把你想到的说出来也行。"

谁也不知李龙龙是怎样想的,只见他扭身子噘嘴,冒出这样的话来:

"形状长得差不多的树莺有两种,但是声音完全不同:白肚子的叫声,像是'去——回去!'白眼圈的叫声,喏,这个样子:'骨碌碌碌碌碌——粪球!'……"

你看教室吧,比马戏团还要热闹! 有叫绝的,有笑得扯号子的,有拍桌子的打板凳的;墨水瓶掉到地上,文具盒哗啦啦响……像是一场刮地风在校园里卷起,惊得校长、教导主任都像消防队员似的赶来了……

这场风波使李龙龙成了全校有名的人物。在一个星期内,校园里到处响起"骨碌碌碌碌碌——粪球!""去——回去!"

孩子们不断地进行"艺术加工"。最后,竟然使这两种鸟的叫声,成了非常有趣、滑稽的谐语。气得王老师一天没吃饭。

为这件倒霉的事,害得早早跟着写了三份检讨,在班会上还作了检查。但这倒没有影响两位小伙伴的友谊,然而,他们和王老师的关系,紧张起来了。

王老师决定采取措施:将李龙龙从刘早早的座位边上调开。教师生涯,使她学会了排座位的艺术。这一不平常的举动,产生了奇特的效果。

但是,应该说句公道话,且不讲李龙龙是否像王老师讲的——"有意恶作剧"。若是从回答"把你想到的说出来",那倒一点没走题。他当时确实是思想开小差到山坡上,和早早一道观察鸟去了,而且对这两种树莺鸣叫声的区分是形象生动的。

这段时间,早早教他认得了不少的鸟,比如:山蛮子(灰喜鹊)、鹡鸰、文鸟、白头翁、黑卷尾、四喜、绿鹦嘴鹎、头上长红毛的山雀……

更重要的是,有一项重大计划在他俩的讨论中,逐渐形成了。

还在小学四年级时,龙龙就从省报的一条简明新闻中看到:本省紫云山、九华山出产一种珍贵的相思鸟,它体形娇秀可爱,羽色华丽漂亮,鸣声婉转优美,性情温柔,动作敏捷,雌雄形影不离,得到国内外养鸟者的钟爱。特别是在国外,更被当作珍贵的礼物,赠送给新婚夫妇。啁啾之声,常常不绝于婚礼宴会上。从此,相思鸟就以"非常漂亮、非常美、唱得无比动听"的印象留在龙龙的脑海里。可惜,江北的庐城根本没有这种鸟,他只能展开五光十色的想象,任意去打扮它。突然,好运从天上掉下来,龙龙到了紫云山区,还能忘得了相思鸟?

"早早,你认得相思鸟吗?"

"相思鸟?"

"对呀,一点都不错,就这名儿。"

龙龙的鹰翅眉得意地展开了。哼,也有你刘早早不知不晓的事哟!于是,龙龙用他那特有的大喉咙,绘声绘色地将自己所知道的一切,嘟噜噜地全倒了出来。

"唔,想起了,咱们这里叫红嘴玉。"

"红——嘴——玉,这名字好听极了,这才配得上这样又俊又美的鸟!为啥叫这名呢?"

"它的嘴是红的,红得水灵灵,还透亮闪光的,比红宝石还鲜艳。"

龙龙既高兴又气恼,跺着脚说:"为啥不早说?"

"咱俩头天见面看画眉,不就跟你说过有红嘴玉吗?"

"你没说它就是相思鸟呀?"

"咱们山区不叫这名字。不信你去问老大爷、老奶奶,知不知什么相思不相思的鸟!"

"我不跟你磨嘴皮子。快,带我去看看,就算你立功赎过吧!"

龙龙说着,拽起早早要走。早早身子往下坠着,使劲挣着说:"咱……咱也认不准……"

龙龙来气了,鹰翅眉一紧:"你不是说得有鼻子有眼吗?"

"那是听咱幺叔说的。"

"唉!你真是个拣了红枣当火吹的百科全书!"

"嘿嘿!"早早干笑了两声,也不动气,眸子里那对黑天鹅偏头睨视,"你才是在屋顶上捉鱼的人哩!"

龙龙没词了,只是僵脖子团眼瞅着他。早早把眼镜扶扶正,说:"咱仙源镇是盆地,红嘴玉不爱蹲。它喜欢雾气蒙蒙的深山,还要往山里走好远才能见得着哩!"

龙龙的鹰翅眉一松,头摇得像个拨浪鼓:"啧啧啧,你糊弄人。"

"别着急嘛!咱幺叔说过,高山上有很多漂亮的鸟,在咱们这个盆地就见不到。报纸上介绍过的鸟类飞行冠军雨燕,非要到高山才能找到。你不想想,要是像麻雀一样,房前屋后都见到,吵得你心烦,它还稀奇?它还珍贵?还能被送到外国去喝洋水?再说,你们城里为什么见不到多少鸟?树林子少呗。森林稠密的地方鸟才多,鸟类王国就在那里。这不像一加一等于二那样明白嘛!"

龙龙想想也有道理。早早见龙龙的心活动了,又说:

"其实,咱们这里还有种有名的鸟……"

早早想看看龙龙的反应。果然,他接到了龙龙射来的目光:急切的、火辣辣的、新奇的。于是,接着说:

"它最擅长唱歌,音调和音色挺丰富,还会学别的鸟叫,说是在山上,常能听到半空中飘来吹弹鼓奏声,老林里飞出笙笛丝竹声。有心去找,又都不见影踪了。老人叫它八音鸟。你知哪八音吗?咱查了字典,是古代对乐器的统称(指金、石、土、革、丝、木、匏、竹八大类),一句话,好听呗。所以老人又叫它琴鸟、音乐鸟。嘻嘻,有诗意吧?"

"还有这样稀罕的宝贝?咱听也没听说过有音乐鸟。"龙龙忘了刚才还因早早不知道相思鸟而得意。

"全世界有九千多种鸟,咱们中国有一千二百多种鸟,你都听说过?少哩!"

早早用大拇指,比比小拇指的指甲尖:"才这一点点哩!我问过音乐老师,他说,古代传说,人类就是受了鸟的启发,才创造出各种乐器。老师的老师还说过,他曾记录过一种鸟的叫声,就像一支管乐吹奏曲。咱打那也记住了:鸟是大自然的歌手。"

不知哪句话触动了龙龙的灵感:"等等,你说,八音鸟的长相是什么样?"

这下把"百科全书"问住了。早早把眼镜拿下来,一个劲地用衣角擦着,就像镜片是块智慧石。龙龙捺不住性子了:"说嘛,你说嘛!"

早早摇了摇头。但随即又张开了小嘴,声音轻得像是怕别人听见了:

"咱想,它应该生得非常非常好看。"

龙龙乐得眉梢打战了:"对呀,对呀,这和咱想的就对上号了。跟你说吧,红嘴玉——八音鸟,说不定就是一种呀!就像咱在城里叫相思鸟的学名,你们山这边叫它红嘴玉,山那边的人咋不能叫它八音鸟?"

从此,龙龙一有空就提着气枪拖着早早,要到附近的山坡上转悠,寻找相思鸟或八音鸟。可是,他俩连鸟的模样都不知道,就是飞来歇在两人鼻子上也是不认识。他们苦恼得心烦意乱,拖着沉重的腿,躺到了山坡上。两人你一句我一句,又开始争论相思鸟的长相了。

争论到谁也说服不了谁时,还是早早一句话刹了车:

"咱俩都只是听来的,再加上连蒙带猜的,不会争出个名堂。"

"找老师问吧。"龙龙猛地翻过身子,用臂肘撑起上身,瞅着早早。

"学校没有生物老师。"

扑通一声,龙龙又沮丧地落到草地上。

古老而又不断有崭新内容的生物课,被"文化大革命"耽误了。由于师资的缺乏,很多学校到现在也还未开这门课。

"问你爸爸行不行?他在这里种了几十年花,在山里长大的,一定见得多。"

"你还说哩！前天,我问过他,他却说:'你以为爸爸是聋子,听不到你在学校闹的笑话？给你三分颜色你就想开染坊！听好,要是成天再迷养鸟,不学好功课,当心敲碎你的孤拐。'"

"哈哈哈……啥叫孤拐？"龙龙听了早早惟妙惟肖的叙说,笑得在草地上打滚。

早早可笑不出来,只是指了指足踝骨。

"你不是成天把你'幺叔'挂在嘴上吗？为啥不去问他？"

"他成年在山里伐木开山,去十趟还不知能不能见一回。"

"唉！就没有谁能当咱们研究鸟的老师？"

早早像个猫咪溜一下爬起来,连连揪着自己的耳朵,慌得龙龙以为他被黑蚂蚁咬了,一个鲤鱼打挺坐了起来。早早却猛地推了他一掌,说:"你不是有个老师吗？就是那个在蜀山教你爱鸟、研究鸟的青年？他不是说'只要你真心爱鸟,咱们还能见面'吗？"

"远水解不了近渴呀！"

"咱是说写封信给他！"

龙龙却把眼皮一耷拉,垂下了头:"不成！"

"咋会不成？"

"咱不知他的名字,又不晓得他是哪个单位的。"

"不是有人喊了他一声吗？"

"没听清,像是叫了声'小何'。要不,还用你来提？"

"哎呀！你咋不一把拉住他问清哩！"

这真是越说越叫人苦恼的事。

最后,只好求教于书本了。可是,"文化大革命"期间藏书几乎被毁完了,新书也没有专写鸟的。再说,一个山区小镇中学的图书馆,能藏多少书？

但是,他们终于从书籍的海洋中,捕捉到了一些有关相思鸟的知识,窥见了它的一些面貌。两个小伙伴被红嘴玉、八音鸟诱惑着,折磨着,搅得饭吃不香,觉睡不稳。龙龙看完一本写科学家探险的书,就去对早早说:

"谚语说:百闻不如一见,对吧?"

早早不知啥意思,没答话。龙龙又说:

"你不是说,鸟类王国在稠密的森林里,又说红嘴玉喜欢山高林密的深山吗?"

早早眼里的那对"黑天鹅"扑闪起来了,伸手一拍脑门:

"嘿!有门。咱幺叔说过,眉毛峰那边有四周被大山围住的深谷,谷上有个大岩。哪年哪月哪日,一只五彩金凤凰飞来了。它在紫云山飞呀、盘呀、旋呀,一收翅,落到了大岩上。它伸脖子长长叫了一声,成千上万的鸟都飞来了。再叫一声,遮天盖地的鸟落到森林里了。从此,鸟王金凤凰就在这里建起了鸟国,过着安稳幸福的日子。那个谷,叫千鸟谷;谷底的湖,叫落霞湖;岩嘛,就叫凤尾岩!"

"你去过?"

早早摇了摇头:

"那里山太高、林太密,几十里见不到人影,又找不到路。不过……"

"还用说吗?不险有啥味道!探险去,到千鸟谷,到凤尾岩探险!"

到鸟类王国探险去!

四 一上眉毛峰，小探险家沿琴溪寻找

随着几声嘹亮、悠长的鸣叫，天空里映出一支顽强跋涉、队列整齐的雁阵。

两位扛着枪、背着包的小探险家收回了目光，离开了仙源镇，踏上了寻找红嘴玉的道路。

自从决定去眉毛峰鸟类王国探险，各种筹备工作就紧张而又秘密地进行着。

地图——李龙龙从爸爸的书架上找到了一份。

指南针也有了，是一位曾住在早早家的地质队员留下的礼物。

枪，也应该算有了。尽管是支气枪，毕竟能够发射子弹。

草帽、水壶、火柴也都有了。

最后，叫龙龙伤脑筋的是找不到探险家、考察队员应该有的背包，缺少了它，就像没有了旗帜一样。还是早早的办法多，不知怎么一摆弄，居然把书包变成了背包，就是把书包带子往书包底一兜，就成了两个背带了。美中不足的是，书包常从兜带上往下掉。龙龙用两根别针一固定，问题就解决了，反正也不需要装多少东西，去时装干粮，回来时装标本就行了。

经过这样装备，两人觉得很有气派，洋溢着自豪，脚步也格外轻快、有力。若是有哪位摄影家为他们留影，那作品中的两位小探险家，一定会使无数的孩子羡慕的。

晨曦中缭绕的白云,使朦朦胧胧的大山格外神秘;而那叫他们苦苦思索、烦恼不安的红嘴玉,似乎已经在神秘的大山中招手。

这使得出镇还没一里路的龙龙,心更急了:

"干吗非要跑它个五六里路才上山?眉毛峰不就在鼻子跟前吗?"

走在前面的早早沉沉稳稳地说:

"大山可不像你说的那么简单,森林像魔术师的遮布,里面是个迷宫。常年在山里做营生的人都不敢大意,嘿嘿,你进去尝尝,就知酸甜苦辣了。进得山就得听咱的,要不现在掉头还来得及。"真有早早的,说着就停住了脚。

"好好好,都听你的,你当司令,咱当小兵,这还不行吗?"

到了琴溪注入黟溪的汇口,天已亮了。鸟也有情,在溪边的横枝上,在湿润的阔叶树冠中,在茶棵丛里,在常春藤下争相鸣叫,此起彼落、互相应答。平时总是穿梭飞翔、匆忙觅食、不大容易见到的一些鸟,现在都像登台的演员,极力亮相。龙龙听傻了,看呆了,脚步也被拖住了。早早急了:

"乘鸟儿们在早晨吊嗓子,咱们抓紧赶路。这些鸟咱镇子周围也能看得到。快走!要不天黑也走不到眉毛峰。"

龙龙只好依依不舍地走了。

虽然这时节的水边不像春天那样被各色的花挤满了,但秋季发信的花,还是这里一朵、那里一朵地冒出了被浆果、坚果压弯了的杂树枝头。

龙龙今天无心问这些花果的名字,只是两眼紧张地望个不停。他已尝到走山路的厉害,两条裤腿全被露水打湿了。语文课本上写到露珠时,总是用清新、晶莹、闪光的词语,美得人想掬一滴放在手掌心,吹着它滚来滚去……可现在,湿裤子在出汗的腿上,又凉又黏,路也磕磕绊绊的。石棱子、残留的树杈子,有意专找他的麻烦,不是碰了他的脚指头,就是硌得脚板疼。他走惯了城里一抹平的马路,这会儿很不习惯。

尽管这样,龙龙还是快活得像小鸟儿。

这条琴溪就挺有趣！只听到哗哗、潺潺的水声，却把身影藏在绿竹、红花的后面。景色嘛，一步一个样儿，一会儿是挂满紫色果子缠绕的藤条挡住去路，刚钻进去，扑打着脸的却是野山楂……

空气是凉润润的，夹着森林里的树脂香，裹着石兰、菖蒲、兔儿草的幽幽清香，使龙龙的心舒舒坦坦，简直像是漂在水上……

前面是块黑黝黝、湿淋淋、铺着青苔的怪石，就立在水边。他看准了一个石棱子，把脚踩到上面。谁知脚底一滑，慌得他伸手去抓树枝，却被刺扎得哎哟叫了一声，只好缩回脚。等到他小心翼翼地踩稳石棱子，想猛跨一步过去时，头又碰到石头上，破了皮。气得他提脚踢下一块石头，石头掉进水里，惊起一只五彩缤纷的鸟向前飞去。

"好漂亮的鸟！是……"

"小翠鸟，专在水边捉鱼的。"早早说。

"坏家伙，它也来欺咱？揍它。"

为了照顾龙龙的情绪，早早同意了。

龙龙正在草丛里寻找打下的翠鸟，见靠里的草丛插了两三根斑斓的长羽毛。想到早早的鸟羽集，他伸手就去捡，没承想它像生了根一样纹丝不动。龙龙有些生气，连几根轻飘飘的鸟毛也欺负他，翻手握住狠劲就拽，草棵里却动起来了。

他不知道发生了什么事，又狠劲拽了一把。这一拽就像拉扯了导火线——爆响了一串急促的咯咯咯声，牵动一团影子向他扑来，慌得他闪身乱抓乱摸，脸上却已被狠狠扫了几记……

"野鸡！"早早叫着跑过来了。

龙龙连忙挪开揉眼的手。可不是，一只凤凰似的大鸟，正拖着长尾忽上忽下向山上飞去。龙龙眼前却只有飘飘扬扬的羽毛。悔得他又是捶头又是跺脚。

"你就没听说过野鸡急难时,顾头不顾尾吗?"

"咱要知道,还只拔鸡毛不抱鸡?世界上有这样的傻瓜吗?"龙龙也憋了一肚子怨气。

"傻样!净吃后悔药也不管用。只是别等红嘴玉亲了你嘴巴,你又说它是野鸡要下蛋!"

等两个小探险家走得浑身大汗时,四周的山林突然静了下来。

简直静得出奇,像是所有的鸟都一下飞走了。

倒是从溪谷里吹来的风,一会儿呼呼地向岭下蹿去,一会儿摇着枝叶轻轻盈盈地拂过。等到龙龙觉得,这茫无止境的山石,望不到头的密林,就像只有他俩时,心里有点虚了。

前方,他们碰到了难题。又有一条山溪从左边流来,水流不小,溪谷也宽;水也是那么碧绿的,溅着白花……哪一条是琴溪的源头?早早拿出了指南针,龙龙拿出了地图。然而,地图上的琴溪,只是一条弯弯曲曲的蓝线,它没有分岔。更叫他俩不知如何是好的是,从地图上的位置和指南针的方位来看,他们都像是从眉毛峰上下来的。

龙龙爬上岸,想到高处看看眉毛峰在哪里。可是,眼前只有绿叶,别说看不到眉毛峰,连蓝天也只有碟子、茶杯那么大。

早早不像龙龙那样急得抓耳挠腮的,只是脱了鞋,涉过溪去,在两条溪岸边寻找着什么,就像那石头上可能写了字,或者标了箭头一样。不找还好,这一找,也叫早早倒吸了一口冷气,愣在那里。原来,他看见石头上殷红的一片,那是一摊血迹,凝起的已成黑块,未凝的黏糊糊的,血泊中还夹杂着一些兽毛。很明显,不久前这里曾是个战场,发生了残杀。

早早捡了两根兽毛,仔细瞅瞅,又放鼻子下闻闻,这才说:

"像黄麂的。"

"是什么野兽咬的?"

正在草丛中寻找蛛丝马迹的早早说：

"不是老虎，就是豹子……反正是凶家伙！"

"这山里还有老虎、豹子？"

"咋会没有？你别以为只有杨子荣在冰天雪地的东北大森林打虎，景阳冈还有个武松打虎，那在山东省。黔驴之技这个成语讲述的故事中，那个先被驴子吓了一跳的老虎，是贵州省的。咱们这里的虎据说叫华南虎，和那个被驴子吓蒙的老虎是一家。它比东北虎个头要小。豹子嘛，除了金钱豹，还有种龟板豹，皮毛上显出和乌龟壳一样的花纹。黑熊、棕熊都有；狼不成群，单个溜；豺狗一出动十几二十只，喜欢群游……"

看到龙龙脸色有些异样，早早才忍住了嘴。说起来难以相信，他们在商量计划时，还没谈过这事哩。似乎是直到这时，才想起深山里有猛兽。

以早早说来，生活在山区，知道大山里有这些野物，那是当然的事。龙龙呢，只是迷在红嘴玉身上。现在的耳闻目睹，使龙龙想起了听到的、从书本上看来的关于它们的种种邪恶，心里直发怵。他一时只是大张着嘴，说不出话来。

"你怕了？"

早早没有讥笑的意思，龙龙却像被针戳了，腾地蹦了起来，用手拍得气枪枪柄啪啪响：

"怕？咱会怕？咱怕还来探险？哈哈哈！"

早早宽厚地笑了。

没找多远的路，又见到了遭殃的残骸，只剩下肚肠、骨头和皮毛，头却没有了。

早早无法判断是什么野兽被吃了，只能从皮毛上大体看出是麂子一类，但又推断不是豺狗围攻的，因为它们最喜爱吃肚肠。他把可能是老虎、豹子这事，留在了肚里。

龙龙不再犹豫了,先是试探,后来坚决认为,那条岔溪就是琴溪的主流。依早早对山势水流的判断,应该不是岔溪这边,但想到野兽残骸对龙龙情绪的影响,也就依了龙龙。

岔到这条沟溪后,路倒是好走了,溪沟也渐窄。从两边山上流下的岔沟很多,岸也不高,树林也稀疏一些,看到鸟的机会也多一些。他们采了一只红嘴、尾巴很长的鸟,它只是嘴红、体形显然不娇秀,倒是个大块头。早早说是"山喜鹊"(以后才知道学名叫红尾蓝鹊),又采了四五只小巧玲珑叫不出名字的鸟,它们有的叫得很好听,但又无法判断是否属于"婉转多变"。有的却像哑巴,只在枝头瞅着他们。那嘴,黑的、黄的都有,就缺红的。

小探险家们一点也不气馁,还是专心致志地搜索红嘴玉的踪迹。只要是听到悦耳的鸟鸣,他们就费尽心思去寻找。只要看到羽毛鲜艳、娇秀可爱的鸟,他们就想办法去采集……

太阳晒到溪沟了,陡然增加了不少生气,水也被照得透亮,看得清小鱼游水时划鳍的摆动。

正当想起要吃干粮时,前面的山势变了,好像已准备好了让他们用餐的地方。两人跑了起来,跨上了溪岸,小探险家们却一下呆掉了,只顾傻愣愣站在那里,像面壁的菩萨一样。

溪流断头了,几丈高的石壁上有两个突出的石疙瘩,石疙瘩上有茶杯口大小的眼儿。眼儿里顺势淌下两条白亮亮的水流,溅起绿莹莹、光闪闪的水珠,崖上左前方的山边才露出高高的眉毛峰的半拉眉梢。水的源头也真古怪,竟然是悬在那岩壁上的两个石疙瘩中的小洞洞里。

"想起来了,老人叫它仙人奶。是给大山喝的,紫云山才长得这样……"早早说。

"还仙人泪哩!路走错了,咱们哭都来不及。恐怕它不是琴溪,是一条叫人上当的小水沟……"龙龙有些气急败坏。

"不吃后悔药了。天也不早了。咱们是退回去,再沿着琴溪往上去,还是……"

"从这里找路不行?非得沿着那条宝贝水走?"

早早想了一下,说:

"试试看吧!"

泉眼的水流下后,浸在这块小小的平地上。没有大树,东一丛、西一垛的是小灌木丛和茂盛的巴茅草、山芒。他俩向看到眉毛峰的那边山坡跑去。

突然,龙龙吓得变了声调大喊:

"哎呀呀!"

"怎么啦?"

"蛇!"

早早的头也轰地一下涨得老大。山里毒蛇多,五步龙、青竹彪、金环蛇、眼镜蛇……被它们咬上一口,那是性命攸关的事。说时迟,那时快,早早几步蹿到了龙龙身边:

"蛇在哪里?"

"往那边跑去了,喏,还在那边!"

草的闪动,显出蛇的游动。致命的蛇毒有血液型、神经型的,也有混合型的。山里人都知道:只有打到蛇,才知是哪种毒,才能对症下药。早早一把夺过龙龙手里的枪就追。龙龙一看早早上去了,也飞一样往蛇头方向拦去。早早用枪托砸。龙龙提起大脚踩,边踩边喊:

"还长着四条腿哩,往那边跑去了。"

当早早的视线扫到一棵树丫时,停住了。

他怕自己看得不清,连忙摘下眼镜用衣角擦拭几下,再看。等到看清了,小声说了句:"快!"拉起龙龙就往下跑。

龙龙不知出了什么事——难道长腿的蛇能吃人——但看到平时总沉沉

稳稳的早早脸变了色,也惊慌失措地跑起来……

正在这时,龙龙听到不远处的灌木丛里有了响动,回头一看,那里露出了一只黄斑斑野兽的脊背。龙龙的脚发软了,只是回头。那家伙躬身屈背,又浑身一摇,晃得树叶哗哗响。龙龙的腿有些抖了,前面又有早早狠命的拖曳,龙龙立脚不稳,吧嗒一声跌到地上,急得早早一个鹞子翻身,转了过来护住了龙龙,顺手拖过他的气枪,眼紧盯着野兽。

草莽里的野兽像是刚刚被吵醒,伸了伸懒腰后,异常不满地看了两个小探险家一眼,不知是因为饱食不久,还是因为害怕那手中的枪,抑或是发现对方并无伤害它的意思,然后,一步一步极不情愿地向岭那边走去……

"老虎?"

"不,豹二爷,金钱豹。"早早的心已松弛一些。

"快走,这里不能久停。"

看到龙龙一瘸一拐的,早早问:

"给蛇咬了?在哪里?"

"唔……好像没有,咱也说不清。"

早早连忙检查了他的腿脚,没发现蛇牙的啮痕,只是刚才摔了一跤,摔得真不轻,裤子烂了,膝盖上都是血。早早要给他包扎一下,龙龙咬着牙,用衣袖擦了擦脸上的汗水说:

"不疼!不用!"

几只小鸟,高一声低一声叫着。沿着溪沟往下走的路要好走多了。龙龙问:

"你早就看到豹子了?"

"没有。"

"那……那为什么正打着蛇,你却不用劲了?"

"开头以为你被毒蛇咬了,那是人命关天的大事,了不得。等到看清它真的长了四只腿,心才放下了……"

"是大石龙子?"

石龙子和蓝尾石龙子是这一带爬行动物中的优势品种,到处可见。龙龙初到仙源,也曾被它吓过,后来才知道它不咬人。

"不是。咱这里人叫它草蛇(学名北草蜥),样子挺可怕的,又大又长,其实是无毒的,还是咱紫云山的特产!不过,很稀罕,中药店收购。"

"那你怎么跑上来拉起咱就跑?"

"先是闻到隐隐约约的腥昧,咱觉出有点不对劲。后来,看到岭上树丫巴上架一团肉,还有……"

"有人诱豹子,要逮?"龙龙想起早早在血里捡起了几根兽毛,还用鼻子吸溜几下闻闻,当时很不以为然,没想到那件叫人好笑的事,却有这样大的意义。

"嘻嘻!是那样,咱还会又慌又急?"

"那……那……那是什么?"

"是河麂的头,两颗獠牙还正对着咱们。"

"你看到豹子在草里吃它?"

"越讲越岔了。你不明明是先见到它在灌木丛里睡觉,被咱们闹醒才爬起来的吗?"

龙龙被闹糊涂了,究竟是怎么回事?这个鬼早早还能掐会算?他紧紧拢起鹰翅眉,停住脚,偏头望着早早。早早这才微微地笑着说:

"豹二爷是个小气鬼,它好将吃剩下的肉架到树丫上晾起来,等到下餐再吃。"

"它会上树?你别糊弄人!"

"嘻嘻!刚才应该等会再叫你,让你亲自看看它怎样上树的才好哩!比马戏团的表演还要精彩。"

这还能不信？龙龙嘟嘟哝哝地搭讪着说：

"你真会逗……只是，可惜了那块肉。"

这句话提醒了早早：

"你坐这等一下，咱去去就来。"

龙龙一把抓住他，问：

"你想去拿回那块肉？不怕豹子回头？"

"没事，它要回来讨，咱就送给它。它不回头，咱就带回去晒成肉干喂鸟。谁知道咱们以后会不会喂很多很多的相思鸟、八音鸟？"

是因为提起了相思鸟、八音鸟呢，还是因为刚才早早的种种言行？龙龙抖擞精神说：

"咱也去。"

"你的腿……"早早用手指着。

"不算啥，咱给你放哨、监视。老豹子真回头，咱俩打它一个。再讲，打死了那稀罕宝贝的草蛇，咱也要把它带回去。谁知以后学校会不会建立生物室，同学们看了多长一点知识，就不会像咱那样被它吓唬了！"

早早拍了拍比他高大半个头的龙龙的肩膀。

两位小探险家，返回拿了河麂肉，捡了草蛇。一路上，早早说个不停，龙龙只是有一句没一句答着，一个劲地想心思。走到这条小溪和琴溪主流的交汇处，龙龙还要往山上走，早早说太阳偏西了，再不下山，怕天黑也到不了家。龙龙心里更不是滋味：

"今天都怪咱，硬要从这条溪上去……"他又停了停，最后还是拿出了决心，"咱坦白，是看了那边的死麂子，心里害怕，怕碰到向上走的野兽，可又要面子，才硬说这边岔沟是琴溪的主流。"

没想到早早并没乘势嘲笑他，而是紧紧握住他的手，说：

"就为你这样的好性格，咱俩永远是好朋友。其实，那时咱心里也敲鼓哩，并不是一点不怕。谁也不是出娘胎就勇敢。"

龙龙揉搓着早早的手，感到手心有点异样，抓起早早手一看，有血！

"怎么搞的？"

"树杈戳的。"

龙龙想起来了，是他看到豹子跌倒后，早早一个翻转过去，拦护住他。由于用劲过猛，自己也跌倒在地上……

暮色已经在盆地弥漫了，鲜红的晚霞却将西天映得无比明丽。它预示着明天又将有一轮灿烂的太阳在东天升起。

两位小探险家走到了山脚，向仙源走去。

不知为什么，为了寻找红嘴玉，经历了惊险、艰难之后，龙龙忽然想唱一首歌。这是一首他很久都不唱的歌了，但现在突然涌上了心头。当年那些扛着木枪、背着木刀的淘气的小朋友，也都像是眨着眼、笑眯眯地走马灯似的浮在他面前——歌曲还是小学一年级时，由同学们集体创作的，曲调套用了《红色娘子军连歌》。大喊大唱的欲望冲得他喉头发痒，忍也忍不住，索性放开喉咙，高高兴兴地唱起来了：

向前进！向前进！走到大门口，摔了个大跟头，爬起来，揉揉头，再跨大步走！……向前进！向前进！

早早听着、听着，听出了其中有股特殊的味儿，于是把胸脯挺得高高的，也跟着唱起来。

歌儿愈唱愈有劲！脚步愈迈愈有力！

谁说这只是孩子们瞎诌的一首滑稽歌曲？

五 再探琴溪，寻找通向鸟类王国的道路

"天鹅！龙龙，一群白天鹅！"

"在哪？哪儿？"

"蓝天上。快看呀，顺着那棵歪脖子松的尖梢……"

一条银线，四五只白天鹅已从蓝晶晶、深邃的秋日天幕上滑过，融进苍郁的无边无际的树冠，只留下数声撩人心弦的鸣叫，在山谷的上空回荡。

接着，一串杂乱的脚步溅起水花。两位小探险家沿着琴溪急促地奔跑，惊起山雀扑腾、喝水的野兔逃奔。

壮实的龙龙，像头野牛，边跑边喊：

"早早，加油！前面有块亮堂的大崖，那里一定漏出一大片天！找不到红嘴玉，撂下一只大天鹅，也够带劲的！"

琴溪的两岸，全是白底显芝麻点的粗粒子花岗岩，崎岖、陡峭，挤满了密密的小灌木和苦竹。一弯窄窄的河谷上空，被黑松的针叶遮得严严实实，就像是条幽深的隧道。浑厚苍茫的林涛，不时在头顶上空发出呼啸。

这片黑松林很特殊，有很多很多的连理松，两三棵地长在一起，所以又叫团结松。瘦削的早早盯着龙龙宽厚的背影，艰难地跑着。金樱子、野蔷薇、紫荆带刺的枝条，有意找麻烦，常常扯住背上的包。早早不跑了，一折身子爬上了岸，利利索索地迈起大步。

等到龙龙喘着粗气、心急火燎地攀岸又滑下时，岸上伸出了一只手，拨拉

开被石棱子挂住的枪带。龙龙一惊：

"鬼早早！你明明在我后面。一眨眼，咋先飞到岸上？"

龙龙就势上来了。

"肩膀上扛的黑葫芦是专管淌汗的？"早早指了指龙龙掉了帽子露出的汗气蒸腾的头。

大崖微微探出了山体，灿烂的阳光从洞开的树冠洒下。在密密的森林里，这很难得。树冠上空留下的一片蓝天，有如高原上的湖水，湛蓝而耀眼。别说天鹅了，连一缕云丝也没有。龙龙的心也一下空了：

"天鹅呢？还没飞过来？这次该把望远镜给我看。"

早早没拿望远镜，倒是取下眼镜，用衣角擦了擦，慢声细语地说：

"傻样，你在琴溪兜圈子时，小天鹅等得不耐烦，自个找湖边跳舞去了！"

"嗯哼！"

"你叫的可没它唱得好听！啧啧啧……不信？你听——"

正巧，蓝天深处，飘来了两声美妙的鸣叫。

"是天鹅叫？"龙龙凝神静听。

"当然！"早早点点头。

"不兴是野鸭？"

"你没听过鸭子叫？嘎嘎的。"

"家养的老鹅，可是'岗岗岗''啊哦'地叫。咋不像这野的？"龙龙张开阔嘴，学舌子。

"嘻嘻，叫得真像——伸脖子昂颈的呆鹅。让你同位子的林凤鹃听到，要不翘鼻子、蹙眉才怪哩——哼！还想当个未来的鸟学专家！跟你说吧，天鹅的叫声特殊，有强烈的音乐感……"

"真的，就像管弦乐队里簧管的吹奏声。"

龙龙一回味，虽说不知簧管是圆的还是扁的，但确实是有点那么个味儿。

鹰翅眉一拧,又有了问题:

"不是说,在现时的秋天,刮西北风的日子,才能见到大群大群的天鹅、大雁、野鸭飞来吗?"

"那是说季风对候鸟迁徙的影响,《少年科学》上介绍过。但谁也没说,它从北方迁到长江中下游越冬后,不再往南飞了,不再到咱们紫云山散步溜达了!"

龙龙又懊恼起来,顺手把枪从肩上拿下,拍了拍:

"它要不飞走,说不定真能采下一只,制个标本,保证轰动全校。也让王老师看看,还有那个毛丫头。"

早早不仅不捧场,反倒非常生动地一撇嘴:

"就凭这支准星都歪了的破气枪?"

"还不是上星期上山跌坏的?我已修好了,校准了。连你也说过,弹无虚发。"

"步枪也打不到。天鹅是鸟类中闻名的飞高冠军。个头小的候鸟迁徙时,飞翔的高度在三百米以下;个头大的候鸟,也难超过一千米。天鹅哩,嗨,那才叫扶摇直上九千米,和三叉戟飞机航行的高度差不多,横越喜马拉雅山像过马路那样稳当!高射机枪都摸不着边,导弹嘛,倒还……"

"哎呀呀,这下可吹炸了。想糊弄我?没门!连我都听过一支古曲,叫……叫什么来着?是描写海青和天鹅搏斗的……"

"《海青拿天鹅》,琵琶古曲。"

"拿天鹅是为了吃肉吗?"

"不,是为了取珍珠……"

"珍珠?"

"天鹅在水边生活,它吃蚌壳,飞得高,猎枪打不到,猎人头疼,只好驯养一种海青去捉天鹅。历史上,蒙古族的大官逼着猎人交天鹅,是为了取出它嗉囊中的珍珠。"

龙龙说：

"我们也去捉一只海青好不好？"

"咱还不知海青是什么鸟哩！"

"哈哈，闹到现在，你连它是红嘴还是绿尾巴都不知道，就吹得天上起云，地下倒树呀！"

"一定是一种又凶又猛的大老雕。传说蒙古族的人把它比喻为英雄的化身……"

"算了，算了，百科全书！天鹅飞了，也喊不回来。海青你又不认识。咱们别忘了探险的主要目标——找红嘴玉，到现在影子都还没见到。"龙龙知道早早的"百科全书"厚着哩！若是由着他一页一页往下翻，够你瞧的。

毕竟红嘴玉扣人心弦，早早也就合上了话匣子。两个人沿着琴溪，继续往山上走。

今天是第二次寻找眉毛峰。上个星期日，他们走错了路，白跑了一天。这一次，早早有个明确的计划，就是只沿着琴溪走，绝对不许走岔路。俗话说："人往高处走，水往低处流。"琴溪是从眉毛峰流下来的，只要不离开它，就能攀上眉毛峰。翻过眉毛峰就是凤尾岩，见到凤尾岩就到了千鸟谷的大门口了。

此刻，他们已经超过了上一次的高度，迎面遇到了一片黑松林。

黑松一棵挨着一棵，排得密密麻麻。河谷里愈来愈幽暗。松鼠在小探险家头顶的松枝上跑来跳去。龙龙刚举枪，它们长尾巴一晃悠，就悄然消逝。道路更陡险，溪边沙滩上，野兽的蹄印也多起来。在一丛石兰边，乱七八糟的蹄印成堆，把杂草、小树的枝叶踏得稀巴烂，印痕有深有浅，有大有小。

龙龙想起上次碰到的血迹、豹子，已相信了早早在这方面的知识，虽不像上次那样害怕，但还是忍不住问：

"是什么野兽来过?"

"到了秋天,庄稼熟了,野果又多,葛根也粗了,野猪结成群,老老少少,拖儿带女地四处寻食,作践庄稼。这时也特别凶,谁惹了它,一群猪都发疯似的拼命。都说野牛能挡虎,野猪的冲锋,也排山倒海哩!"

"是野猪?"

"看样子像是来喝水的!"

"连豹子也见过了,还怕它? 经历了那天,咱信了你的话:野兽也像鬼一样,它有七分怕人,人才三分怕它哩!"

"还是留心一点好。万一碰到了,还像那天一样,别主动去惹它! 它要主动进攻,咱们就向山上跑,千万别往下坡跑。它们这时膘肥,大胖子爬山不一定比咱们快。"

早早细心地查看了各种足迹,又走了一段,然后才回来,说:

"和咱们前进方向不一致,往那边小岭子上去了,走吧!"

"你知它走哪里? 上次对豹子,你为什么不晓得?"

"野兽也各有各的特性。这时的野猪喝水、寻食都有一定的路数,不大乱跑。在月夜头,猎人找个好场地,一次能打倒好几头。"

这话撩得龙龙浑身痒起来了:

"咱们下星期来打!"

"咱可不敢。再说,火铳呢?"

龙龙闷了膛。正在想心思时,绿幽幽的深处,骤然响起了洪亮的怪叫:

"尸——拾! 尸——拾!"

溪岸上的森林里,立即回荡起各种刺耳的怪声,刚刚还是空寂的山冈,刹那间充满了恐怖和神秘。龙龙想起了早早说的野猪群,却步了,正下意识地想往后退,右边森林里又响起了几声更粗粝、鲁莽的叫声:

"哈——哈——哈哈哈哈……"

还未落声，左边的黑松林，也爆发了：

"拾——尸！尸——拾……拾尸拾尸……"

整个幽暗的世界，充满了狂妄、尖厉的狞笑和阴险的喊叫，使人毛骨悚然。

这种恐怖气氛使经过那天历险的龙龙，仍然不自觉地往早早身边靠。早早也被这些怪声弄得汗毛竖起，但仍然沉着地说：

"像是一种鸟叫。头一声，是从树上起的。野猪可不是这样叫法，和家猪的叫声差不多。咱第一次进森林，还听到过一种脖子被扼住的挣扎声'哎哟——咿呀——'刺得耳朵疼，浑身起鸡皮疙瘩。爸爸随手砸了块石头，你猜，什么东西跑出来了？"

龙龙说："是狡猾的狐狸？"

"嘻嘻！是你上次说的黄鹂！爸爸说，它要理窝下蛋时，就这副怪劲头。"早早特意挑了个龙龙熟悉的鸟安慰他。又解释，"再说，林子里回声大，能把声音变得很陌生。"

龙龙把鹰翅眉一竖，胸脯挺得高高的，迈开了大步。早早一把拉住他，使了个眼色，伸手一指，一只小鸟正从琴溪的左岸，向右岸飞去。龙龙乐得嗓音都变了调，说："嘴，看到了吧？它的嘴是红的，鲜红鲜红的！"

鸟落到琴溪边上一棵次生的栎树上，欢快地唱了起来。吐了几个单音后，一转舌头，欢快嘹亮的叫声像是潺潺的流水，冲刷了弥漫在河谷两岸松林中的恐怖。紧张的神经松弛下来，龙龙激动得嘴唇都有些发抖：

"像哩！像红嘴玉！"

"有片树叶子挡了，看不太清。打吧，打下来再看。"

龙龙悄悄地换了个位置，举枪瞄准。只听扑噜一声，鸟吓得一愣神，偏着头看着。

龙龙见放了空枪，鸟还不跑，直起腰，壮着胆子往边上走，想找个更好的位置。急得早早又打手势又使眼色。睬也不睬的龙龙倒是找到了好地方,刚举枪,小鸟却呼地一下飞走了,只剩树枝还在晃动。

"你这头傻羊!它正警戒,你还往前走,让你抓死的?山里的鸟精,比不得你们城里!"早早生气了。

龙龙像泄了气的皮球,说:

"它头是白的。"

根据他们已掌握的材料,红嘴玉头上的毛是橄榄色,可这个长着红嘴巴的鸟,头是白的。早早说:

"不管怎么讲,它的嘴是鲜红的。多认一只相似的鸟,就多一分找到红嘴玉的机会。"

巧哩!没走几步远,枝叶边露出了白头红嘴鸟的黑身子。

早早在树下找到了打下的鸟,龙龙也赶到了。他们看得不错,这只鸟不仅嘴,连腿脚也红得像珊瑚。头、颈直到前胸的羽毛都是雪白的,其余都如黑缎一般。真是黑白分明,镶红嵌朱。龙龙爱得不愿放手。它是什么鸟?早早也叫不出。但两人还是非常高兴地把它收到包里,准备回去好好观察观察。

前方,隐约传来了沉闷的嗡嗡声。龙龙正准备说"又是鸟在叫",早早已警告他了:

"当心!咱们这里人最怕的是毒蛇和毒蜂,倒不是那豺狼虎豹。毒蛇藏在石头、草丛里,竹叶青还挂在树上。毒蜂会飞,能从上面展开攻击。碰了它的窝,毒蜂会成群结队往上涌。不像城里马蜂,被蜇了,疼个三天两晚完事。凶狠的是牛蜂,能蜇死大牯牛。吊在树上的窝,比稻箩还大。偷蜜老手大黑熊都不敢去惹它。你没经验,跟着咱走吧。"

龙龙心里慌,但不愿躲到瘦小的早早后面,那还成什么男子汉?早早却不容分说地把他拦在身后。

"碰上了别心慌,别乱动,一定听指挥。你不惹它,它不惹你。就是蜂子落到眼皮上,你也别眨眼。"

琴溪两岸突然高耸了,刚拐过一块陡峭的石壁,迎面传来了清脆悦耳的水击声……

啊哟!原来是一道雪练般的水瀑,从悬岩上挂了下来,落到绿莹莹的石潭,震得山谷轻鸣,溅起飞迸的水花。早早眨巴着小眼睛,有些羞赧地说:

"大山真会开玩笑,只隔不多远,就把声音变了调。"

龙龙还会放过这样的机会:

"嗯哼,吓得我腿肚子抽筋。谁知不是嗡嗡的蜂群,原来是水龙在吟!"

龙龙只顾观景看瀑,又是咂嘴,又是晃脑。不想,早早紧锁起了秀气的细眉,一言不发。

"喂,到了这样漂亮的地方,你怎么倒愁眉苦脸的?"

"别乐得太早,马上就有你好看的。"

"哈哈!你还想糊弄人?这里还能有水怪?"

"你上去吧!"早早说话还是文绉绉的。

龙龙这才注意到,潮湿、长满苔藓的山岩,像是一斧子砍下的,没鼻子没眼的冷冰冰的面孔,断了前面的去路。溪流的两旁,也是没鼻没眼的大石头。他们被紧紧夹在中间。可他还是满不在乎的:

"车到山前自有路。这不像上次那仙人奶的眼儿。再不行,还能向后转,找缓点的地方往上爬。"

"咱留心过了,还要回到看天鹅的地方,才能上岸。再说,岸上的路,也不一定比这儿好走。"

龙龙也感到问题严重了。为了尽量得到多一点的时间,他俩夜里出发,天透亮就赶到了琴溪,开始爬山。走到现在,连黑松林都未走出。再要往回跑冤枉路,难保不又像上次空手下山。红嘴玉,红嘴玉,要找到你,还真够费劲的……早早用胳膊肘拐了拐他,龙龙收神一看,早早正注意着一棵合抱粗

的松树。那松树粗壮的横枝倒垂下来,悬在石潭的上空。龙龙忙说:

"我说天无绝人之路嘛!大山伸出一只手臂接咱们哩!"

到了石潭边,龙龙往下一蹲:

"来,站到我肩上,先送你上去。"

早早却磨蹭起来,先瞅瞅龙龙脚下有没有青苔,又去砍了根细藤,才说:

"先把裤带给我。"

龙龙身大力不亏,像是升降机把站在肩头的早早送了上去。早早猴上树骑住,又解开裤带,和龙龙的裤带接到一起,递给龙龙。龙龙没费多大劲也上到树上。

两人走到石壁上,顿觉眼前豁然开朗。出了松林了,眉毛峰正对着他们笑——蓝天衬得山峰,像笑弯了的黛眉。

一条灌木丛的山脊,直向高天伸去。两边山坡上都是高大的乔木,碧绿的叶片也在闪光。西边仙源镇上空的云雾已散去了,小镇像是深深的浪谷里的一叶扁舟。东边,无尽的群山峰涌峦攒。这里和那里的山谷,还飘着稀稀的薄雾。两位小探险家舒了口气,回身一看,无边无际的黑松林,像是高深莫测的大海。龙龙感叹地说:

"嗯哼!还真有点'柳暗花明又一村'的味哩!"

龙龙乐得在山脊上飞跑起来,踢打得灌木丛的枝叶哗哗响,两只小鸟,呼呼地飞起……

早早只觉得有缕彩色的光亮,在蓝天和绿叶中划了一条弧线,悠然消失到乔木后的灌木丛中。

两位小探险家愣愣地站在那里,眼睛盯着两只鸟的落点,大气也不敢出。虽然谁也没有看清那是什么鸟,但根据这么多天的讨论以及掌握的材料,在两次探险中对许多鸟的分析、观察,他们同时都感到一件不平凡的事情出现了。

两人蹑手蹑脚地向前接近,直到已站在刚刚盯住的地方,也没看到一丝异常;就像矮树丛浮生在那里,而浮着它的水下,正是无底深渊——所有的鸟都被藏到不可知的地方,连一声鸟鸣都没有。只有从森林深处传来数下"笃笃笃"的啄木声。

突然,天外飘来一阵春风,吹拂在两个孩子的心上,清脆的音符拨动着心弦,心弦上跳动着悠扬的乐章——青青的草地,无际的云海,叮咚的山泉,潇潇的疏雨,空谷的回声……令人陶醉的歌唱……

发现了,终于看到了。早早和龙龙匍匐在灌木丛中,等到眼睛适应了树丛中的光线,他们终于看到了那红嘴的鸟儿。

"瞧啊,它的嘴晶莹水灵,宝石般红。喉咙、下颏金黄,像初熟的橘子。"早早低声感叹着。

"眼圈像是两片花瓣,金黄金黄的。"

"前胸像是落了片朝霞。"

"它还挺起胸来炫耀哩!嗨,肚子上像围了个淡黄的兜兜。"

"红斑,点缀在橄榄色的两个翅膀上,格外鲜艳。多华丽的羽毛。"

"要不,在太阳下飞,咋会耀眼哩!它是吗?"

"几个特征都像。"

"能说找到了……"

"那只体形显得圆些,大概是雌鸟,画眉就是这样分的。"

"公母不离……报纸上是这样说的。"

"是红嘴玉,应该是!"

"打一只吧!"

像是一片雾飘来,遮住了早早的脸。龙龙猜早早舍不得这漂亮的鸟。龙龙说过:我是背枪打鸟的,早早是提笼喂鸟的。可是,长着红嘴的鸟也不少,连乌鸦也有红嘴的,它是不是红嘴玉?

自从他俩要寻找红嘴玉,各式各样令人烦恼的问题就来了。龙龙只知道报纸上说的"体形娇秀可爱,羽色华丽漂亮,鸣声婉转优美"。符合这几条的鸟多着哩!黄鹂不是吗?白头黑身子、红嘴红脚的鸟不像吗?连画眉也该算呀……他们找不到可问的老师。(唉!王老师还要说"惹乱子的根"!)最后,还是早早主意多,又有耐心,天天去阅览室找,到书本里寻,总算把"体形娇秀可爱,羽色华丽漂亮"的具体内容搞清楚了,还总结出几条。他俩刚才就是在"按图索骥";但是,这只是他们想到的、看到的,对吗?拿证据来!不对?又是为什么……

过了一会儿,龙龙突然接到早早发来的信号,同意打下一只来作为标本。他举枪瞄准了。

可是,那两只小精灵,只在灌木丛中跳来跳去,又东掏西啄;高兴了,又有韵有致地唱和起来。

龙龙得到过几次最佳的射击时机,然而,"时机"太短暂了,就像是银幕上一晃而过的镜头。他浑身燥热,额头上沁出了大滴汗珠。早早却一再提醒他:冷静、沉着。

树丛中出现了一块巴掌大的空地,龙龙等待着目标从那里经过。他屏住气,想使心脏也不要那样有力地跳动,全神贯注在瞄准线上,专等三点成一线……好,好极了……龙龙的食指准备使劲,开始扣动扳机……

突然,空中射来一道黑色的闪电,直扑准星延长线上的小鸟。龙龙惊得一颤,大声喊叫:"哎呀!"

六　在野人岭上，突然遭到奇袭

早早只是观察，视野宽阔些，并不像龙龙把视线集中在瞄准上。当空中那道黑色的闪电射来时，他看到那个流线体从空地上一掠而过——就在这一刹那间，正往下跳的鸟不见了（早早也明白了，鸟为啥老是在稠密的灌木丛中）——又飞向空中，再振翅一拍，已到树林；刚想滑落，龙龙的喊叫又惊得它向前飞去。

那是一只青背白肚子的大鸟，有着弯钩一样的嘴。

早早连忙跟它后头追，脚步声催得龙龙连滚带爬地跟上来。

其实，那鸟早被红嘴鸟的叫声吸引，悄悄地飞来站在高枝上，注意着小灌木丛中的动静，准确地选择了攻击时机，以迅雷不及掩耳之势，一下就抓走了猎物，小鸟在它爪下一声都未吱。正当它要享受美味时，这种强盗行径激怒了两位小探险家。

青背大鸟在前面飞，两位小伙伴在后面追，鸟不愿放下到手的食物，两个孩子对飞贼同仇敌忾。但是，大鸟占着速度上的优势，在森林的树枝中飞来穿去，气得龙龙在奔跑中也连射两枪。

双方都竭尽全力在森林中进行着这场追逐，早早几次叫龙龙停下静心瞄准，可是，龙龙站住时，它只将头对着他们。只要龙龙一举枪，那鸟就飞，真是又鬼又刁的家伙！

大鸟像是有意戏弄两个孩子，飞飞停停。愤怒的孩子们看到它刚想用嘴撕扯猎物时,就大轰大喊,吓得它只好再飞。

前面骤然响起粗犷的叫声:

"哇!哇!"

振翅疾飞的大鸟,也尖厉地狂叫:

"给!给嘎!"

顿时,森林里充满了惊心动魄的叫喊。树叶的哗哗,风的呼啸,犹如千军万马奔腾。

大鸟不见了。

正在惊慌失措的龙龙,突然看到树上出现了无数的黑色毛团子,一边刺耳地叫着,一边奔跳。这又是一种什么怪鸟?

"快跑!"早早的嗓音都变了调,"野人!"

哪里是什么鸟哟!龙龙从来没有见过这样的阵势,也不知道那些黑毛团子是什么怪物,或许是出于淘气或糊涂胆大吧,他倒是想看个明白,长长见识。看平时文静的早早那副惊慌失措的样子,让龙龙感到问题的严重。

龙龙慌忙转身,但仿佛被谁从后面扯了一把,立脚不稳,重重地跌倒:

"它抓住咱啦!"

早早回头一看,虽不是有野人抓住了龙龙,但他的上衣后背,被小树的枝杈挂住,小树也被他坠弯了。他只好反身,把龙龙的衣服解下来。

等到早早拉起龙龙再跑时,来路的树上,已布满了黑毛野人,喊叫声咄咄逼人。早早埋怨自己粗心大意,只是一个劲地追鸟,却没注意到还有野人躲在树上,有意放过他们,等到进入口袋阵里,才断绝了他们的退路。他接受教训,细心地观察起来。

对方一见他们还不退让,立即向前冲来。领头的是一个拖着挺大肚子的家伙,它特别凶恶、可怕,两人吓得往左边猛跑。谁知,一些有脸有鼻子有眼的毛团子已拦在前面,还晃动树枝,向他们脸上打来。两人像是掉进了一个巨大的黑色旋涡中。龙龙心惊胆战地说：

"坏事，闯到它们老家，被包围了。"

"眼镜！眼镜掉了！"早早说着就蹲了下去用手摸。

真是祸不单行。龙龙一见早早的眼镜不在了，也急忙低头寻找。在这样杂草、树棵丛生的林下，要找眼镜，简直是大海捞针。虽说早早不是高度近视，但猛地没有了眼镜，看稍远一点的物体，就像是被罩了一层云雾。

那些黑毛怪物见他俩赖着不走，又都从树上向这边围来。那个大肚子，烦躁地走来走去。

它不耐烦了，对它左右的怪物狂吼，叫声凶悍无比，刺得人头发都竖了起来。早早说：

"开枪，用枪打它们。"

龙龙狠狠地在腿上捶了一下：嗨！怎么紧张得忘了手里有枪。虽然是气枪，也能把近处的目标钻个窟窿。不想起枪还好，一扳弄，枪身却怎么也扳不过来。真是应着了"越渴越吃盐"那句话。

早早急了，顺手拾了个石头砸去。

那些黑毛怪物见有东西飞来，呼啦一声散开。

龙龙仔细检查了气枪，发现坏了。他急得直跺脚，想起一定是刚才摔跤时跌坏的。早早虽然没听到龙龙说什么，但也估计到是枪出了问题，想了想，说：

"眼镜不要了，想办法冲出去！"

龙龙拉起早早又跑。黑毛怪物这次不追了。但到了前面一看，林子断头，下面是万丈深渊的峡谷，只得回头。

等在那里的黑毛怪物，立即喊叫着拦住了去路。

经过几个来回一折腾，两个孩子发现了重要情况：一、这个野人岭实际是个半岛式的岭子，三方面临陡壁，只有来路的一面和山体相连，而黑毛怪物正扼守在那里。二、那个大肚子家伙的周围,是异常敏感的部位,像是女王的殿堂,只要对那个方向稍有举动,立即引起强烈的反应。

反正是突围不出去,这倒让早早冷静了下来。脑子一活动开,恐惧的情绪淡了。

事故突然发生时,他从野兽的长毛,突然想起老人们曾说过,眉毛峰下面有个野人岭,常年有人在那里见到长着黑红长毛的野人。

它们拦路要东西吃,抢衣服穿。这个山岭的名字就是这样来的。随着年龄和知识的增长,早早不大相信有野人。但人们把那些事渲染得活灵活现。特别是这一两年,关于考察神农架野人的报道,他在报纸、杂志上也看到了。

这使孩子充满幻想的头脑又活跃起来。从眼镜没掉之前看到的形象来判断,那怪物确实有些像人。

要是真的碰到野人……嘻嘻,有意思!咱紫云山也有野人!

记得有人写文章说,根本不可能有野人,人们看到的只不过是一种大型的灵长类或者是棕熊。对了,可能是猴子。但是,紫云山区多的是黄毛小石猴,它个头小,叫起来叽喳喳的……与今天遇到的,个头、毛色、叫声都不对,胆子也没这样大,居然敢拦人……想到这里,他很想能看清这些怪物的脸面。可是,眼镜丢掉了,只好问龙龙:

"它们长得像么动物?"

"你不是说野人吗?我没见过,报纸上只说有科学家在考察。"龙龙说,"毛有点像,黑的,还有点红,又长,全身都是。"

"咱没看到它站起来走路,你见到没?"

"你看,有手有脚,那个小的还用手抓痒痒哩。对了,它们在树上,手脚落树,像个狮子狗。"

早早想:既然称"人",野的也该站立行走呀。能否直立行走,是人和猿的重要区别哩。他问:

"脸庞子像人?"

"就是鼻子短了点。趴鼻子,坎额脑,突下巴,三角脸,大门牙,倒有点像画报上……不好,那个大块头往咱们跟前来了。"

想到刚才砸石头见效,早早忙说:

"用石头砸,咱喊一二三,一道甩。"

黑毛怪物见石头飞来,又都转身散去,还有个小的吓得直叫。

"嗨!我还以为你们啥都不怕哩!"

没等龙龙得意的话落音,两个孩子还没意识到是怎么一回事,一阵"暴雨"就从四面八方向他们袭来,打得树叶哗啦响。虽然命中率不太高,大都掉在附近,但也有几个落在他们身上、帽子上。低头一瞧,原来是带刺的果实。

石头与果实在空中飞来飞去,双方打得蛮激烈。早早更是兴奋地喊着:

"再砸!一、二、三!"

早早的视力差,准确性原来就不高,龙龙的准确性高些。可是那些怪物们动作很灵活,而且战斗的热情高涨,呼喊着、咆哮着。混战中,他俩被多次击中,有时被砸得眼都睁不开。早早躲闪不及,脸上挨了几下。龙龙脸上虽只中了一两弹,却火辣辣地疼。他火了,采取了新的战术,佯攻后再突击,而且专门对付那个拖着大肚子、行动不便的怪物。

"哈哈!砸中了,砸中了!"

早早却说:

"当心!它们报复心强!"

可不是,几个四肢粗壮的黑毛怪物,立即龇牙咧嘴地蹿到他们头上的大树上。

龙龙拉起早早刚要跑,"伞兵部队"已自天而降。头里两个,上来就抓草帽。龙龙下巴被帽绳子勒得钻心疼,人跌倒了,帽子也撕扯碎了。早早反应快,头一低,主动把帽子松下。后到的几只还在张牙舞爪往前扑。

早早急中生智,拼命地又蹦又喊:

"啊啊啊——!"

森林里震荡着可怕的回声。

黑毛怪物不知出了什么事,纷纷蹿上了树。这一招倒是有些灵。

黑毛怪物争着、抢着胜利品——草帽。战斗暂时平静下来。早早兴高采烈地对沮丧、心慌意乱的龙龙说:

"猴子。咱敢肯定,它不是野人。是一群猴子。"

"猴子?你别唬人了。咱见过马戏团的表演,哪有这样黑毛大猴!要说猩猩,咱还有点信。"龙龙头摇得像拨浪鼓。

"猩猩?热带才有猩猩。可咱们紫云山属于亚热带靠北的地区,哪来的猩猩?"

龙龙觉得这个理倒是驳不倒的。早早见龙龙只是大睁着眼,就从地上捡了个玩意儿给龙龙:

"你看这是么样东西?"

龙龙把鹰翅眉松开了一些,说:

"刺球呀!我脸上到现时还疼哩!它们第一次砸来时,我就看到了,全是这些树上结的刺球。要不,还真以为树上也长石头哩。这些家伙挺调皮,挺逗哩!"

早早笑得甜蜜蜜的,又在地上捡了个给他:

"嘻嘻。你真是'沈三娘不识板栗——刺球'。再看看吧!"

这个刺球裂开了口,露出了光亮亮的栗子壳。龙龙一掰,嗨!不是板栗子是啥?没想到又甜又香的板栗子,就是长在这个刺猬般的球壳子里。抬头看树上,树上挂满了栗果。

早早说:

"离中秋节不远了,眼下正是板栗红的八月。"

"哈哈!因祸得福!没想到野人还这样慷慨,是瞅咱们饿了吧!难怪你一个劲喊一二三哩!你这个又精又鬼的小早早!"

早早微微地笑着:

"你只说对一小半。那一大半,是咱要证明它是野人还是猴子?"

"嗯……"

"你想,只有猴子好学人的动作,你砸它也砸,皮得出格,哪有野人闹这玩意儿?"

龙龙一想,对呀!

"白肚子鸟抢走红嘴玉,倒是送来了大猴子。咱估计,老人们说的野人,大概就是它。咱们回去就报告,起码是一种新发现。咱掉了眼镜,你跌坏了气枪也值得……"

一声尖厉的猴叫,打断了早早的话。不知什么时候,那只大肚子猴子已跳到地上。它叫得那样凶,似乎爆发了强烈的痛苦。有三四只猴子也从树上跳下来,在它身边走来走去。

"用望远镜监视它,咱们今天可能就倒霉在它身上。"

距离虽不太远,但为了看得清楚一些,龙龙还是用望远镜认真地看着。

大肚子猴叫得更凶,更可怕。没一盏茶工夫,那声音低沉了下来。不多久,轻到只是哼唧。

龙龙像是发现月亮掉到了地上:

"哎呀!它生了个小猴?白的,没点点大。"

"小猴?嘻嘻,原来是老猴生小猴了。"早早乐不可支,没想到碰到这样有趣的事。

"有道理。先头恐怕就是因为这只老猴要生小猴。猴子猴孙才不愿走远,又不让我们靠近。"龙龙有些醒悟了。

早早喜滋滋地拍着小伙伴的肩膀：

"傻样动脑子了。只是咱们更走不掉了，老猴更是要护着小猴。就像谁要动了小狗，老狗会冲上去咬的。"

龙龙又烦躁起来，像是小牛犊乱踩蹄子：

"太阳大偏西了，咱们还被困在这里……唉，真糟！"

"当然不能待在这里，在深山老林过夜，豺狼虎豹要来找麻烦的。咱两家的爸爸、妈妈也要急疯了。现在有个好办法，就怕你不干。"

猴群响起了争吵声。

"哎，另外一个老猴，还去抱小猴哩！"龙龙接着报告。

"生它的老猴让吗？"早早也有了兴趣。

"不让哩！正吵着。老猴自己把它抱到了怀里。"龙龙观察得很仔细，接着又回到原来的话题，"只要是好办法，咱就愿意。"

早早说：

"你想办法偷偷地溜走，到外面喊人，说不定还有希望。"

"你呢？"

"咱在这里守着。反正跑不掉。"

"不干！你先走。咱留这里。"

"眼镜丢了，咱一个人能走得出去？山路险哩！"

"咱俩一道走！"

"能一道走得脱，还待到现在？"

"反正咱不走，也绝不让你一人留这里。"

两人你一言我一语地争个不停。直到两人说不出更好的办法，龙龙才同意偷偷突围送信。

气枪上挂着龙龙的褂子，就像是个稻草人似的。早早仍然坐在那里，注意着猴群的动静，时时做一些动作，吸引猴群的注意力。

龙龙按商量好的迂回路线、隐蔽的方法,终于突破了防线。他气急败坏地在森林中奔跑,还不时回头望望早早被围困的那片林地……

刚要走出乔木林,往山脊上去,一阵狗叫把他吓了一跳。

"哎哟!"

一只红毛狗猛地向他扑来。龙龙连忙一边闪开,一边往树后躲,还呵斥着:

"混蛋!你也欺侮人!"

这引起红毛狗愤怒的狂叫。别看它不像狼狗那样高大,却凶猛地左扑右跳。

正在龙龙慌慌张张地抵挡红毛狗的攻击时,山脊上传来一声脆亮的声音:

"阿利,回来!"

狗立时不叫了,转身向主人跑去。

龙龙从树隙中一眼瞥见林外人影,立即像是当头挨了一棒。早不遇,晚不见,偏偏在这倒霉的时候碰到了,比那天碰到老豹子还要……他一转身,悄悄地向林子密处溜去。

"谁躲在那里?"还是那脆亮亮的声音,但语气中已有了警惕。

龙龙已经顺利躲到一棵大树上,茂盛的葛藤挡住了视线。

发话声更严厉了:

"再不说话,又不出来,咱要放狗了。"

龙龙心想:你放吧!它能咬到咱一根毛,算它能耐!

"阿利,上!"

围着树狂叫的狗,引来了它的主人。主人拍拍它的头,它安静下来了。

森林里顿时静了下来,静得连鸟在枝上跳动声也清清楚楚。

龙龙耐不住了,甚至怀疑是不是刚才看错了。他偷眼向树下瞟了一下:

一点不错,就是她——同位子的女同学林凤鹃。今天,她是一副山林人的"短打扮",腰里系了根带子,带子上扣着柴刀架,插着有弯钩的柴刀。一双白色的山袜,扎到膝下。目下,她的眼睛、鼻子、嘴角都好像在说:原来是你!

这副神情,使龙龙感到有点不是滋味,他索性挪了挪身子,在树丫上舒舒适适地坐好。

这一挪动不打紧,却把口袋兜兜翻了过来,里面的东西像阵雨样洒了下来……

红毛狗一声不响地傍在林凤鹃身边,警惕的眼睛,忠实地尽着卫士的职责。

林凤鹃弯腰拾起一个,原来是颗气枪用的铅弹。她又抬起头仰脸望着树上的龙龙。

龙龙心里颤动了一下。他看到她脸上的笑容,对,千真万确是笑容。这个熟悉的笑容他只见过一次,但已深深地印在心里。他和早早曾为这个笑容讨论过……哎呀!早早!想起早早,龙龙像是被火灼了一样,也清醒了不少。不能再被困住了,树下就是有只老虎,他也要下去。

那可一点也不含糊,他抱着树干,哧溜一声就下来了。未等站稳,提脚就跑。谁知,林凤鹃却无声无息地一下飘到了他的前头,下颏微扬:"哎……"

粗糙的树皮蹭起了龙龙的上衣,前胸一大块挫伤,血还在往外沁。龙龙也感到了火辣辣地疼,但还是一扭头:

"不要紧。"

"啥事这么急?"

"找人。"

"啥事?"

"救早早。"

"在哪?"

"野人岭!"

"你……在前面带路,咱们赶快去!"

一串急促有力的脚步声,响在山野上!

七 粉眼红肋，不知它带来的是福是祸

从峡谷里蹿来的风吹打着山岭。

风风火火地在前面领路的龙龙，跟在后面的林凤鹃，脑子里想的肚子里转的，比腿脚的运转不知快了多少倍。红毛狗阿利没那么多的复杂问题，一直冲在前头。

通过开学后两周的观察，班主任王黎民老师认为：李龙龙的皮，挑在脸上，是明皮，皮得有点愣；刘早早的皮，在骨子里，是暗皮，皮得有点精……应该设法引导……还没等她想出办法时，"骨碌碌碌碌碌——粪球"的事爆发了。

王老师从国际上解决局部紧张局势的方法中，得到了启发，决定首先将李龙龙从第五排调到第二排，隔着两排课桌椅，犹如中间地带——使他和刘早早脱离接触。

可是，将李龙龙调到哪张课桌，和谁同桌好呢？这时，林凤鹃的身影立即跳入王老师的脑海。

这位俊美俏丽的女学生，上课时总是聚精会神地听讲。作业本子干干净净，字迹秀丽，就像是一块绿油油的秧田横竖有致，看一眼都令人心旷神怡，感到丰收在望。更可贵的是她很文雅，喜欢静静地闪动着乌黑的眼睛，不轻易说话；但若是说出一句话来，就像是一块石头击水，有波有澜。这使她在爱说爱笑的女学生中，显得有些孤僻。王老师看中的，正是这一点。

一般说来,到了中学阶段,男女学生都不愿同桌。王老师在排座位时,也有些疑虑,但想到这可能要产生意想不到的效果时,她的决心定了。

课外活动时,王老师来到了教室:

"林凤鹃,我想跟你谈一件事。"

王老师又找到了李龙龙:

"请你十分钟后,到办公室找我。"

李龙龙昂着头,满脸不在乎的神色。王老师刚转身,早早就眉头紧皱,歪了歪嘴——不妙,当心!

在办公室里,王老师把林凤鹃拉在身旁坐下,说:

"校有校风,班有班风。学生的天职是搞好学习。我希望能建立一个有良好学习风气的集体。可是,开学以来,李龙龙和刘早早的那张位子,已影响到正常的教学秩序,干扰了大家的学习。从小学鉴定看,你一直是优秀的学生。我信任你,希望你能为集体做出贡献,帮助后进的同学。从明天起,李龙龙和你同桌,你多帮助他。有什么问题,随时向我汇报。我相信你是一定能接受这个任务的。"

林凤鹃只是用眼睛看着老师的脸,好像那是一张很难看懂的画,直到王老师脸上涨起一片红云。

"老师,我的第四份检讨不都交了吗?"李龙龙大大咧咧地进来了。

王老师没想到十分钟这样快,只好说:

"那是纸面上的,能不能遵守纪律,做一个好学生,现在就看你的实际行动了。"

"那就看呗!"

"好!有这样的态度就好。从明天起,你和林凤鹃同桌。她会帮助你的。"为了使双方都明白,王老师又说,"林凤鹃,李龙龙再不遵守纪律,我就要找你负责啊!"

林凤鹃的嘴角露出一丝不易察觉的笑容。李龙龙将脖子一拧。王老师还没等他抗议,就做了个坚决的手势说:

"你要有意见,我再和你爸爸、妈妈商量一下。请家长和学校一道来帮助你。"

李龙龙最怕这一招。爸爸平时虽温和,但发起火来也怕人。妈妈不会声严色厉训斥他,但一定会气得唉声叹气的,好几天都没精打采。这是他最害怕的。这个大大咧咧、粗线条的儿子,对妈妈特别亲。母亲脸上一丝一毫的变化,他都很敏感。更何况还要产生一连串的连锁反应,譬如没收气枪啦,限定在外面的时间啦……那么,关于观察鸟类生活,寻找红嘴玉的计划……一切都泡汤了。他眼睛看着房顶,用他特有的大嗓门说:

"随便!"

说完就走出去了。早早正在学校门口等他。一路上,龙龙又气又恼,大声嚷嚷:

"这是成心捏酸筋,咱才不怕哩!"

早早眯着个小眼,笑了:

"嘻嘻,王老师疼你哩!特意给你找个擦鼻涕的小保姆。"

"去去去!你还笑,真不讲交情,不想正经点子。"龙龙举起拳头就要捶他。

"打吧!咱正有个好主意。要是一拳捶跑了,那才省得咱麻烦哩!"

"快讲。"龙龙放下了拳头。

早早转动了几下小眼睛,说:

"这是对全班同学的警告:李龙龙就是样子,你们还敢不遵守纪律?她是新老师,想树威信。压不住你,还想带好这个班?"

这真让早早小聪明说上了。王黎民热爱教师工作,几年前,当家里听说她报考师范学院时,没有一个不反对,举出的理由总有一百条;可是,她不是轻易能被说服的人。她从自己那么多年渴望读书,而又无法得到读书的机会中,认识到作为教师的幸福和责任。更何况,当时还有一位忠实的支持者哩!不过,他不是她家的成员。以后,甚至连他也销声匿迹了……毕业后,她原想留在城市,却被分配到偏僻的山区。先是思想不通,后来转而一想,一定要干出成绩。

于是她怀抱宏大志愿来到了仙源中学。没想到,排座位的疏忽,使她带的班级在全校闻了名。她听到了警钟,为了镇住这些皮猴子,她要给龙龙一点厉害看看。

"那……那……"龙龙觉得问题是有些严重,可又觉得挺委屈的,"爱鸟也犯法?"

"谁说的?"早早的嘴一撇,"干么事都让人捧着,有啥滋味?达尔文、爱因斯坦、爱迪生……大科学家开头时,谁承认?还有人认为陈景润是疯子哩!"

"对,还是你爷爷讲得好:人不挨骂,不能长大。"

"唔,这就不是脓包,是龙龙了。男子汉,总得有骨气嘛!咋也不能被个黄毛丫头吓倒、跌了相!"

话是这么讲,龙龙心里可在想:现在王老师是把个女学生推到第一线,这些小丫头们会哭、会闹,还会胡搅蛮缠,不好对付。

早早看龙龙还是茫然的样子,就把嘴凑到他耳朵上,叽叽咕咕了一阵子。只见龙龙拍手叫好,乐得又蹦又跳。

第二天,直到上课时,李龙龙才坐到位子上。老师讲课了,但有些同学的视线常常射过来,也有故意擤响鼻子的,歪嘴耸肩的。这一切,林凤鹃都像没有看到,仍然端端正正地坐着。李龙龙呢?可不像开学第一天了。现在谁扯眼吊线,他也吊线扯眼;谁歪嘴,他也歪嘴。针锋相对,一一还击。

好不容易挨到下课铃响。刘早早悄悄地来到龙龙桌前:

"龙龙,今早你看到那两只喜鹊打架了?"

"不就在那棵水杨树上的喜鹊窝吗?"

"对呀!你知道为啥事?"

"那一只侵犯了人家的边界,还没命地叫。结果被打得头破血流。"

"唔,有意思。这说明最好是谁也别惹谁。"

林凤鹃再憨,也能听出弦外音。

两个小伙伴对林凤鹃一点也不了解,但老师挑中了她,不是个"老人精",也是个"放屁虫"。所以他们决定还是先"警告"为好,若是不买账,再想办法。早早又问:

"喂,你最讨厌什么鸟?"

"乌鸦!"龙龙说。

"它惹你了?"

"我最讨厌它呱呱地叫,净说人坏话。"

"它不怕你讨厌呢?"

"我有气枪呀!"

这简直是寓言了。寓意是明白无误的。令两个小伙伴失望的是,林凤鹃毫无反应,像个聋子。

当天下午课外活动,王老师把李龙龙、刘早早找去了。她一个劲地追问"喜鹊"和"乌鸦"是啥意思。

以后的几天,一场反击战又悄悄展开了。

学校的课桌桌面是活动的。掀开桌面是两个放书包的桌肚,每人一个。上课时,龙龙不打招呼,噔一下掀桌面拿橡皮。林凤鹃默默地从地下拾起书。刚要记笔记,龙龙又噔一下掀桌拿笔记本,林凤鹃被吓了一跳。可是,她看也不看一眼有意找麻烦的龙龙。龙龙心里乐了。

有两三次,林凤鹃未能完成课堂作业,只好在课间休息时趴到窗台上做。

那天王老师提前十分钟结束了讲课,接着检查课堂笔记本。李龙龙把词语和解释都记下了。林凤鹃的本子上有三个词未记下,而且还有一大滴墨水。王老师很奇怪,问是怎么回事。林凤鹃只是站着,低着头,忍受着同学们投来的目光,一声不响。王老师希望今天水落石出,解决李龙龙的问题,于是一个劲地追问,眼看抵不过去,林凤鹃开口了:

"没记下来。墨水是不当心滴下的。"

龙龙的心放下来了。真悬!可是,立即又感到有种苦味爬上了心头。

是的,任你怎样找麻烦,林凤鹃就是不争不吵,连眼角也不扫一下你,似乎旁边根本就不存在一个叫李龙龙的人。这可叫李龙龙受不了了,感到被轻视的屈辱,于是,他调换了一种手法,装出各种各样的怪相,做出各种各样滑稽的动作,想引林凤鹃发笑。可是,林凤鹃的脸仍像秋天的水,平静无澜。

早早也没招了,一天比一天更加惶惑起来,不知林凤鹃究竟是红脸还是白脸?

这天,王老师一段课文没讲完,发现李龙龙掀了四次桌面,于是,走到李龙龙跟前,要他把桌子打开。李龙龙并不动手。她又叫林凤鹃打开,林凤鹃也只是站着。王老师生气了,亲自动手掀桌子。李龙龙却啪一下关牢,还用手按着。王老师更来气,硬是掀开一道缝。正弯腰偏头看,几个影子已扑到王老师脸上,还撩了一下。吓得她往后一仰……几只小鸟早已拍翅飞旋。

教室立即炸了群,脚步声、喊叫声、关玻璃窗声、桌椅碰撞声……乱成了一锅粥。

然而,李龙龙却没去捉鸟,他被身旁发生的奇迹震惊了。他清清楚楚地看到,林凤鹃笑了,还像个顽皮的孩子,几次钻到桌子下面逮鸟……

"粉眼。"声音轻得像是微风吹来。

"肋下栗红。"

龙龙的话一出口,脸涨得通红。他后悔答出这句话。因为,他明明听到是林凤鹃先说出了"粉眼"。

鸟被捉住了。有的孩子嚷着要处死它。狼狈而又尴尬的王老师,头脑还清醒,淡淡地说了声:

"放掉!"

小鸟飞到了窗外,绿莹莹的羽毛在蓝天里闪了几下就消失了。

这鸟是怎么进入桌内的呢?

四天前的傍晚,早早找到了龙龙,眨着有神采的小眼睛,说他发现了一只从未见过的小鸟。龙龙跟着跑出去看,树上确实停了十几只粉眼眶、黄胸、白肚、绿翅膀的小鸟。龙龙认出来了,但鹰翅眉却扫兴地往下一耷拉:

"不就是你说的粉眼鸟吗?也不是今天才飞来的。咱还以为是来了九头鸟哩!"

"粉眼是粉眼。可你再瞧瞧,真的和咱们过去看到的一样?膀子下的肋下是么颜色?"早早有条有理地引到要害。

"哎呀,红的,栗红的肋。以前见过的都是灰突突的。它啥时飞来的?"

"咱今天头次见,来了一大群。"早早又想了想,"为什么它的肋下是红的?比那种粉眼漂亮得多?是从哪里飞来的?"

"咱去拿枪,采它一只吧!同意吗?"龙龙不等早早表态,就飞一样跑走了。

枪拿来了。鸟也不大怕人。可是,射了四五枪,一只也没有打下来。粉眼鸟原本就小巧玲珑,比麻雀都小;又活泼,总在高枝上跳来跳去,更为瞄准增加了困难。早早也试了两下,还是放空。一直到天快黑,还是两手空空。

这下,连早早也着急了,拿下眼镜,不断地擦着……根据他的观察,这种鸟是过路的,不像要在这儿久住。打过路鸟,错过了时间,就只好等来年了。

龙龙说:"算了吧,只好随它去。咱们既没有天罗,也没有地网,留不住也请不来。"

早早把眼镜往鼻子上一架,抬起了脸:

"有了。咱幺叔说过,逮小鸟除了网,还可以粘……"

"是用糨糊还是糍粑饭?"龙龙嘲笑起来。

"把话听完嘛!用桐油熬,熬得比胶还要黏,咱见过。"

山区里的桐油不难找。两个人躲着人忙活了半天,终于把桐油熬好了。早早找来了树枝。关于该把树枝扎成什么形状,龙龙说,模仿小树的样子。早早说,根据他观察,粉眼喜欢歇在横枝上。争到最后,只好各人扎了一个。早早扎的是"干"形,龙龙扎的是"丫"形。涂上熬好的桐油,看看小鸟究竟喜欢落到哪个上面。

当他们看到五只小鸟使劲拍膀子也飞不走时,心里乐得比蜜罐子还甜。有的连翅膀也被粘住,正在起飞的姿势,特别好看。

早早扎的"干"形枝的横木上,粘到了四只。龙龙扎的"丫"形枝上的丫子上,只粘到一只。龙龙不服气,以为是早早玩了花招。这个小粉眼为啥喜欢落在横木上呢?横木就那样香?是树就可落,难道连个树还要分横枝、斜枝、树顶、树下?

为了进一步观察、研究,龙龙把小鸟带进了学校。

粉眼鸟给龙龙带来的灾难,是可以想见的。不寻常的是,王老师先批评林凤鹃,问她为什么没管好龙龙?为什么看到龙龙上课时玩鸟也不报告?

龙龙感到浑身发燥,这比自己挨批评还要难受。

林凤鹃平静地站着,既不争辩,也不说明。

王老师只好把连珠炮猛烈地向龙龙射来:

"为什么又不遵守纪律?你的保证哪里去了?像话吗?"

"为什么把鸟带到学校?"

"为什么上课又不专心听讲?"

憋了半天,龙龙只是嗫嗫嚅嚅地说:

"我想观察它怎么……"

龙龙感到了林凤鹢投来的目光,不是批评,也不是轻视,倒像是第一次认识似的,第一次觉得有这样一位同学存在。

王老师不愿再听他讲下去:

"我不管你想干什么。课外时间,你看蚂蚁上树我都不管。我只要你遵守纪律,搞好学习。一个学生,连最基本的学习任务都完不成,还好意思说什么'想呀想'的!你成天迷着鸟。鸟在天上飞,你能长出翅膀飞?"

王老师希望林凤鹢成为她得力的助手,至少能有助于解决目前的僵局。说:

"林凤鹢,你说呢?"

"咱也喜欢小鸟,在教室里也参加了捉鸟。"声音不大,但语气是坚决的。

这就像个响雷炸在王老师的头顶。她瞪着眼、张着嘴,只觉得头脑嗡嗡地响。她原来是要建立一条防线,没想到防线却从内部豁了个大口子。

对早早和龙龙说来,林凤鹢简直像是个谜一样。在王老师说来,也是如此。

……

阿利兴奋地踏着快步,扭过头来,喷起鼻子。龙龙惊醒了。

"快!前头就是。"

林凤鹢的脚步不由得慢了。龙龙回头,看到汗珠在她绯红的脸上闪光,也明白了她的惶惑,于是赶快说:

"野……人,大黑……猴,包围了早早。"

"阿利,上!"

看到红毛狗像箭一般射出,林凤鹢迅即从背后抽出柴刀,叭叭砍了两根大棍,给了龙龙一根:

"冲!"

狗的吠叫中,夹杂着猴群的哇哇声。

"冲呀!"龙龙扯着喉咙大叫。

森林里震荡着猴鸣狗吠,一片愤怒的喧嚣、狂吼。

"林——凤——鹃——! 龙龙——!"是早早在呼喊。

早早的呼喊,顿使两人勇气倍增,奋勇地向前冲锋。

林凤鹃一马当先,直扑黑猴盘踞的大树,又敲又喊,龙龙心里有恨,更是凶猛无比⋯⋯

阿利的突然出现,引起猴群一阵骚动,纷纷跳到树上,张着血盆大口,露出锋利牙齿狂叫。敏捷蹿跳的阿利,终于使猴群开始撤退,但还有几只老谋深算的依然赖着不走。

正在这时,两位小英雄威武地冲来了。早早也乘势从里面砸起石头,猴儿们吃不住了。

"早早!"

龙龙兴奋地喊着,张开手臂跑着⋯⋯

是的,是早早。他那精灵一样的小眼睛里洋溢着欢笑,笑得那样舒心。

到了面前,龙龙却不好意思去拥抱伙伴,只是在他肩上轻轻擂了一拳。

林凤鹃却一把拉住早早的手,把他上下前后都打量了一番:发现除了衣服被扯破几处、脸上有点轻伤外,一切都好好的,这才舒了口气,站到了一边。

早早眯着小眼睛说:

"咱一见阿利,就知是你俩来了。"

"阿利呢?"龙龙来不及问他是怎么认识阿利的,只拣紧急的问。

早早说:

"阿利真勇敢,来了就冲锋,根本不在乎猴子多少。猴子也不瓤,哇哇叫着抵挡。直到你们冲来,它们才慌忙撤退,那个阵势,才威风哩! 呼的一声全都跳到地上,撒腿就跑。阿利箭一样扑上去就咬。猴子见势不妙,赶快再蹿到树上。阿利根本不放松,只是跟后撵,这不知撵哪里去了。"

"那只刚生下的小猴呢?"龙龙想傻点子了。

"还等你呢?早让老猴——"早早挺滑稽地把手往肚子上一抱,"——抱走了。"

林凤鹊对着阿利追击的方向,大声喊着:

"阿利!"

八　三勇士野餐，发现一片新世界

阿利追了一阵猴子，才转回来。它竖起尾巴摇着，伸着舌头在凤鹃的腿上蹭着。凤鹃拍了拍它的头：

"好！今天给你记一功。"

阿利摇摇尾巴。

"看你得意的，真是狗子头上顶不得四两油。"林凤鹃爱抚地笑了，但看到了龙龙疑疑惑惑的目光，又说，"阿利会用动作说话，摇着竖起的尾巴是表示高兴。"

早早和龙龙都伸出手来摸摸它。阿利没有反对对它的赞赏。

早早问龙龙怎么一下就找到了林凤鹃，龙龙说是碰上的。林凤鹃只补充了一点，似乎是山谷里的风，使她听到了异常的声音。

心情轻松下来，龙龙觉得肚子饿得难受，掏掏背包，才发现只剩下一块馒头，其余的一定是在路上跑掉了。又问早早的干粮。早早笑了：

"都喂猴子了。有只大猴两次冲到我跟前，撵不走，只好把馒头甩给它。后来，连在山脚打到的两只斑鸠也甩给它们了。好家伙，猴子抢得打架哩！它们也喜欢吃肉，开荤。你别愁，饿不着你的肚子，猴子还是讲交情的，它送给咱们的礼物多哩！"

龙龙正要说什么，早早做了个不容争辩的手势，叫他去拾柴火。早早则向四面环顾，找场地，林凤鹃已在不远处说：

"这里有空地。"

早早感激地看着她,心想:她也是个行家!早早走过去,用柴刀把近处的灌木又砍掉几棵,使防火空地更大一点,然后挖起坑。

早早叫龙龙把柴枝放到坑里,凤鹃已用衣服兜来板栗。

龙龙直拍脑门,后悔没有想到这样的好事,赶紧抢来剥栗子,可是上面的刺戳得他无法下手。

早早只顾架柴,掏消烟的洞。

凤鹃不言不语,恬静地含笑看着他的尴尬相。龙龙窘了,急得用鞋子踩、蹉。早早看着,摇了摇头:

"狗咬刺猬,无处下口。别瞎能了,你看林凤鹃的。"

林凤鹃见早早没了眼镜,不方便,于是走过去,铺一层柴火,放一层栗子刺球。早早说:

"剥了刺壳反而容易焖,等会你吃到嘴再说吧。"

早早把火点着了。龙龙见出口处只有淡淡的烟,很惊奇早早挖的烟道。早早说,这没啥了不起,山里的孩子都会干这事,因为在山林里要防火。

篝火熊熊地燃烧,噼啪地响着……

早早忍不住了,眸子里的黑天鹅,双双盯着林凤鹃,问:

"你解了咱们的围,可啥事到现在也不问一声,咱们为什么在野人岭落了难?"

脸上沁着汗珠的林凤鹃,轻轻地说:

"能讲的,你们会说。为何要打听别人的秘密?"

连巧嘴利舌的早早,一时也找不出适当的话来,更别说龙龙只顾愣在那里,眼不眨地瞅着林凤鹃。但是,毕竟龙龙和她同桌,切身的感受多一些,脑子亮开得也快些:

"我……开头还以为你是……"

"乌鸦,专说别人坏话的乌鸦。刚才见到咱,还像见到了老虎一样,对吧?咯咯咯!"

他们从来不知道她有一副银嗓子,没听到她这样开朗地笑过,悦耳、甜蜜,又有感染力。龙龙难为情地笑了。早早眸子里那对黑天鹅,把头插到了翅膀里;他下意识地伸手到鼻子上去取眼镜。几次拿了空,才想起早就掉了,手足无措地干笑了两声。这一切,逗得林凤鹃笑得更响。

三个同学畅怀大笑,惊得树上的鸟飞起来了,笑声消融了他们之间的隔膜。

早早和龙龙一唱一和地述说了他俩的计划、二上眉毛峰的奇遇、红嘴玉的踪迹、野人岭的被困。

林凤鹃静静地听着,也不插话。但她明净的眼里,一会儿像飘过淡淡的晨雾,一会儿像阳光灿烂,一会儿像漾着微波,一会儿像是横着彩虹……直到他俩说完,她才问:

"抓去红嘴玉的大鸟,像老鹰。上体的毛是青灰色,下体的毛是白色,长长的钩状嘴,对吧?"

"对,对!"龙龙说。

"它叫雀鹰,专吃棕头鸦雀、黄雀、鹩鸰、灰掠鸟……还爱吃你那天说的两种树莺。"

"你怎么知道?"早早忍不住问。

"咱们这里常见的猛禽空中霸王,在攻击猎物时,各有不同的方法。红隼和鸢是在天空巡视,看到兔子、老鼠、野雉、鸟,立即向下俯冲攫取。红隼有时也在飞行中,快速追上猎物。以你们讲的,先藏在树上,发现地面有捕食对象,立即直下出击,这只能是雀鹰。"

"有专吃鸟的雀子?"龙龙有些吃惊地问。

凤鹃把视线投向森林深处,静静地说:

"鸟类也有自己的世界。有强盗和坏蛋,也有忠厚和勤劳的;有称王称霸的,也有低三下四的……不经意,会以为它们各过各的日子,树上的虫子,地上的草子、粮食,谁都可以来啄一口。

"留心观察,才不哩!还挺复杂的,有的只吃虫子,有的只吃植物种子,有的专吃水里鱼虾、水草,还有的一点不讲究,碰到啥就吃啥。

"别看都在天上飞,它们把空间也分成几层,就像水里的鱼分成上中下三层,组成一个立体的生态系统——它们也要互相依存、相互竞争。听说这叫鸟类行为学,吸引了许多科学家全力研究。"

林凤鹃这些说得很平淡的话,却叫早早和龙龙惊愕得目瞪口呆:简直是把他们带到了另一个世界。她知道的鸟多哩。可平时怎么一点也看不出?龙龙想起了粉眼从桌肚里飞出时,她的神情动作,想起她回答王老师的话……刚想问,林凤鹃却大声说:

"栗子香了。快扒开,烧老了不好吃。"

炭火一拨拉开,香味冲得龙龙口水直淌,不管三七二十一,伸手就去掏,烫得直揪耳朵垂子。早早说:

"馋相巴拉的,真不怕火中取栗!"

龙龙不睬,还是伸手。林凤鹃已用树枝捡起两个黑煳团子往他面前一丢,咧嘴冒油的栗肉蹦出来了。龙龙既感激又惊叹,咬了一口,又甜又香。早早也饿得前胸贴后背,但他还是细细品尝。林凤鹃剥了两个给阿利,忽然像是想起了什么事,走开了。

龙龙只恨栗子凉得慢,太烫嘴,但也不让嘴闲着,有空就说:

"好吃,真好吃。比城里卖的糖炒板栗还好吃!平生也没吃过这样好吃的栗子。以后,只要想吃栗子就来找猴子干仗……"

林凤鹃回来了。放了一兜水果在地上。早早乐了:

"洋桃,又甜又脆的洋桃!"

龙龙还没见过这椭圆形的扁扁的水果:

"这是九月。桃子该是五月就熟。"

"你们冒险闯到猴子老家,尝不到用它名字叫的桃,也太亏。栗子吃多了,口渴不易消化。"

早早眨了眨眼,急急忙忙翻开了他的"百科全书":

"对,它学名叫中华猕猴桃,以维生素 C 含量高出名。介绍上还说,有的国家从我国引种去后,现在独霸世界市场。"

龙龙拿了一个吃,虽然籽多了些,但带着果味酸的甜水涨满了嘴。

"它的故乡就是我国。山上野生的多得采不完,任它烂掉,土产公司不收购,咱们更没有专门栽种的猕猴桃园。听外公说,它一枝一叶都能派用场,连藤茎在造宣纸时都能用作悬浮剂。要不,捞出的纸都分不开。"

凤鹃说时,音量还是不高,但那特殊的语调叫龙龙惊叹不止。

"咱真想多学点知识,快快长大,为科学研究出把力。"林凤鹃的眼睛是那样明亮,像夜空的星星。

龙龙低下了头,觉得心里有很多话在往上涌……早早眸子里的黑天鹅,一直向蓝天的深处飞着,飞着……

突然,阿利叫着跑开了。三个人唰的一下站起来,只见远处的灌木丛里一阵晃动。

龙龙没像上半天那样慌张,有林凤鹃和早早在身边哩!林凤鹃说:

"天不早了,收拾收拾下山吧!真的碰上老豹子,不吓人也够麻烦的。"

不知什么时候,森林已开始弥漫着白汽,这是太阳快要离开树冠的征兆。在密林里看不到西去的太阳,只能从树冠的缝隙窥视蓝天。有山林经验的,都是凭着森林里的种种变化判断林外的时光。

把能盛东西的家什,都装了栗子。凤鹃和龙龙又帮着找早早的眼镜。早早冷静下来后,想起了当时的细节,不一会阿利帮了大忙,还真的找到了,早早悬着的一颗心,终于落到了实地。

早早和龙龙刚要拾起挎包,林凤鹃摆了摆手说:

"你们累了,下山的路还不近,书包交给阿利吧。"

林凤鹃将两个书包结到一起,往阿利背上一搭,阿利耸了耸背,似乎明白了自己的任务。林凤鹃又在它背上一拍,阿利像一匹负重的驮马,迈着碎步,轻快地走了。它的一举一动似乎不是一条看家的狗,倒像是一匹役用的牲口。

两个小探险家像是在童话世界漫游。他们今天碰到的稀奇古怪的事太多了,一个接着一个,一环套着一环特别是女同学林凤鹃,她就像是层层叠叠的紫云山,丰富、神秘。倘若不是亲眼所见,他们怎么也不相信,一只狗可以当马使用。

嗨!连她的狗,也这样神秘!

林凤鹃似乎看透了他们的心事,说:

"狗能拉载人、运货的雪橇。阿利也挺喜欢干这样的活。"

早早似乎是顿开茅塞,连忙说:

"北极圈人,我国东北的赫哲族人,就是把狗当成主要役用兽。狗的用途大,能看门、打猎、牧羊、侦察……还能在海上救生,第一个到太空旅行的也是它……想起来了,有位大科学家说过:狗是'人类最完美的战利品'。"

到达山脊了,阿利只顾在前面走。林凤鹃看到早早和龙龙的脚步迟疑了一下,说:

"这边有条近路。走吧,狗是个好向导。"

真的,在乱石和灌木丛的山脊上,出现了一条弯弯曲曲的路影子。

龙龙看这路既近,又好走,信口说:

"早晓得,也少跑多少冤枉路,少经多少危险……"

"坐直升机上来,还要便当。"早早冷冷地说。

龙龙双手把腰一抹,说:

"咱还有下半句话哩!你听完了再评论不好吗?要让咱挑,咱还是愿意和你一同走咱们走过的路!"

早早把手放到他的肩上:

"咱俩观点又一致了。"

走着走着,龙龙忽然赞叹地说:

"这狗真好!耳朵尖,犬齿大,肚子紧,四只腿壮实,步伐整齐。两只眼像锥子一样,更别说它长了一身发红的毛!早早,你咋一见到它,就知道林凤鹃来了?"

早早说:

"傻样!这是她家的狗!"

"不是咱喂的,是赵叔叔的。"林凤鹃回答。

"赵叔叔……"早早像是自言自语。

"咱的老师。不过,你们没见过。"凤鹃眺望着天上一抹淡淡的彩云,"他长年累月生活在深山里,守护着无边无际的森林,像一名海防战士,成天和大海生活在一起。"

龙龙听说是个护林员,感到一种莫名的不满,这个职业的名称是平凡的。可是,她充满感情的话,饱含着不平凡的内容,大约是叔叔很爱侄女吧!不对,他姓赵,她姓林;不过,也有表叔呀……怎么又是老师呢?

"喂!"林凤鹃突然说,"你们能逮只小鸟送咱吗?就是那天王老师叫放掉的绣眼,肋下是红的。"

龙龙爽快而又响亮地说:

"要一百只都行!它叫粉眼,不叫绣眼。"

"学名叫绣眼。过去只见过暗绿绣眼。这种有红斑的今年才见到。对吗,刘早早?"凤鹃把脸转向一直不作声的早早。

早早眯着眼,像是要看穿凤鹃在想些什么,说:

"要不是第一次见到,咱们也不费劲去逮它。你想要,是送给你的赵叔叔吧?"

轮到凤鹃瞅着早早了:他脸上浮着狡黠和顽皮的神色,再看看龙龙:他是疑惑和茫然。她笑着说:

"都说你鬼精。谁跟你讲鸟是要送给赵叔叔的?"

早早深沉地说:

"咱们想观察鸟,还不敢巴望研究,就被难住了。喜鹊、乌鸦、麻雀、山雀,这些常见的鸟还认得。特殊一点的鸟就它认得咱,咱认不得它。听说过去从初一开始上生物课,现在连生物老师也没有。王老师讨厌鸟。咱们只好找书,书少,说得又不具体,譬如说红嘴玉,体形娇秀的鸟多着哩!羽毛华丽的更多,鸣声优美悦耳的还少吗?就像咱们听讲眉毛峰那边有个千鸟谷,是鸟类王国,但既不晓得路,又不知咋去,只好顺着琴溪慢慢摸。吃亏不说,到今儿还没摸到它的大门向哪开哩!真像个房子里的鸟,只在玻璃上撞,总飞不走,撞得头发晕、眼发花,总归找不到路,心里又空又急……"

"你走题了,她问的不是这些!"龙龙非常不满,现在值得谈体会、叙苦恼?

早早一点不急:

"咱们为啥事要去粘绣眼?"

"还用问?新奇呗!"龙龙不耐烦。

"不就是因为这,引得你心痒痒,带到学校研究,闹出了乱子?"

"你嫌娄子捅得不大?"

林凤鹃不参加他们的争论,倒像个没事的旁观者,但脸上也有着一股顽皮的劲儿。

早早不理龙龙的茬,用坚定的语气对林凤鹃说:

"你知道那么多鸟的名字,鸟学的知识比咱们多。这都是赵叔叔教你的。

护林员？护林员能有那么多知识？你是有意瞒着,怕咱们也找到老师,学得比你快,比你好！赵叔叔一定是个研究鸟的科学家——这都是你告诉咱们的！"

风把银铃般的笑声播散到山野,整个大山都在笑。龙龙连连拍着脑门：

"哎呀！这样明摆着的事理,我为啥就没绕得明白？"

"赵叔叔在哪里？咱们也可以请他做老师吗？"龙龙抢着问。

林凤鹃紧走几步,爬上一块大石,指着眉毛峰东南侧一片沧海似的森林,说：

"那片云下,是凤尾岩。他的护林屋就造在凤尾岩上。他护着林,还守着你们说的鸟类王国的大门。那一大片的山,就是千鸟谷。虽然他没上过大学,他的职业,确确实实是护林员。但凭他的学问和知识,应该被人家称为鸟类专家。省里有位王教授说要收他做研究生哩！"

龙龙拉起林凤鹃的衣袖就要走：

"咱们去找他！"

林凤鹃没有动,说：

"他现在不在这里。"

龙龙失望了。早早的小眼睛也不安地眨着。刚刚跳跃喜悦、充满希望的心,被这句话捂住了……

林凤鹃受到了感动,望着半边天的火烧云,说：

"他回省里去了,接受王教授的考试,还要补习。护林员每年有几十天的休假期。"

"哎呀呀！你把咱的心说得七上八下,还以为千鸟谷盛不下他,远走高飞了。"早早乐得差点蹦了起来,一改平时的文质彬彬。

龙龙更是急切地问：

"他哪天回来？咱们去接他！"

"咱今天就是到山上来看看的。"林凤鹃见龙龙心里又在嘀咕,接着说,

"按时间,他还有一段。不过赵叔叔来信,说是今年夏天雨水多,气温低,担心红嘴玉提前起身,开始漂泊,迁移。他要咱注意观察它们是不是开始集群了?他好及时赶回来。"

龙龙惊讶又高兴地说:

"他也在研究相思鸟?"

早早一记一记拍着手,说:

"真巧!真巧!"

像是向往大海的人,经过长途跋涉,已经听到了震撼人心的涛声一样,龙龙和早早充满了喜悦和激动,多新鲜多奇妙的鸟类生活,多广阔多诱人的知识海洋!

美丽的红嘴玉还喜欢漂泊、流浪?它们还要集结成群,浩浩荡荡地漫游?它们向何处漂泊?还能像天鹅一样,也有第二故乡?谁来发布集合的信号?是风霜雨雪,还是鸟王的号令?

这些有趣的问题,当然要问个明白。林凤鹃说:

"红嘴玉是生活在高山上的鸟。据赵叔叔说,大约在海拔一千米左右的山地才能见到。今天被雀鹰抢去的鸟,按你们描述的形象,应该是它,野人岭已在这个高度了。它喜欢在灌木丛里,为了避开天敌的偷袭,总是躲躲藏藏。这也是难以发现的原因。咱今天到山里来观察的结果,发现它们还是成双成对地活动,没开始集结……"

可是,关于相思鸟的问题,林凤鹃还有很多回答不出来。她也和他们一样,需要学习和探索。

太阳已快碰到西边的山尖尖了。迷离的、朦胧的霞色笼罩着千山万岭,袅袅的炊烟从仙源镇飘起,一群群的小鸟从树冠上掠过。

龙龙想了很多很多的问题,有叫人高兴的,也有滋味复杂的,他问林

凤鹃：

"你还记恨我吗？"

"记恨？为了你讨厌专说别人坏话的乌鸦？"

林凤鹃掠了掠被风吹乱的头发。

"我也不愿和乌鸦坐一个位子。我没向你介绍秉性，你也没跟我说你不是皮猴子。开头我还不理你哩！还得感谢王老师，她说你和早早爱鸟。我才知道有人和我的爱好一样。是用心爱、还是爱淘气？我还要瞅瞅准哩！"

龙龙明白了她为什么没反击他的好多恶作剧，脸涨得通红：

"咱们一道跟赵叔叔学，好吗？"

"赵叔叔喜欢遵守纪律、讲礼貌的人。"林凤鹃娇嗔地笑着。

龙龙乐得一下抱起了早早。早早立脚不稳，差点跌倒，他急了：

"当心，别乐得真的成了'骨碌碌碌碌碌——粪球'！"

三个人都哈哈大笑起来，一路小跑着下山。阿利莫名其妙地不断回头。

三个孩子心里都在盼望着：赵叔叔，你快点回来吧！咱们等待着你来率领我们向鸟类王国进军！

九 新发现：响尾鸟飞到了橘林

王老师发现：李龙龙这几天变了，影响课堂纪律的策源地平静了。她高兴，就像堵了个大坝的漏洞，认为是排座位的艺术已显示出效果。但是，心里总有种隐隐约约的不踏实感，事情似乎还有复杂的一面。

林凤鹃依然没有履行"管"的责任，可是李龙龙听课时专心多了，思想稍一开小差，只要老师稍一暗示，立即警觉，收回注意力，再没有用掀桌子、挪板凳、装怪相进行干扰。

事情还奇特在林凤鹃不再对李龙龙看也不看一眼，话也不说一句；相反，相处得和和气气，甚至在下午放学后还在一起玩。究竟谁影响了谁呢？李龙龙与刘早早仍然要好。是什么原因使这三个性格迥然不同的孩子走到了一起呢？这引起了王老师的深深思索。

其实，那次和李龙龙、林凤鹃谈话出现的僵局，已引起王老师对工作的检讨。她是位热爱教育并希望有一番作为的教师。开始就受挫折，使她朦胧地触及思想教育方面的问题，这两个孩子在想些什么，为什么老是玩鸟，她了解吗？

山区的居民比较分散，中学很少，学生往往要走七八里路，甚至十多里路去上学。中午一餐在学校吃。因而，在秋季，上课的时间要迟一点，下午放学也早一些。这天，王老师在办公室改作业，无意中发现刘早早、林凤鹃、李龙龙放学半小时后，才离开学校。她心里动了一下，于是，立即放下笔，不动声色地远远跟在他们后面……

凤鹃他们三人,踏着轻快的步子,径直向橘林里走去。

九月的橘林,一天一个样子。

有人说,风是有色彩的,春风翠绿,秋风金黄。几个早晚秋风一吹,青涩碧亮的橘子映黄了。先是从青绿中渗出点点绒黄,日夜弥漫,直到釉得厚厚一层金黄。

三人在橘林放下书包后,各就各位地开始了活动。他们隐蔽到树后。

——是捉迷藏？王老师有些不解。

他们既不大声喧哗,也不乱跑乱动,只是拿出了小本本,仰头注视着黔溪两岸的上空。

——是在写生？只是半天动一笔,根本不像画画子。

渐渐地,王老师发现了飞出飞进橘林的鸟,和他们往本子上写字有关系。

唉,又是鸟！

李龙龙没有拿气枪,也没见他们带了捕鸟工具。这究竟在干什么？还有那个林凤鹃,她怎么……这使王老师更迷惑。

林凤鹃他们只顾注视着自己的区域,全然没有察觉王老师正在不远处注意他们的一举一动。

前天,他们突然听到一阵刺耳的咝咝声,刚抬起头来,只见一群鸟已落到橘林下的草丛树棵中。等到他们去找时,却怎么也找不到。这引起了孩子们的惊奇:是偶然的巧合呢,还是真像早早说的有"响尾鸟"？

今天,他们正在等待,寻找。

耐心,总是有收获的。

李龙龙的眼睛大了,连忙碰了碰林凤鹃:

"看,那边,在草棵里。"

草缝里不时露出鸟的黑色身影,它在地上不断啄食。

凤鹃说：

"有些像百舌。"

李龙龙还不大分得清一些鸟，没吱声。早早觉得她说的有点像。

百舌的学名叫乌鸫，在仙源镇一年四季都能见到。别看它全身穿的是黑袍子，歌喉却很美妙，黄黄的嘴能唱出很多不同腔调，还善于跟在其他鸟的后面学舌、仿效。在人类社会中，"鹦鹉学舌"是令人讨厌的，但在鸟类中，却成了美德。所以，人们誉称它为"百舌子"。

"响尾鸟"是前天被早早发现的，林凤鹃也证实从没见过它，似乎像红肋粉眼一样，才从远方风尘仆仆来到，在橘林里很活跃。但它钻在草丛和小树棵里，腿脚有力，行动敏捷，偶尔露出，也是短暂的。这就给他们的观察带来了很多的不便。

"把望远镜给咱，看看它吃的是什么？"早早向龙龙伸出了手。他认得的昆虫、草比龙龙多。

在生物进化、生存竞争中，鸟类在空中取得了自由，但严酷的自然界，对它们还是有制约的。要求得生存和发展，它们也不得不扬长避短。它们有的在空中飞，有的只在树梢上蹦来蹦去，有的在枝枝叶叶间穿梭。像这种鸟，只在草棵里钻，似乎是有意和他们捉迷藏，一会儿在这儿，一会儿在那儿，忽隐忽现的。急得早早头上冒汗，但他还是耐着性子，寻找机会……

难道仅仅因为它是"响尾鸟"，才引起孩子们的焦急？

那天，从野人岭归来的路上，在议论探寻红嘴玉、早早和龙龙在山坡上认鸟时，林凤鹃说：

赵叔叔曾给她出了一个题目：观察有哪些鸟在橘林里活动，它们吃些什么？

这个功课，她是从夏天就开始做的，要一直做到明年的暑假。这引起了早早和龙龙的兴趣。林凤鹃还主动地说出了事情的起因：

那是今年六月的一天，赵青河很稀罕地到镇上来了。平时，他很少离开护林员的住房。今天他是来理发和买生活用品的。当他从橘林里经过时，一股刺鼻的药味使他停住了脚步。

林凤鹃跟他找到正在喷药的姑娘，据说是橘林发生了虫灾。今年，已经用了几百斤杀虫剂，但是还没能根除虫害。橘树的叶子都被吃得大洞小眼，黄巴巴的；不少的橘子长得僵硬了。看到树叶上、青嫩橘子上乳白色的药水，赵青河不由得蹙紧了眉头。

他一边了解情况，一边告诉林凤鹃：

"鸟是果园和森林最忠实有力的卫士。啄木鸟和家燕是大家都知道的。其实，还有许多无名英雄：杜鹃、灰鹟、黑卷尾、灰喜鹊、画眉、黄鹂、三宝鸟、绿粉眼……食物都以昆虫为主。有的，专喜欢吃果园的梨星毛虫、甲虫、天社蛾、夜蛾……

"这些年，由于环境污染，森林遭到破坏，鸟类减少了，虫灾猖狂了。用了农药以后，不仅橘子受到污染，吃了后有损健康，而且也毒害了鸟类，甚至引起它的死亡。这些残留的药物流到水里后，水源受到污染，鱼类受到毒害。更不用说，药用多了，还能使害虫产生抗药性。

"有个科学家举了很多触目惊心的事例，说明使用农药除虫，带来的危害远远超过它给人类带来的益处。鸟类的减少，使地球上的春天笼罩在可怕的沉寂中……

喷药的姑娘也被他的话吸引，因为队上正为这种名贵的无核蜜橘日益减产和不符合出口标准而大伤脑筋。她们对赵青河的话题感到新鲜，同时又不全信，问道：

"难道这些天天见的黑头红尾巴的鸟，有这样大的能耐？"

赵青河说了一句：

"你们每天都看到鸟在橘树上啄来啄去嘛！是在吃橘树叶子？对，不吃树叶。那它拿什么填肚子？一只鸟每天要吃相当于它体重五分之一的食物，才能维持生命哩！科学家统计过：一只燕子，在夏天要捕食一百多万只苍蝇！"

没想到这位看林子的大个头，肚里的学问还不少哩！事情惊动了橘林的技术员，他撵了两里路追上了赵青河。他请求赵青河给予帮助。

技术员的热情诚恳很感人。但是赵青河的职业是护林员，住地在深山，无法三天两头来这里观察。赵青河正在感到为难时，一下瞥见了林凤鹃热情的目光，便高兴地答应了这件事。

他把观察的工作交给了林凤鹃，对她做了具体的指导。按她已学到的鸟学知识，分辨一些常见的鸟是能胜任的。自己根据她提供的鸟的名录，适当地采些标本，做些食性分析；然后再规划出招引、保护橘林益鸟的方案，明年就可以见到成效。

林凤鹃高兴得像是在生日里收到了厚礼，不管起风下雨，烈日炎炎，只要是在规定的时间，她都来到橘林，一丝不苟地进行观察。由于她不声不响地埋头工作，又是这么一个小姑娘，谁也没有注意，更不要说有人知道了。

早早和龙龙听完了事情的始末，都嚷着要参加。林凤鹃只是用她那会说话的目光看着他们，不说话。早早是个鬼精灵，懂得那意思，便说：

"咱们一定保密，对谁也不说。弄得满城风雨，咱们也不能静心地观察鸟；也免得以后有人说，只打雷不下雨，让人笑掉大牙！"

"还有，绝对不能叫王老师晓得。"龙龙说。

凤鹃还是不开口。

早早取下眼镜擦着，对龙龙眨了眨小眼睛，眸子里那对黑天鹅一闪一闪的：

"还得看你能不能守纪律、用心听课、认真做作业。别说赵叔叔不喜欢老是戳娄子的人,就是王老师也能很快发现问题。"

林凤鹃抿着嘴笑了。

过去,他俩爱鸟,但老觉得浮在半空中,就像山谷里的云,上不沾天,下不着地,随风飘荡。从此,他们感到脚下是坚硬的土地,心落到实实在在的地方了。

不几天,他们接到赵青河的一封信:

凤鹃:

在省里,我已顺利地通过了考试。我决心沿着选择的道路走到底,不离开凤尾岩。

我向王陵阳教授介绍了你的两位新同学,他非常高兴,说:鸟学队伍增加了新血液,希望有更多的孩子养成研究鸟学的兴趣。

我们的国土辽阔,鸟的种类繁多,已知的有一千七八百种。现代的科学告诉我们:探索这个王国的奥秘,揭开鸟类的生活规律,甚至是研究清楚某一个成员的行为,对保护地球上的生态平衡都有着极大的意义。可是,我们研究鸟的科学人员,还不到两百名,专攻鸟学的更少。我们省内已知的鸟有近两百种,专攻鸟学的只有五人。这与我们十几亿人口的大国和我们所拥有的丰富的鸟类资源,是多不相称!

因而从科学的领域说,这是一片荒凉的王国!我们应该从教育少年做起,使这个极其重要的学科繁荣起来。你们如果组成一个小组,它将促进培养全体小朋友爱鸟的兴趣。

相思鸟已引起了你们这些未来的鸟学家的兴趣,这说明,我们确实没有任何理由再轻视它了。你们寻找红嘴相思鸟的计划,更使我高兴,这是一件非常有意义、有趣的工作;同时,也一定充满了艰难。盼望我们一同在鸟类世界探索。

你们老师的态度，一方面，可能是因为你们没有处理好爱好和学习的关系，或许还有些淘气的行为（我小时也淘气，曾把爸爸的眼镜戴到小猫的头上）；再一方面，是不了解情况。除了搞好学习，你们应该向老师宣传，取得她的理解和支持。有机会，我也可以帮你们做些工作。

你们在野人岭上的遭遇，那一定是碰到了紫云短尾猴，而绝对不是野人。王陵阳教授曾率领过考察队在紫云山进行过考察，报告过对它的发现。现已列入应保护的珍贵动物。但是，你们所记录的短尾猴的生产时间、情况，引起了王老师的重视。他们在野外还未直接观察到这一情况。你们弥补了它的生态上的这一空白。王老师一再说：感谢你们。

另外，根据你们的描述，那只新发现的鸟，极可能是红肋绣眼（回来后一看标本便知）。它主要吃蚜虫和叶甲，在迁移过程中，有可能经过仙源。然而，前两年我并没有发现过，这也应算是一个新的发现。

我完全同意你邀请他们参加在橘林的观察，这会给他们增加很多必要的知识，同时，又可使工作做得更好！

其他一切，见面再谈。祝你和你的同学愉快！

你的叔叔赵青河匆匆

孩子们读完信没有说话，沉浸在各自的思索中，是从王教授期望中感到了肩上的责任，还是热烈的向往燃起了追求的烈火？总之，他们从信中得到了新的鼓舞，觉得突然长高了，长大了。

"唉！"龙龙重重地叹了口气，"咱们请赵叔叔当老师，他欢迎咱们这些学生。赵老师的老师，当教授的都说了这么多暖人心的话，也没把咱们看扁了。可班主任呢，见了咱就皱眉头，连个笑脸也没有。"

这个"唉"字，也沉重地砸在林凤鹃和早早的心上。林凤鹃想：赵叔叔说得对，要想办法让王老师支持，爱鸟的同学就能更多。突然，早早叫了起来：

"咱有个好主意。"

龙龙和林凤鹍连忙靠拢。早早说：

"王老师今天布置的这篇作文是自由命题，想看看大伙的水平，咱们就……"

如此这般地一说，龙龙举双手赞成。林凤鹍也微微地笑了。

凤鹍说，鸟在每天早、中、晚有三次活动的高潮，因此观察的时间，也就安排了早、晚两次。

观察，为他们带来了从未有过的愉快和发现：

他们看到小白脸的山雀，总是十几只一群，成天在橘林叽叽喳喳地叫呀、跳呀。它们跳得特别，专喜欢从这个枝丫跳到那个枝丫，节奏轻快，载歌载舞；高兴时，身子往后一仰，像个顽皮的孩子，倒悬在树枝上，悠呀、唱呀，惬意极了。只要它愿意，一松爪子，扑——展翅飞出，把白肚皮朝上，就会来个特技飞行表演。

棕颈钩嘴鹛也飞来飞去，它喜爱独来独往，又总是匆匆忙忙。它像个优秀的侦察兵，进了橘林就躲得严严实实。要想听它美妙的歌喉，难哩！只有在它得意的时候，才吐出几个音符。

和早早他们相处得最好的是四喜鸟，它不喜欢东躲西藏，任孩子们观察。它只要来了，总是高踞橘子枝头，在叶碧果金的舞台上，开始表演了——微振双翅，不断翘卷尾羽，卷得尾梢碰到后脑壳子。有时雄踞树冠之巅临风高歌，那脆亮的歌喉能使听者醉倒。

有种性情古怪的白腰小鸟，引起早早的注意。它只喜欢在橘林边缘和黟溪之间活动，很少进入林子，但胆子特别大，大得似乎伸手就可抓到它时才飞。听林凤鹍说，这种鸟又叫十姐妹，最恋笼。只要养几天，放出去以后，它还愿飞回来。她外公说，早年常有捕鸟人来捉它，经过训练后，带到街头村尾耍把戏。它抽签算卦的本领，常叫观众目瞪口呆。其实，那是玩鸟人在纸签上涂上它最喜欢吃的香饵。龙龙发誓要抓几只来驯养,看看它能不能像鸽子那样送信给赵叔叔,或者在班级文娱晚会上表演节目。恋窝的鸟总是很好抓的。

白头翁在仙源并不稀罕,让早早、龙龙忘不掉的,是它灵巧的捕食方式。它像个优秀的狙击兵,立在树冠间,耐心地一站大半天。只要发现飞翔的小虫,它立即像箭一样射出。在空中追逐小虫,准确性极高。偶尔也玩些花头经,越过小虫,占据高处,只要扇两下翅膀,就悬停在空中,然后翅膀一收,头一扎,急速俯冲。返航时,嘴角边还露出一只小蜻蜓的尾巴。

此外,鹡鸰、喜鹊、乌鸦……也喜欢到橘林做客。啄木鸟笃笃笃地敲个不歇。翻阅林凤鹃的记录本,他们还看到在夏天,黄鹂、暗绿绣眼、三宝鸟、杜鹃、山鹡鸰……更是这里的常客。黄嘴丫的幼鸟在这里练飞,学习捉虫。

秋天,正是各种候鸟迁来移去的季节,三个孩子常常沉浸在新发现的喜悦中。

有一天,他们在橘林里逗留的时间长了,踏着淡淡的月色回家,只听叽叽两声,一个黑影就从头顶掠过。早早说,那一定是猫头鹰抓了只老鼠。林凤鹃高兴得把手一拍:

"对呀! 咱们还忘了它哩! 老鼠是橘林的害物,猫头鹰也应该算到橘林的益鸟中。"

大家顿时为这新的发现,想到了对橘林害兽的防治,早早还大谈特谈起《百科全书》中记录的,鹰隼一类猛禽在保持生态平衡中的作用。

已经不需林凤鹃再作任何说明,龙龙和早早把所有的记录卡一一整理,一份很有意思的图表出来了:高空是鹰隼、燕子的天堂;黄鹂、暗绿绣眼、杜鹃、白头翁都在树冠上层或树冠中活动;画眉、棕颈钩嘴鹛、小山雀在树下灌木丛中活动;乌鸦、环颈雉却是在林下草丛中活动。

"各有势力范围哩,真是个世界!"龙龙做了这样感叹式的总结。

望远镜已在三人手里转了圈,那鸟还只是在草丛中钻。凤鹃沉默了一会儿,说:

"注意!"

她把树枝哗哗一摇。

"扑棱棱!"五六只鸟从草丛里腾起,接着是一阵咝咝的尖锐刺耳声。它飞翔的时候,尾巴上发出一种啸音。

林凤鹃说:

"这是前天发现的一种鸟,它不是百舌。百舌飞起时很像八哥,但没有声音。"

"只听说有响尾蛇,今儿真的见到响尾鸟了!"早早为前天发明的词语,找到了证据。

"怪事!它尾巴怎么能响?为啥要像油锅炒菜那么吱吱响?"龙龙摇头晃脑的。

鸟已落到附近橘树的枝上。几个人等鸟的情绪安定了一点,才往前慢慢靠去,这下看得清楚了:它有着漂亮的白色眉纹。头顶和背上前半段羽毛是黑色的,后半段的羽毛是棕色的,脖子下面有条黑色的领圈,像是黑宝石的项链。它的大小和画眉、百舌都差不离。但眉纹是从嘴基部滑过眼睛上方,一直到后脑勺子。它没有白眼圈。

"你认得?"龙龙问林凤鹃。

凤鹃摇了摇头,说:

"从它老是在草丛里钻,喜欢在地上奔走来看,好像应该和百舌子是一家,鸫亚科的鸟都有这个特点。"

"要采标本?"早早问。

龙龙见林凤鹃点了头,胸脯一挺:

"明天带枪来。"

他们有过决定,若是都认不得的鸟,就采标本,等待赵叔叔回来时鉴定。由于龙龙和早早的加入,现在已具备了这个条件,带支气枪到橘林,不太会引起别人的注意。又由于凤鹃会制作标本,因而他们采下的鸟,也就有了用处。

"看,谁来了?"

凤鹃的话音未落,龙龙和早早已狂欢般地喊了起来:

"阿利!阿利!"

阿利在灌木丛和山茅草中时隐时现,一会儿就向他们奔跑过来,闪出赤红的身影。

"赵叔叔回来了?"

林凤鹃欢欣雀跃地迎了上去。早早和龙龙一边在后面小跑,一边在山岭上搜索人影。可是,除了碧绿的树林,黑森森的山岩,什么也没有。

山岭上的阿利,欢快地叫了一声。

出了橘林就是黟溪,林凤鹃连鞋袜也没脱就跑下去,溅得水花飞扬。秋天,黟溪的水不深,河面还是宽阔的。桥还在上游。龙龙着急地问:

"赵叔叔在哪里?"

林凤鹃头也不回,只顾向前跑去。等到两个人撵上了林凤鹃,阿利也到了。

"信袋,赵叔叔的信袋!"

是的,阿利像那天驮栗子一样,身上绑了个特别的袋子,大小正合适。是用防水尼龙做的,柔软而坚韧,颜色和它毛色没有多少区别。这样,既不会妨碍阿利的行动,也不破坏它的保护色,看来主人经过了精心的设计。

林凤鹃兴奋得满脸通红,像一朵盛开的含笑花。她亲昵地抚了抚阿利的头。阿利舔了舔她的手就转过身来。林凤鹃拉开了袋子上的拉链,伸进手去:

"信,赵叔叔的信!"她把手举得高高的。

"谢谢,阿利!你给咱们送来了好消息。"

三个孩子坐在橘林下,读起了信。

凤鹊、早早、龙龙:

前寄一信,谅已收到。

因时间紧急,我昨天乘飞机到茶城,又转乘汽车到岔口,步行进山,沿途勘查了紫云山东区的情况。直到今天下午才到达千鸟谷基地。

我是中途抽时间回来的,四五天后还要回到庐城。

明天是星期天,又连上国庆节假期。欢迎你们明天来做客,现派阿利来迎接你们。

来时,请将最近的报纸、信件带来。祝你们愉快!

赵青河

即日

"嗯!明天要进千鸟谷啦!"龙龙大喊一声,身子蹿了三尺高,抓住橘树就猴了上去,摇得满树的橘子、枝叶哗哗作响。早早急得嗓音都变了调:

"你疯啦!是怕王老师不知道吧?"

真灵!龙龙咚的一声又落了地,脸涨得通红,随即又把两手往腰眼一挤,像个斗架的小公鸡:

"怕啥?明儿是正正当当的假期!"

毕竟早早心眼多:

"不怕她先到咱们家里这样那样一说?到那时,就算凤鹊外公有八张嘴打包票,也别想让咱们家里同意了。"

三个小伙伴早已商量过了,若赵叔叔回来,他们去千鸟谷时,要凤鹊外公出面去两家做说客。外公已认识了他们,又因赵青河的品行,晓得这是件有意义的事。但龙龙被早早的话堵得胸口有些发闷,鹰翅眉一闪,也找到了武器:

"你那天不是要咱们如此这般做作文吗?还说一定能起作用,可两三天过去了,仍是风不吹草不动的。"

本来是高兴的事,却闹成这样的局面,凤鹃心里也沉重。她一挥手,果断地说:

"咱这就请外公到你们两家去!"

不知什么时候,暮霭已在橘林铺开。经过一天的蒸晒,橘林里的果味浓郁得往外冒,随着轻云般的地气,在树冠上浮动,向盆地扩散。

在橘林不远处的王老师,虽然听不清他们的全部谈话,却看清了他们的一举一动。她似乎明白了一些事情,但又觉得还是很模糊。她要更努力地去探索孩子们的心灵。

是呀,这也是另一片世界,另一个王国。

十　站在凤尾岩，千鸟谷尽收眼底

一个深山里的年轻护林员，怎么又是一位鸟类学领域的勇敢探索者呢？

一般说来，护林员总是携家带眷的，也没什么固定的假期，护林员常年在深山与森林做伴，是单身职工，每年有近两个月的探亲假，主管单位找临时工来接替。几年来，赵青河总是利用这段假期，回到省城进修在这里无法自学的课程。

两年前，当赵青河已自学完大学二年级的基础课程，并顺利地通过考试后，才向一直辅导他的王陵阳教授说出了埋藏在心底的愿望：要到蕴藏着丰富的鸟类，号称"鸟类王国"的紫云山区，一边进行实际考察，一边继续自学大学课程，在独特的学习道路上，再跨跃一步。

他听说紫云山正在招护林员，准备以自己在林场工作五年的资格去报名。

王陵阳知道以后，心里很不平静。

他们是在"文化大革命"当中相识的。王陵阳发现这个青年有着强烈的求知欲，愿意为祖国的科学事业做出贡献，在逆境中能昂首前进，鄙视一切世俗的冷眼和偏见，因而，愿意对他进行热心的引导。

在粉碎了"四人帮"之后，赵青河的父亲不仅得到了平反，而且恢复了工作，在市里身居要位。他有种种条件从事别的学习或工作，也有便捷的道路可走，然而他偏偏爱上了鸟学的研究，决心依旧按照以往开拓的道路前进。

这是一条十分艰难而又独特的道路,有必要做出这种选择吗?

是一时冲动,为热情所驱使,还是坚忍不拔、对生活充满信心的高尚情操?

这对不同平常的师生,对此进行了反反复复的讨论。王陵阳在他身上,看到了青年一代的力量和希望,终于同意了。

赵青河来到了紫云山。几年来,他和王老师建立了一种特殊的教学方法——书信往来。

他把不懂的问题、新的发现,及对知识的渴求和对未来的希望寄出去。不多天,他也总是能收到王老师的复信,那是雨露、清泉、阳光。常常,一封信有几种颜色的字迹,有红墨水、蓝墨水、黑墨水……简直是一片盛开鲜花的原野。想到那是王老师利用点滴的空闲时间写的,这位青年的眼睛湿润了。若是碰到王老师去野外工作,出差开会,不能及时得到复信时,他就在难耐的盼望中等待,也更激发他对学习的热望。

几年来,他给王老师写了两百八十九封信,但收到了王老师两百九十五封回信。有六封信是王老师又想起了补充意见。每封信上都有编号。"两地书"加在一起,就是一本无比生动的教材;不,是一首长诗,有赵青河向鸟类学跋涉的足迹,有王陵阳耕耘的汗水,有探索、苦恼、欢乐、忧愁、焦急、愤怒……

今年七月份,赵青河顺利地通过了毕业考试。王陵阳对他的成绩很满意。因而,又建议赵青河参加研究生的考试。赵青河依然像三年前那样摇了摇头,说:

"考试证明,我所选择的道路是行得通的。请相信,我仍然可以通过自学完成研究生的学业。国家还很穷,我又何必去占那样的一个位子呢?"

王陵阳激动得在房里走来走去,但学籍和职称也不是无关紧要的问题,起码能够使他的工作条件更好些!

赵青河笑了:

"王老师,说实话,我还舍不得千鸟谷。通过研究生考试后,我一定请你指导,准备参加博士生的考试和答辩。"

王陵阳突然灵感触发,一下就为他选中研究的课题:关于红嘴相思鸟的生态。其实,这课题也是由赵青河本身引起的。

通过几年来浩繁的工作,赵青河得出结论:千鸟谷是个特殊的生境,哺育了特殊的鸟类群落。于是,他写出了一篇很有意义的调查报告,提出了一些见解。他希望保护千鸟谷的生态,使其成为鸟类研究的基地,为自然保护、生态平衡、合理开发鸟类资源提供经验。其中谈到过红嘴相思鸟的问题。

我国有银耳相思鸟(分布在西南地区,以银灰色耳羽得名)和红嘴相思鸟两种。后者有三个亚种,分布在长江流域及其以南广大地区。

紫云山出产的红嘴相思鸟,即其中的指名亚种。从动物地理学说来,本省是它的最东分布区,出了紫云山区、九花山区往东、往北就没有了。据初步了解,它每年春天到紫云山和九花山繁殖,秋天又结群南飞。捕鸟人正是根据这个规律进行捕鸟的。

尤其值得注意的是,这种相思鸟一向是本省产量最高的鸟类,每年要捕获十几万只,以供出口,在我国出口的鸟类中,占有很重要的地位。近两年,外贸部门组织了更多的人捕鸟,但是产量却明显地下降了;另外,在运输过程中,由于对生态知识的缺乏,导致死亡率高,损失惊人。这引起了外贸部门的重视。问题被反映到科委,科委又交给了动物学会。

说来叫人难以相信,由于多年来任意践踏科学、对知识分子不重视,对于相思鸟的生态情况,有关部门知道得很少,即使是研究鸟类学的同志,也仅知道上面提及的那些。这和我国鸟类研究的状况是有关的。总的来讲,我们在这片空白的研究领域,已取得了突飞猛进的成绩;但毋庸讳言,鸟类生态学是在异常薄弱的基础上成长的年轻学科。在鸟类迁徙、野生鸟类管理和保护等重要方面,仍然几乎是空白,甚至于对大多是观赏鸟类的画眉亚科的多种鸟,根本没有专题研究；对于属画眉亚科、具有重大经济价值的相思鸟,竟然没见过报刊上有一篇专论。

这是多么可悲而又不能容忍的事实。作为省鸟类学会的负责人、全国鸟类学会理事的王陵阳,当然要考虑这些问题。因而,对赵青河这个研究题目的选择,就不仅是前面提到的原因了。

研究课题的进行,是刻不容缓的,但是,经费和人员呢？经费是伤脑筋的事,总还可以找到一点,但是恰当的人员,那就更是问题了。能担当这项工作的,都被繁重的教学任务、已开始的研究课题,压得喘不过气来……

就在这时,赵青河再次为自己选择了新的道路。这使王陵阳感到,他是最合适不过的人,而且具备着他人难以拥有的优越性……王陵阳四处奔走、呼叫,终于为赵青河争来了这项任务,连同少量的经费——购置一些必要的设备,并取得了赵青河所在单位的同意和支持。

接着,师生俩共同商量了研究方案。

根据赵青河提供的材料,千鸟谷红嘴相思鸟数量较多,在繁殖季节,在适合它生存的垂直分布带,处处都能见到。在它的东边、北边,几乎没有比这里更好的生境了,因而将研究重点放在千鸟谷。

资料上说相思鸟是留鸟,但仅从每年捕鸟的季节和地区看来,它却是迁徙的。

这个问题非常重要,可以从这里入手。也就是说要从相思鸟开始迁徙时开始,研究它怎样离开繁殖地,又如何组织群体、向何处迁移,迁徙途中的生活情况,又在哪里越冬,何时再回到千鸟谷开始繁殖,繁殖期、数量怎样,等等。

总的目标,是要为它制定生命表,预测种群数量的发展趋势,制定保护和恢复其生存条件的生态学措施,制定每年合理的捕获量。准备花几年时间,但必须立即开始,就从揭示红嘴相思鸟神秘的迁徙行为开始。

应该说,进行这项浩繁的工作,光靠赵青河一人,是难以开展的。除了加强指导,王陵阳也实在想不出其他的办法来。

正好,凤鹃他们的信到了。王陵阳觉得是天赐良机,因而向赵青河介绍短尾猴保护小组、金竹潭梅花鹿保护小组等几个少年自然保护小组的经验和开展活动的情况。他希望赵青河能以研究相思鸟一事,将中小学的鸟学小组建立起来。偌大的一个紫云山区,每个学校都有一个这样的课外爱好小组,那将是多么大的一支力量,又能做多少保护工作,培养多少人才啊!这也必将能提高将来高等学校生物专业学生的素质。但是由于"文化大革命",整个科学界和教育界,还没有把古老的生物科学提到应有的高度来认识,我们很多同志还不清楚这一工作的意义,还需要向校长、老师做宣传。

眼看秋色渐浓,于是,他们决定兵分两路,赵青河抽空先回一趟千鸟谷,了解一下相思鸟是否已经开始集群,再找机会对凤鹃他们进行一些辅导,请孩子们协助做一些力所能及的工作,然后迅速赶回。另一路,由王陵阳在省城负责催问研究经费审批一事。

仙源盆地凌晨的静谧,令人陶醉又流连。它凉润润,带有微微的果味的香甜。村镇躺在群山的怀抱里,由着清风吹拂,酣酣沉睡。

天上的星稀了,宽阔的黟溪依然流淌着一河星斗,闪亮闪亮。

乳白乳白的雾,在晚稻的穗头上飘浮,在河面上游动,在橘林里升腾,在石板路上悠荡,在孩子们脚下缭绕。以云海雾嶂著称的紫云山区,只有秋天才是明朗的,洁净的,连雾也是透明的。

岸下的一河星斗,袅袅的云雾,使孩子们觉得像是穿行在云际,脚步无比轻盈。凤鹃说:

"起雾了,一会儿天就要亮了。"

宁静刚被打破,前面发来了问话:

"是林凤鹃吗?"

学校门口出现了一个人影。阿利向前冲去。

龙龙和早早往路旁的树棵一闪,躲了起来。

"阿利,回来!"眼看阿利已快扑向那个人影,凤鹃赶忙喝住。

"是我,王黎民。那不是李龙龙、刘早早吗?干吗躲了起来?"

阿利警惕地立在凤鹃的身边,等候主人的命令。龙龙和早早只好蹑手蹑脚走了出来。早早心想:倒霉,真是三斤半的老母鸡,出门就被人逮住了。她咋知道咱们今天的行动?

"这么早去哪里?"王老师见没有回答,把语气变得温和了一些,"是去千鸟谷,探索鸟类王国的秘密吧!嗬!保密工作还做得真不错哩!"

还是没有回答,各人都在紧张地想着心思。这种沉默使王老师感到尴尬,不知所措。早早骨碌碌地转着眼珠,把王老师浑身上下打量了两遍,忽然大吃一惊:

"你想跟咱们一道去?"

"是呀!是呀!"王黎民欢快地叫了起来,

"这次自由命题作文,"她点了点林凤鹃,"你写了《鸟类王国在向我们召唤》。"又指了指李龙龙,"你写的是《我怎样爱上了小鸟》。你哩!刘早早,写的是《在野人岭上》,引得我一夜没睡稳,想跟你们去探险哩!"

李龙龙喜出望外:

"真的?"

"真的,真的!"王老师热情地笑着,"就看你们愿不愿带我去啰。林凤鹃,你是头儿,怎么不表态呀……当个老师也伤心呀,学生不理,连玩也不带,唉!"

她这副样子把三个小家伙都逗乐了。气氛陡然转变。凤鹃微笑着拉起老师的手就走。早早只是跟在后面。龙龙咧着大嘴,嘿嘿地笑。连阿利也将竖起的尾巴摇晃起来。

是呀,王老师今天这副打扮,就是进山的样子嘛!衣服换了,还不知从哪里筹来一副山袜,草帽也背在身后。难怪早早把她身上打量了一番,就猜出了她的心思。

"到了野人岭,你们可不能把我一人甩给猴啊!"王黎民冲着龙龙和早早说。

李龙龙豪迈地一拍胸:

"没事!有我们仨哩!"

欢乐的笑声唤醒了群山,催动了树丛中的第一声鸟鸣,叩开了东边的云霞。

孩子们怎么也没想到,王老师将和他们一道进山,一道去探索鸟类王国的趣事——王老师开始理解他们的爱好了。

王黎民是欢乐的,但欢乐中夹着一些辛苦。三个孩子的作文,确实向她打开了另外一个世界:

《鸟类王国在向我们召唤》中,我国鸟类学处于落后状态,使她感到教师职责的重大;王陵阳教授对小"鸟迷"的热情期望,使她感到内疚。

《我怎样爱上了小鸟》中,李龙龙生动地记叙了蜀山猎鸟时,一位科学家叔叔用黄鹂、杜鹃对森林的保护,教育了他,使他不再猎杀益鸟,反而爱上了这些大自然的歌手。作文的最后——"我为什么不能爱鸟?这使我心里难受,也不明白"——深深地刺痛了她,使她想起李龙龙那倔强的眼神。

《在野人岭上》展现的是两位不畏艰难、勇敢地去寻找红嘴玉的小探险家的形象。是的,孩子们不仅有着美好的愿望,而且正在脚踏实地地向前走,尽管这是幼稚的,甚至夹杂着错误,但是,这不正说明需要学校、教师的关心吗?

记得她四五岁的时候,爸爸搪炉子,挖来了一堆黄泥巴。她拿了一点泥巴搓着玩。玩着玩着,她突然发现手里捻捏的泥块像一只小鸡,只要有两只眼就行了。她用小树枝在那该长眼的地方,一边戳一个小眼,欢蹦蹦地送给爸爸看,要他猜猜是什么。爸爸摇了摇头,又自顾忙炉子了。她不依:

"看嘛,看嘛!这身子肥肥的,尾巴翘翘的,是咱家老母鸡嘛,你都认不出?"

"看不出。腿呢?"

"它趴在窝里下蛋,看不到腿了。"

"不像!"说着,他随手将那个"老母鸡"丢进了炉膛。

小黎民往地上一坐,大哭大闹,非要爸爸赔她的鸡不可。爸爸无奈,只好为他捏一只。但她就是不认账,说没她捏的那只漂亮,委屈得一天都噘着个小嘴。

从此,她爱上黄泥巴,它听话。她想叫它成为一辆拖拉机,那"拖拉机"就真的在她眼前突突地开动,还冒着烟哩!她想要叫它成为隔壁的小胖,那小胖就拖着两条鼻涕坐在她面前!她不要玩具,只要泥巴,因为黄泥巴给了她丰富的想象,给了她创造的快乐。

是的,孩子们有自己的世界。但是,为什么成年人回头去看这个自己曾经停留过的世界时,却感到那样的陌生和不可理解呢?

是的,学生的天职是学好功课。这些功课,正是为他们将来的科学大厦构筑基础。但是,爱因斯坦、达尔文、牛顿、爱迪生、法拉第,在幼年时不都有自己的爱好吗?这些爱好能被认为是一些莫名其妙的事吗?不,正是这些爱好,激发了他们不倦地去探索自然的奥妙……

王黎民苦苦地思索着,似乎有新的感受、新的发现,对班主任工作也得重新评价……

"鸟!别动!"

随着凤鹃的一声轻语,王黎民这才从回忆中惊醒。

几只花俏艳丽的鸟,在左上方的山坡灌木丛中奔走啄食,像个彩色的球在滚动。

"采不采标本？"龙龙问。

"你见过这种鸟吗？"

凤鹃问早早，见早早摇了摇头，又说：

"咱也没见过，别是和绣眼一样，也是从这里过路的？"

"机会不能错过，咱赞成采。"早早说。

龙龙已将气枪提到手里。凤鹃说：

"一致通过，采吧！"

听到龙龙的枪啪的一声，凤鹃和早早就抢到前面，捡回了标本。王黎民很有兴趣地凑到他们跟前。

"多漂亮的鸟！头顶棕褐，冠纹和后颈这条环乌黑发亮，眉纹乳黄，脊背翠绿，腰同尾巴是宝石蓝，雪白的喉，粉红的脸，淡淡的黄绿胸口，有八九种颜色哩。嗨，真是五彩缤纷的图案！"

王黎民听了他们为打只鸟还要讨论，就已经惊奇了，经早早这么一说，更感新鲜。她也从来没看到过这种美丽的鸟，更没以今天的心情来看过鸟，心里生出很多感想：

"你们每次打鸟，都要经过讨论？"

"当然！"龙龙大手一挥，不容人怀疑。

"特别需要的才采标本。咱们爱鸟，还能随便打鸟？又不是要解馋！"

王黎民印象中的那个愣头愣脑的皮猴子不见了，站在面前的是一位倔强、豪爽、内心闪着理想光芒的孩子……偏见能怎样扭曲一个人的形象……突然，她的心灵被什么撞击了一下，搅起了沉淀在心底的记忆，究竟是什么，她又说不清……孩子们在前面大声喊她跟上队伍……

松鸦、长尾巴的红嘴蓝鹊、绣脸钩嘴鹛、灰林、黄腹山雀、紫啸鸫、蜡嘴、红角鸮、黄臀鹎，穿梭般地往来，在天空织着美妙的图画，在树上唱着动听的歌曲,简直叫早早和龙龙眼花缭乱,目不暇接。王老师觉得这一切都充满了诗情画意。

"快到了。"凤鹃看到龙龙疑惑的神情,又说,"你们不是说过,千鸟谷是鸟类王国的世界吗?"

龙龙一想:对呀!鸟类数量的增加,说明离王国的边界不远了。这时,忽听哧溜一声,阿利从他身边冲到了前头,把龙龙吓了一跳。凤鹃说:

"它挺懂礼貌,先去报告,要赵叔叔来迎接客人。"

走出乔木林,奇松倒挂的悬崖下,露出了屋顶金脊的一角。阿利已站在屋后的危岩上眺望客人们。可是,却不见主人的身影。

房子奇特地矗立在一块石阶上,背靠一面陡峭的石壁。一丛无比茂盛的野菊,从石壁上悬挂下来,碧绿的叶片,蓬蓬勃勃地撒开,密如星斗的蓓蕾,争奇斗艳,已露金放彩。凤鹃说,这是紫云山特有的"凤尾菊"。只生在悬崖峭壁上,喜欢垂挂而下,犹如金凤展尾。它的花期长,从头年九月要开到下年的二月。愈是严霜飞雪,花朵开得越发肥硕,格外火旺。待到花期勃发的时节,比一道金瀑还要壮观。

龙龙提起拳头在早早的肩上擂了一下:

"我说你拣了红枣当火吹嘛!"他学着早早的腔调又说,

"你说'凤尾岩,传说那里落过一只大凤凰,凤凰是鸟王,招来了千种雀子万种鸟,在千鸟谷建成了鸟的王国'。啧啧啧!原来是棵大菊花!"

早早脸不红,气不粗,眸子里黑天鹅只管拍扇翅膀:

"故事的后半段你没听嘛!那个金凤凰为了守护王国,年年月月、日日夜夜站在岩顶,环顾四方。为了子孙万代的幸福,它终于一抖翅膀化成了一棵金菊,在岩上扎下了深根……"

王黎民忍俊不禁,扑哧笑出了声。凤鹃和龙龙也指着一本正经的早早哈哈大笑。

109

房左的悬崖石缝,挤出了几棵青松,只有半侧的鳞干外露,树冠却像绿云一般飘浮。房右,从崖上奔下的山溪,清脆地落入石楠掩映的小潭。飞溅的水花,使石楠木的红果堆珠砌玑般地晶莹闪亮。

王黎民和早早、龙龙,都如醉如痴般地仰头观看,在凤鹃的一再催促下,才沿着山坡拾级而上。迎面四间大房全用圆木作墙,顶上覆以竹瓦——将粗竹一劈两半,如鱼鳞般地半卧半盖。这里地处荒野,交通阻塞,很难运进砖瓦,只好就地取材——比琉璃瓦还要辉煌古朴。地势和自然景观的衬托,使王老师不由得赞叹起来:

"真是雄伟壮丽,虎踞一方;但又山清水秀,巧夺天工。"

初来乍到的师生三人,像是在步入一座神圣的殿堂,而凤鹃,是再好不过的向导。

一提起护林房,人们总是想到阴暗、潮湿、荒凉、孤寂。一提到护林员,人们总是想到背枪戴帽、成天在森林中游荡的粗汉。可是,坐落在千鸟谷的护林房,使王黎民强烈地感到:主人不仅巧于心计,而且是个对生活充满热情的人。

很明显,主人不在家。凤鹃招来了阿利,让它闻了闻主人的鞋子,拍了拍它的头,一挥手:

"去!把赵叔叔找回来!"

阿利跑下石崖,一边嗅着,一边追寻主人的踪迹,不断地摇着尾巴,喷了一个响鼻子后,就消失在茫茫的林海中了。

王老师问凤鹃:

"他的家属不在这里?"

"不在,他的爸爸妈妈还在庐城哩!"

"他多大年纪?"

"三十出头。"

在王黎民的印象里,护林员总是带着家属住在一起;否则,在深山老林里面,谁也耐不了长年累月的寂寞,和生活上的种种不便。

龙龙问:

"赵叔叔单身住这里,不怕?"

"怕? 有天夜里,赵叔叔被阵叽叽声吵醒,他起来看了个遍,也未发现什么。刚睡倒,那像是被人扼住喉咙的叫声又响起来了,响声就来自房顶上。他一抬头,就见两颗绿幽幽的光球转过来。他连忙打开电筒,嘿! 杯口粗的一条大蛇,正将一半身子盘在头顶的房梁上,下半身还拖在墙那边……"

"大蟒会叫?"龙龙问。

"紫云山没蟒蛇,那是热带森林里的动物。"早早有点不满他打岔,"你让凤鹃说完。"

"蛇盘子中间,是只肥的白肚子山老鼠哩! 这种老鼠可大了,一只有一两斤重。它正在受绞刑,被蛇勒得只有叫的份儿……"

"快开枪呀! 要不它从房梁上掉下来,砸到身上可不是玩的。"龙龙还是忍不住。

"赵叔叔不比你傻! 可他就是不开枪,只是仰面躺在枕头上,灭了电筒,又睡去了。"

"可惜,啧啧,真可惜了一条大蛇! 他不吃蛇肉,还不知蛇皮值钱……说不定是怕一枪打不死,反而被蛇咬了。"龙龙摇头晃脑的。

没想到凤鹃还有下文:

"等到一觉睡醒了,赵叔叔起来了……"

"瞎子点灯,白费蜡了。"

"他到门后,找了根大竹竿,拴了根绳子,圈了个活套……"凤鹃不慌不忙,有板有眼往下说。

"去套马?"龙龙在惋惜。

"是听凤鹃说故事,还是听你打岔?暂停一下,龙龙!"

早早急了。

"赵叔叔打开了电筒,伸竿子到梁上,那蛇懒洋洋地不理不睬的⋯⋯"

"它还没跑⋯⋯"

早早用臂肘捣了龙龙一下,他才没往下说。

"哪儿跑得动?脖子下鼓了个大包包,吞下的山老鼠成了个包袱嘛!赵叔叔好不容易用活扣套住了蛇头,哎嗨!使劲倒着一拉,哗啦一声,大蛇掉下来了⋯⋯"

"嗯哼!带劲!棒极了!"龙龙拍手打巴掌,"蛇呢?"

"你在庐城没去过动物园?就在蛇房里嘛!是条大乌梢!"

龙龙和早早急了,嚷着:

"赵叔叔怎么能算定那蛇跑不了?怎么能那样稳得住劲?"

王老师却一句话也不说。

凤鹃在门前转过身来,对早早和龙龙说:

"这边就是你们要探险的千鸟谷!"

连龙龙也懂得房子造在这里的优越性了,往门前一站,千鸟谷尽收眼底,它像是个竖井一般陡峭的山谷。回峰幽谷的错列处,露出一片明镜似的水面,那是深谷湖泊。凤鹃说,赵叔叔测量过,那里比海平面还要低三十多米。这里也只在山谷半腰以上,四周的高山都还竞相往云天飞钻。

经过几场秋风秋雨的吹洒,千鸟谷已多了几层颜色:落叶树的叶子黄了;常绿树的叶子苍绿中泛着墨色;竹林还是那样碧翠;古老树种,人称活化石的水杉和银杏,已抹上金色的霞雾;不知名的小灌木冒出了鲜红鲜红的叶片;紫色的、橙色的、蓝色的、金色的树果,色彩丰富得真如山花竞放。

堂屋里干干净净,像是正在等待客人的到来。木板墙上挂着一些腌制的野味,散出诱人的气息。东间是主人住房,书架上摆满了书籍、报纸、杂志。

宽大的写字台上,是一摞摞的文稿、记录手册。它不像一个护林员的卧室,倒像一位科学家的书房。龙龙说,比他爸爸的书房还要宽敞。

王黎民也在心里暗暗惊叹:在藏书方面,这位护林员比自己还要富有!他是什么样的护林员?原以为最多是个高中毕业被招工的知青……这引起了她的好奇。

刚走进西间,一只雄鹰展翅扑来。龙龙惊得往后一仰,张口要喊,只听凤鹃说:

"标本。它是去年在绝命崖采到的。"

王黎民惊奇得只顾张着嘴,龙龙红着脸说:

"猛一看,还以为……"

"这叫姿势标本。制作人必须熟悉它的生活习惯,才能做得像活的一样。"凤鹃像讲解员。

早早用肘拐了拐龙龙,他这才看到几只大橱里,每一格都躺了一些鸟的标本。这些标本的做法,和他们做过的一样,解剖后留下皮毛、头骨,进行了防腐处理,再塞填充物、缝合。这种制作方法叫作假剥制。

这些标本真是应着了早早说的话:五颜六色的羽毛,千姿百态的形体。

"这些假剥制的标本原来把橱子都装满了。赵叔叔回家探亲时,带去一套送给了少年宫,只留下一些重复的。"

凤鹃发现王老师不仅很有兴味地看着这一切,而且还在认真地听她说明。

难怪有些位置空着哩!龙龙看到有个标本,很像那天在琴溪误认作红嘴玉的。他拿到手里,见它脚上拴的标签上写着:

"白头黑鹎,1978 年 5 月 3 日采自芙蓉岭。"

再仔细看看,认准了确实和那天看到的一样,他高兴地对早早说:

"这下可知道它姓啥名谁了!"

他俩有过苦恼的经历,因而对这些标本感到亲切,容易理解。王老师也和孩子们一样,像是徜徉在自然博物馆里。有些普通的鸟,还引起了她对似水年华的回忆,心里涌起了重温童年梦境的甜蜜。

轻风隐约地送来了一记沉闷的响声,它是遥远的。

"像是枪声!"早早对龙龙说。

凤鹃像箭一般向崖下飞去。两人不知出了什么事,连忙跟着跑了出来。只有王老师愣愣地站在那里。她感到有些茫然,等到想去时,已不见他们的影子。

当四周寂静下来,只有林涛的呼啸陪伴她时,寂寞使她后悔单独留下来。然而,正如一位大哲学家说过的:生活原本就是情节最曲折的戏剧。没过多久,她又暗暗庆幸没有贸然前去多么正确。

十一 搜索信号，箭猪表演奇特的战术

林间原来是没有路的，只是护林员长年累月地奔走，才踩出隐隐约约的、蜿蜒曲折的小路。在这样的小路上走，就像是在绿色的小巷中穿行，几步路外很难看清前面的人。幸而龙龙身高腿长，还能偶尔看到凤鹃的身影，也不知跑了多少路，总算追上了她。

一个急转弯后，凤鹃像是有意藏了起来，连脚步声也听不到了。龙龙急得在林子里徘徊起来。

早早也来了。两人正迷惘时，听到左前方响起笑声和说话声。纵然森林最爱捉弄人——改变声调，但凤鹃笑声中特有的银铃似的脆亮，是亲切悦耳的。他们离开路，折向那边。

没走十几步远，眼前豁然开朗，一块难得的林间空地，长满了深草。有说有笑的凤鹃，正用手吊在一位英武的大个子叔叔的胳膊上，她像一个跳橡皮筋的小女孩，既天真又顽皮。

他俩从来没有见过凤鹃的这种神态！由此看来，那位身穿夹克衫、腰后坠着宽大的子弹带、扎白色长筒山袜、手提乌黑锃亮双筒猎枪、正侧着身子弯腰和她说话的人，一定是赵青河叔叔。龙龙喊了声：

"赵叔叔！"

等到赵青河将头转过来时，龙龙生怕是眼睛看花了，立即揉了揉：那黑黝黝的锻铁似的脸上，正闪着一对他忘不了的鹰隼般的眼睛：

"嗯哼！是你呀！"

话未落音,龙龙提腿就跑,恨不得能呼啦一下飞过去。这可把正在惊奇的赵青河吓得不轻,慌得不顾一切大喊:

"危险,沼泽地！"

这一呼喊可不得了:早早一屁股坐地。龙龙四仰八叉地跌在早早身上,压得他气也喘不过来——多亏早早眼疾手快,在龙龙起步时,拦腰把他抱住。

那边,由于赵青河扭过身子松了胳膊,凤鹃像个秤砣滑了杆,啪哒砸下。她就坐在地上,笑得像个傻大姐。

就算是个忧愁罗汉,也会立即变成个笑弥勒。他笑得前仰后合,震得森林都应声:

"冒失鬼！只见上面草长得整整齐齐贪近路,也不看有没有人走的脚印子。"

龙龙听说是魔鬼般的沼泽地,吓得伸出了舌头。

两边的人,都沿着林边小路欢快地往前走。赵青河一伸大手,抓住龙龙的肩头:

"去年在蜀山,你赖在树上不下来；今天,又坐在地上不起来。这次,是千鸟谷不讲交情,见面就想把你变成了泥猴子。咱俩两次见面都不寻常,说明咱俩的交情也不寻常！嗬！还有你这个鬼精灵的刘早早,咱们不用介绍就认识了,有意思吧！"

两人紧紧地抓住赵叔叔的大手,一股热力立即传遍了全身。龙龙只是嗯哼嗯哼地笑,嘴显得特别大。早早眨巴着眼,嘟嘟囔囔地:

"你就是龙龙要找的……你不是说,他姓何吗……"

赵青河不明白了:

"李龙龙,你怎么随便出我的洋相,还乱改我的姓呀？"

龙龙一扭脖子,理直气壮地说:

"咱还要问你呢！为什么在蜀山时要用笔名呢？"

赵青河被逗乐了：

"我又不是作家写文章，怕人揪辫子诌个假姓名，我是……"

"那次，林子里不是有人——那一定是王教授，对吧？——他喊你'小何、小何'的，你不都答应了吗？"龙龙可不是瞎编乱造啊。

赵青河笑得直摇头。凤鹃忍住笑说：

"真是瞎子会猜蒜，聋（龙）子会按瓣——王教授叫的是赵叔叔小名，是河水的河，不是姓'何'的何，这是汉字中的同音不同义……就像你在课堂主讲的'骨碌碌碌碌——粪球'……"

这一下，就像捅开了笑河的大坝。赵青河问清了是怎么回事，手指着龙龙说：

"真有你的！"停了停又说，"不过，人总还是应该有创造精神的。如果是研究鸟学，这种创造应该受到表扬，把短翅树莺鸣叫声模仿得像极了！"

四个人热烈、欢快地谈起来了，就像是老朋友一见如故……

前两年，森林工作者在紫云山发现了一片珍贵的稀有的红椿树种。今年做了一些栽培试验。赵青河回来后还未顾上，今天一早去巡查，打算回来后再去迎接凤鹃他们。没想到客人半夜就动了身，赵青河感到有些抱歉，向孩子们做了解释。

龙龙看到乌黑锃亮的双筒猎枪，爱得眼里要喷火，手不住地抚摸着：

"那一枪是你放的？"

"既请了客人，也得有点准备呀！"赵青河顺手将枪给了他。

"没看到你打的野物哩！"

听龙龙这么一说，凤鹃连忙取下了赵青河背上的背篓。早早往篓里一伸手：

"吊死鬼。好肥的吊死鬼！"

龙龙未看清,吓了一跳——吊死鬼还有肥的瘦的?直到早早把猎物提出了篓口,才看到原来是只像斑鸠样的鸟。

"这是竹鸡。它叫的声音像'吊死鬼!吊死鬼',白天都在小竹丛里头钻,难打哩!晚上它们蹲到枝子上歇,十几只一顺溜站着,打死一只,其他的都只睁一下眼,再把头往膀里插得更深一点,利用这种只顾自个儿的弱点,能够一枪打一只,把它们打个精光。"早早说。

龙龙再一看,又有些失望:

"就这两只?"

"不是舍不得,是你们来早了。没想到你们的老师也来了。"赵青河说。

凤鹃想的是另外一事:

"你说给了你新的紧急任务,不保密吧?"

赵青河亲切地笑了笑,领着他们往里面拐了拐,一边采起香菇,一边简略地介绍了关于研究相思鸟的计划,以及目前所碰到的困难和这次回来的目的。

三个孩子听了以后,心里想得很多。原来赵叔叔也碰到困难!看来,要做一点对人民有益、对科学有好处的事情,还真不容易哩。

龙龙大手一挥,挺立腰杆:

"没啥了不起,赵叔叔!咱记住早早爷爷的话啦——人不挨骂,不能长大。做啥事都让人捧着、顺着,也没味道!你也别再走了,为经费的事去求人犯不着。领着咱们干,咱们帮你跑路,捉鸟!对吧,早早?"

早早没有说话,只是微微仰起头,看着密匝匝的高大树干。凤鹃仍然静静的,俊秀的脸上有股庄严的神色。赵青河倒是停下了手,仔仔细细地打量起龙龙,特别留意了他那犄角式的额头、展起了的鹰翅眉。去年在蜀山时,是那样触目,现在,眉宇间洋溢的是股豪迈气概!像是另一位李龙龙。他把大手放到了龙龙的肩上,又使了一点劲,仿佛是要试试它能负起多大的分量,就

像是扳一扳长了一年的小树一样,说:

"谢谢你这番话!"

三个孩子的兴奋,是难以表达的,因为他们将要参加赵叔叔探索鸟类王国的工作,探索相思鸟神秘的迁徙行为……这可比两位小探险家想的做的更有意义,就像是从黑松覆盖的琴溪,一下被领到了眉毛峰上,展现在面前的是一个千峰竞秀的新世界!

"赵叔叔,红嘴玉集群了没有?"

"我观察了,它们还是生活在海拔一千米到一千七百米的高山,没开始集群。但是它们鸣叫声频繁,飞行的次数也增多了,这可能是集群的征兆。"赵青河想到他们将可能是有力的助手,因而很乐意介绍情况。

听说这样,龙龙就一再嚷着,早早也变着法儿说着,要赵叔叔马上引着去观察红嘴玉。赵青河被说动了。另外,野味也嫌少了些,既然孩子们的老师来了,就该再丰富一点。

凤鹃懂事地说:

"你带龙龙他们去吧!咱先回去陪王老师,淘米做饭。把油锅烧热,专等你们的山珍野味!"

赵青河满意地笑了。龙龙背起枪就走。早早竟哼起了一支进行曲。

出了高大的乔木林,他们跟着赵青河爬山。到了绝命崖时,山势开始陡险,赵青河说:

"这里海拔已接近一千米,到了相思鸟生活区了。它在安静的环境中过惯了,容易受惊动。从现在开始,不准讲话。"

赵青河像是千鸟谷鸟类的饲养员,他并不东瞅西瞧,更不停脚倾听,只是径直往相思鸟鸟房中去。到了一片灌木丛,他不走了,回头小声说:

"注意听,喏!这种唧啾啾唧……的"——学得真像——"就是相思鸟的鸣叫。这是雄鸟的叫声。单音节'笛——''笛——'是雌鸟的叫声。"

有赵叔叔,寻找红嘴玉竟是这样简单的事。不信吗?你听,这里那里都有它的歌声哩!和那天在琴溪听到的似乎一样。早早想:很多事情都是这样,当你不了解时,它很神秘,一旦将它揭开,事情却是那样明了!准确地说:还因为他们有过亲身经历,曾为它苦恼!就像一句格言所说:那些没有被未知物折磨的人,也不知道什么是发现的快乐!

可是,两个孩子瞅得眼疼,也未能看到一只相思鸟。

有一对鸟贴着树枝飞来了。龙龙用手指指鸟,它的羽毛像是红嘴玉哩。等到早早看到,它们已落到灌木丛中。龙龙拉早早往那边看,没在意的早早打了个趔趄,碰得树叶哗哗响,只听到几声喳喳喳鸟叫。刹那间,灌木丛里寂静了下来。

赵青河很留神地倾听,还是一点声息也没有,只有绣脸钩嘴鹛在远处,紧一声,慢一口地叫着:

"鬼鬼!鬼!"

"我们碰响树后,鸟是怎么叫的?你们听到没有?"赵青河问。显然,他对这发生了兴趣。

两个孩子都摇了摇头。

"叫声像喳喳喳吗?"

早早眨着眼睛想了会儿,才说:

"好像是的。"

"下次要注意。这可能是它的警戒声,已听过几次了。"赵青河叮嘱了一句。

对相思鸟的一般生态知识,赵青河了解得也不太多。以他的具体情况,王陵阳曾规定这两年他的任务主要是"认鸟"。他在通往鸟学大门道路上起步时,基础知识并不比龙龙他们多到哪里,也像是个在黑夜中的跋涉者,摸索着前进。只不过,他得到了科学家的指导,采取了科学的方法。现在要专题研究相思鸟,他忽然感到:这些美丽的相思鸟,像是一位虽然三天两头见面,但并不了解其身世和性格的熟人。因而,他开始极仔细地注意对方的一举一动。

赵青河丢了个石子到灌木丛中,像是丢到了棉花垛里,只是响了一下,一只鸟也没飞起。

"红嘴玉呢……"龙龙问。

他心里还有句话没说出口:是它吗？有千百种鸟,就有千百种叫法。各有各的腔,各有各的调。更别说一个鸟就有几种鸣叫声。哪有能听了声就知是什么鸟的？

"要是有双透视的眼,准能看到它们紧张地在里面钻哩!"赵青河已猜到龙龙的心思,说,"我们一道又喊又跑……一、二、三!"

果然哄出了鸟,虽然只有三四只。

"红嘴!"

"黄肚子、红斑!"

龙龙和早早喜得眉毛上像站了两只喜鹊。赵青河看到他们神情的变化,说:

"这下看清了吧……认准了吗……相思鸟飞翔时,一般不高飞,喜欢成双成对的。在野外观察鸟,要了解各种鸟的不同飞翔姿势。鹡鸰飞时,呈波浪形。云雀边叫边向天空盘旋。鹰隼在猎取食物时,做不同姿态的俯冲……从现在开始,我们要仔细观察,还要研究出它的各种规律;否则,就没办法从事下面的工作。"

赵青河一边说着,一边引着他们继续寻找相思鸟。经过几次,龙龙也看到了其中的门道:

"它喜欢待在小树棵里,是吧？你总是领我们往这些地方找。"

赵青河说:

"很好,你们开始动脑子了。实话说,我对相思鸟的了解也不多。这次在省里查了一些资料,但也太凌乱,有的还是二三十年前别人观察的记录。春天时,我在阔叶林见到它;夏天,我又在竹林里见到它;这次回来,我发现它们在灌木丛中叫得最响。总的说来,它栖息在高山森林里,但季节的差别是否会引起栖息林相的改变呢?现在还不能下结论。问题出在过去没做这方面的工作,只好由我们一道来弥补。"

这使两个孩子想到认鸟也不简单,复杂的问题多着哩。同时又感到赵叔叔一点不拿架子,亲切、诚恳。

赵青河走路时,不时地指点相思鸟的叫声。目的很清楚:让他们把耳朵听熟了,以后工作起来方便。就目前的条件说来,这是最好的方法。在这方面,早早的本领比龙龙强。用音乐老师的话来说:他对音乐语言比较敏感。

树林里突然静了下来。赵青河停住不走了。

还是静得出奇,连远处的滴水声都数得清。

一直很听话地跟在后面的阿利,突然兴奋得打了个响鼻子。当它正要奔跑时,赵青河做了个不准乱动的手势。阿利有些委屈,但还是服从了命令。

赵青河心想:有两个孩子跟着,碰到凶猛的野兽还是让开一点好。

"怪事,鸟也不叫了……"龙龙说。

赵青河要两个孩子别作声,他隐约听到了一种异样的声音。是的,右前方有响声,像是枯枝敲打声。他迅速将猎枪从龙龙手里拿去,装上了两颗头号霰弹。

两个孩子知道附近发生了不平常的事,立即紧张起来。阿利早已烦躁不安,跟前跟后地踏着碎步,盯着主人的每个细微动作,希望发布要它出击的信号。阿利确是一只训练有素的小狗。

"跟着我,悄悄的。没有我的命令,不准乱动。"赵青河说得坚决、干脆,还用眼在他俩脸上扫了两下。

没走几步,早早被看到的景象惊愕了。龙龙只是想看稀罕,一个劲地往前伸颈探头,想看得清楚一点。这大约是因为有赵叔叔在身边,充满了安全感。

赵青河伸出大手,一边按一个,让他们紧紧靠在身后,躲到一棵大树旁,又示意早早抓住阿利的项圈。显然,它不能帮任何的忙,更何况也没有这个必要。

肥胖的黑熊,正和一只浑身戳出长刺、小脑袋的野兽僵持在那里。

"箭猪。"早早小声对龙龙说。

它是这里常见的一种小型野兽,学名叫豪猪。赵青河看到后,有些奇怪:箭猪是夜行动物,白天躲在洞里睡觉,是什么使它惊醒了美梦,而且还遇上了这么一个强敌? 难道是黑熊想办法把它逗引、威逼出来的?

哗哗哗!箭猪狠命地抖动身上的长刺,让它们互相碰击,像是一匹骏马正振鬃夯尾奋蹄上阵。

黑熊笨头笨脑地盯着它,既不前又不后,不知哗哗声是什么新式武器。

箭猪乘机要溜走,笨熊却以令人难以想象的敏捷,一下拦住了它的去路。又沉闷地吼了一声,比喊句"站住"还有力。

箭猪伏在那里,像是无数根枪矛的长刺,都向后挺立着,似乎看不到它的腿脚。它又狠命抖动身上的长刺。龙龙想:不光有响尾鸟,还有响尾兽哩。哗哗哗哗的声音,比锉锯都难听。早早想,是吓得发抖,还是故作声势恐吓对方?

"它在示威!"赵青河悄悄地告诉他俩。

"枪,打狗熊!"龙龙手有点发痒了。

"不行!"赵青河的声音是坚决的,神情是严厉的。

黑熊向箭猪逼近了两步,呼吸急促。

箭猪似乎是难以忍受那喷到脸上的热气,一下就掉转了身子,用背对着它；然后，迅猛地向后倒退。好家伙，这下那些长刺才真是挺立的枪矛哩！它抖动着，嚓嚓地响着，犹如无数的枪刺，在风烟滚滚的战火中冲锋。

黑熊只好笨拙地往后退去，几次提起有力的厚掌想打，但到最后，还是犹犹豫豫地放了下来。

箭猪开足马力，全力向后倒车。黑熊只得退两步，顿一顿，无可奈何地慢慢退却。

这下让两个孩子大开眼界，动物世界里竟然有如此奇妙的事情！庞大的黑熊，被没它一条腿重的箭猪吓得往后直退！

"嘻嘻，真有意思，老师改作文时，要是看到'退攻'这个词，一定要改正的。谁知这词儿对哩！字典上也该加个'退攻'的词，有退攻的野兽哩！"早早为新的发现，为《百科全书》中加了一条，乐滋滋的。

黑熊对箭猪无计可施，想撒手，但又舍不得丢下这块美味！要饱餐一顿吧，又无处下口。箭猪更是着急，走不脱，又打不赢。它后退的力量毕竟达不到形成冲刺的速度。

战场上形成了相持不下的僵局。

赵青河打开枪机，换下一颗霰弹，毫不犹豫地举枪射击：

"轰！"

枪声像小炮似的，震得森林里嗡嗡响，连山谷都在呼应。

黑熊一蹿几丈远，颠着个肥屁股头子，消失在森林中。

龙龙比麂子跑得还快，冲到刚才的战场，圆睁着眼四处找了起来。

"把阿利放开！"赵青河对早早说，又问龙龙，

"你在找什么？"

"奇怪！箭猪哩？没打中……"

"我根本就没打它。"

赵青河说着，又用手指指左前方：早早正跟在阿利身后，飞快迈动双腿。

龙龙一拍脑瓜,醒悟过来,也跟着追去。

阿利围着一个洞口叫起来,这个洞口在一个山坡子上,并不太大。但阿利要钻进去还是可以的。可是,它就是不往里钻。早早只顾瞅着它,兴奋得满脸通红。

赵青河一句话不说,快速地顺着山坡走去,一边用锐利的目光扫视着。不一会,他向龙龙招手:

"站这里来,有个洞口。"

龙龙到跟前一看,果然,杂草掩映中露出一个洞口,被野兽践踏过的痕迹很清楚。他虽然丈二和尚摸不着头脑,但还是站到了那里。

赵青河还是往前走,直到兜了一圈回来,才交代阿利看住一个洞口,和龙龙走到早早那里,说:

"还好,只有两个进出口。"

龙龙松了一口气,才有机会提出一连串的问题。早早说,赵叔叔放的是没装铅砂的空枪,吓唬黑熊的。赵青河说,霰弹射中的面积大,若是开枪打箭猪,难保不伤了黑熊。受伤的黑熊要拼命的,犯不着去冒遭到黑熊攻击的危险。再说,这些年来由于大型凶猛野兽少了,失去了对豺狗一类极凶残的犬科野兽的制约。它们大量繁殖,捕猎食草动物,如梅花鹿、獐子、麂子等,使这些食草动物数量大幅度下降,破坏了生态平衡。黑熊属国家规定保护的珍稀动物,不到万不得已,哪能随便射杀……

"咱还以为你怕它放箭哩!"早早说。

赵青河问龙龙:

"你刚才找箭猪时,见到地上有长刺没有?"

龙龙想了一下,摇摇头。赵青河想:就是真"射"出了箭,他也未必能在草棵里找到,又说:

"箭猪会放箭,是这里群众的说法。已有的资料上,说这种豪猪根本不可能放箭,因为它的肌肉还不具备能把箭放出的能量。但是它的长刺确实厉害,曾有豹子、老虎被它戳瞎了眼,刺烂了舌头、脚掌。最厉害的是加拿大豪猪,它的刺带有回钩,像麦芒似的;戳进其他野兽身上,还能随着肌肉运动,向里面刺得更深。有科学家做过试验,24小时之内,刺前进了近2厘米……"

"乖乖,这么凶呀!"

"实际上,它会不会放箭?它叫箭猪嘛!"

这个早早,真机灵!他已听出还有没说的——赵青河对早早思维敏捷很喜欢,于是说:

这次在省里,听动物园的张技术员说,他们打扫笼圈时,曾用竹扫帚把豪猪往边上赶,没触到它身上,却发现扫帚上插了几根刺……这引起了他的好奇,又做了几次试验,不知为什么,却没有了这种现象……是什么原因呢?在什么情况下才"射箭"呢?他请赵青河在野外有机会时,帮助搞清这个问题……

两个孩子的兴趣浓厚,像连珠炮一样发射"为什么"。但是,最现实的问题还是怎样处理这个洞里的豪猪……是放弃、继续去观察相思鸟,还是……早早眨了眨挺灵气的小眼睛,说:

"箭猪的肉才鲜哩!啧啧,吃了一块肉,三天内再好的山珍也没滋味。拿它待客,王老师不知要乐到啥样?"

龙龙说:

"它钻洞了,阿利不愿进去。我们抠不出它来。"

赵青河狡黠地笑了,用指头点了点早早。

"去拾点柴草来!"

早早对龙龙挤挤眼,忙开了。

赵青河用柴刀将洞口周围的柴草砍净(免得不留意时引起火灾),再把柴草在洞口堆好,点起了火。直到浓烟滚滚,向洞口蹿去。赵青河并要阿利在这里看守;他这才到另一洞口,和龙龙、早早隐伏在旁边。

龙龙等得不耐烦了,抓耳挠腮的,早早说:

"别急,它熬不住烟呛,就要往外跑。"

不多一会儿,洞口有了动静,箭猪小心地往外探探头,露出了灰白的下颚。

"叭!"

枪响了,箭猪一歪身子倒下。嘿!射击的机会瞅得真准!

正当他们在灭火、收拾时,北面的山冈上传来喊叫声。

原来,那边的护林员老秦发现了烟火,不知出了什么事,连忙跑到这边来眺望。防备森林着火,是护林员的重要职责。

赵青河向老秦作了解释,两人就大声你一句我一言地攀谈了起来——山谷里,站在这个山头可以和那个山头的人说话。要是碰个头,那就难了,这就是所谓"喊话能应声,见面跑半天"。

老秦在回答赵青河询问时,说了个重要的情况:已见到红嘴玉七八成群地飞了!

赵青河只注意了东区,还不晓得北区的相思鸟已开始集群了。是什么因素使北区的鸟已开始集群呢?哪些条件构成了它们集群的信号?训练孩子们的任务也非常重要……这正是一个好机会……可是,他们还来了个老师,这又是他要争取的人,否则,就无法使孩子们集中起来……

"早早,你们放了几天的假?"赵青河问。

"连两头的星期日,一共四天哩!"早早的眼光没有离开赵青河的脸,"到北区去吧!咱们保证不喊腿疼!"

"远哩!今晚不一定能回得来。"

"露营就更有趣了。"龙龙说。

"让阿利送个信给凤鹃、王老师,她俩住那里也不怕!"早早说。

经过再三考虑,赵青河做出了决定:到北区去。他很快写了张条子,放到阿利身上的信袋里。龙龙觉得可惜了打倒的箭猪,谁知赵青河却叫阿利将箭猪也叼回去。阿利对着那一团刺,左右没有办法,急得团团转。

赵青河用枪筒将箭猪翻过来,阿利一口就叼住了它那光滑柔软的肚子。它一边走,一边极其小心地不让刺戳到。这就使它显得笨拙而滑稽,引得孩子们哈哈大笑。

十二　漂泊，相思鸟向何处漂泊

赵青河以他特有的精明，没有在路上耽误时间，径直插上北山。到了北山，又毫不犹豫地扑到相思鸟分布的最高点。

这里的林相和早早、龙龙已见过的大不一样。树木不高，但稠密，蔓藤植物多，繁盛的松萝牵牵扯扯地从树上垂挂下来，使龙龙想起电影上挂搭着渔网晾晒的海边渔村。

赵青河说：

"从植被情况看，这里是山地矮林带。喏！那种紫云栎，就是这一带主要的树种。不同的高度和植被，有不同的鸟的分布。这里海拔已在一千五百米到一千七百米左右，也是我几年来观察到相思鸟的最高点。再往上，就见不到了。我们都注意寻找相思鸟。"

龙龙和早早的心情很激动，当然，现在已不是为了满足好奇，也不是满足于对冒险的幻想，而是开始了一种崭新的学习和探索——既有对知识的渴求，又有对大自然奥秘的揭示……总之，是能激起无比自豪和满腔热情的事吧！

看到最多的是山雀。它就在你头上飞，脚边钻，耳边叽叽个不休。

龙龙只认得白脸山雀。它脸上的那块白斑，总是使他想起京剧中丑角脸上的两块白粉。时间不长，在赵青河的指点下，他又认得了耸起小小羽冠的煤山雀，还知道了从尾巴特短来很快识别。至于腹部是黄色的叫黄腹山雀，那就更不在话下了。

没有找到红嘴玉,连它的叫声也没听到。

早早边走边踢打,一群小鸟呼呼地从林中飞起,贴着树梢,兜了个优美的弧线,又落到了林中。一刹那间看到,它们的羽毛颜色鲜艳。龙龙赶紧向那边跑去,却是几只蓝灰色和茶色的鸟在地上找食。赵青河说:

"蓝鸦鸟。蓝灰色羽毛的是雄鸟,茶色的是雌鸟。是高山鸟,和刚才见到的山雀一样,也是这一分布带的优势种。"

龙龙抬起头,问:

"雄鸟和雌鸟的颜色,区别这样大?我差点把它当成两种鸟哩!"

"一般说来,是有区别的。你见过公鸡和母鸡,鸡原本也是鸟。有的差别大些,有的差别小些,这使野外识别较为困难。相思鸟雌雄有明显的差别。大多是雄鸟比较艳丽。"

"为什么?"两个孩子异口同声地问。

"你们见过孔雀开屏没有?"

早早和龙龙都摇了摇头。

"孔雀开屏时,展开五色缤纷的尾羽,时而还炫耀地抖动,那更是流金溢彩。它围着雌孔雀踏足舞蹈、摩挲颈项。人们到公园孔雀房,都想能见到这种赏心悦目的场面。但是,常常失望而归。如果是在它的繁殖季节春天去,那就十有八九能如愿了。"

"啊!和繁殖有关?"

"对啰!你们以后能观察到。"找了这一大片地方,还没发现相思鸟的踪迹,引起赵青河一些新的想法,"现在,还是赶快在这一带搜索。"

三个人一字排开,从高处往低处走。尽管用了很多办法,在一百多米的范围内,一只相思鸟也没见到。赵青河果断地决定,再往下走一百米;然后不走了,招呼两个孩子坐下来,各人注视一个区域。

"嘀里咕……"

像是听到了最悦耳的歌声,三个人的神情一振,都眼巴巴地盯着从林中飞起的四只鸟。它们一只追着一只,忽高忽低地飞着。一会儿向南,急转弯后又向西,往溪沟里飞去。

是的,是相思鸟。在阳光下,红宝石般的嘴喙闪着耀眼的光芒!

赵青河的眼睛亮了,立即向溪沟方向走去。但是,不见了相思鸟的踪迹。

这是一条没有名字的高山小溪。细细的清泉在乱石中淙淙作响。沟谷虽不太宽,但不像低山溪流上空,被灌木和苦竹挤得只剩一条窄缝。它的岸边,丛生着稀疏的小灌木,正在由橙转红的叶片,也有山花一样的风采。赵青河把这一切都看个够,叫早早坐在这里。他将和龙龙分别到小溪两岸五十米开外,约定时间同时观察。

龙龙有些想不通,不知赵叔叔演的是哪出戏。早早虽然没提问题,但他一直在赵叔叔脸上瞅。赵青河似乎来不及说话,匆匆向自己的位置走去。

四十分钟之后,他们又集中到早早跟前。赵青河说,在这段时间他观察到一对相思鸟在觅食。龙龙说,一只也没见到。早早说,他见到四群:一群是六只,往山下飞;两群是四只,一群往山下飞,一群往山上飞;一群是两只,往山上飞。赵青河脸上露出了笑容:

"你们看,咱们应把重点放在哪里?"

"当然是到沟溪里观察!"两个孩子也都明白了这出戏的用意。龙龙还做了补充,"明摆着,红嘴玉这时喜欢往山溪里钻。"

赵青河说:

"这个新情况,可能说明了相思鸟在迁徙季节的生活习性等等,有了大的变化。我们再按它们春夏两季的习性去寻找,怎能不碰钉子!"

他说的是心里话,幸而被那几只往溪沟飞的相思鸟,打开了思路,也幸而有了两个小帮手;要不,还不能这样快地发现问题。虽然还需要更多的观察来证实它的普遍性,排除这种现象的偶然性。

赵青河又布置他们在另一条溪沟里做同样的观察,结果还是在溪沟里的早早看到的相思鸟鸟群多,这使早早有点想不通。赵青河说,从已经报道的材料看,候鸟大多沿着海岸线,由北向南,或由南向北。但基本上都是从河流的出海口,向内陆,再沿着河流,向各处飞散。这样的机制原理还未全部揭露出来,可能与测定方位,或遗传下来的固定物标有关。

龙龙拍着手笑起来:

"和我们沿着琴溪上眉毛峰一个样,不会迷了方向哩!是早早的主意。"

从观察到的现象看来,赵青河估计:相思鸟集群游荡,是前三四天才开始的。既有往山上飞的鸟群,也有往山下飞的鸟群,说明它们只是开始漂泊,没有固定的方向。组成群体的数量较少,也说明了这一点。很可能,就是在这种漂泊中,逐渐扩大群体,组织起浩浩荡荡的队伍。每当飞行方向趋于山下时,集群的速度将加快,就像是从山上向下滚雪球……

"嗯哼!看那个大花脸子!"龙龙发现了前面的树枝上,站了只他还未见过的鸟在呼呼呼地叫着。

被喊声打断思路的赵青河,看也没看一眼就说:

"让你说对了。它有和画眉相似的白色眉纹,还有黑色的穿眼纹。样子粗犷威武,真还像是京剧脸谱中的大花脸哩!"

"它也有黑色的领圈,和我们在橘林里发现的'响尾鸟'一样。"龙龙补充说。

赵青河还是在注视着应监视的区域,说:

"真的一样?再仔细看看吧。它这条项链上的黑宝石,比你们在橘林里看到的'响尾鸟',一定要大些、亮些。对吗?它就叫黑领噪鹛鸟。"

"好像是。那……'响尾鸟'的名字呢?"

"我还没看到你们采到的标本。根据凤鹛的描述,特别是飞翔时呸呸作响,极大可能是斑点鸫,又叫穿草鸡,喜欢在草里钻。在形体上和乌鸫有相似之处。斑点鸫春天在西伯利亚东部繁殖,秋时到我们这边越冬……"

正说着,从他们面前飞过一群相思鸟。赵青河提腿就追。可是没飞一小段路,它们就落到溪边的小灌木丛里。赵青河刹住脚步,要龙龙和早早也别动,免得相思鸟受惊。

等了不多一会儿,听到嘀嘀的鸟叫声。赵青河觉得有些耳熟,似乎是雌相思鸟的叫声。他示意两个孩子也要注意倾听时,忽然有两只鸟骤然从那里腾地飞起;像是枪弹一样射向空中,各奔一只飞行的小蛾子,击中目标后,一收翅膀,又垂直落下,歇到一块耸起的岩石上。

早早看清了,它蓝色的羽毛,犹如夏天傍晚雨后的青霞,鲜灵夺目,金橘色的腹部倒像霞后的飞霓……

"叭!"

几片羽毛一飏,龙龙飞跑去捡滚落到岩下的鸟。早早看到赵青河正在取出弹壳,心里不是滋味。他还没看够哩!

赵青河看到早早责备他的神情,心头一动……只好解释说:

"它叫蓝矶鸫,又叫麻石青或礸。不仅是有名的笼鸟,而且是森林益鸟,专吃昆虫,就像你们刚才看到的一样。冬季有些鸟迁走了,但它却来了,填补了嗜食昆虫鸟的空白。对于它在这个季节的食性,我们还不十分清楚,因而要采标本。研究它,是为了更好地保护它。我想,若是和它商量,为了科学研究,大约也愿意献身,你说呢?"

早早点了点头。

两只鸟都采到了。龙龙正捏开它的嘴看,想探究它吃的是什么虫。它那种直起直落的飞快速度、勇猛准确的猎食方法,引起了他的极大兴趣。

赵青河告诉龙龙:

鹟科的鸟也是采取这种办法猎虫的。它们站在树枝上,守株待兔,只要见到小虫,立即出击捕获。这类鸟的嘴,像燕子的嘴那样扁、宽,适合在空中兜捕飞虫。

同是食虫鸟的鹈鸰、歌鸲,嘴却细长,它们喜爱吃刚孵化出的小虫,细而长才有利于啄食。

麻雀、黄胸鹀一类的鸟,为了方便啄食谷物、坚果,生了副又短又粗,呈三角锥形的嘴。

雀鹰的嘴带钩,才能撕开小鸟。猛禽都是这样。

最有趣的要算大鹈鹕,嘴下长个大皮兜,像网一样在水里捞鱼捕虾。

龙龙说,看了鸟嘴的形状,也能推测出它吃的是些什么了。

赵青河说,一般说来可以,问题当然并不这样简单。

又在溪沟里活动了一些时候,赵青河只好放弃对某一群鸟的追踪。相思鸟的行踪太无定了,再说,他们又无法认准哪几只鸟就是已被盯梢的。

他们又往山下走了。早早忽然停在那里听了听:"赵叔叔,北区红嘴玉的叫声,怎么没有凤尾岩那边的好听?更别说比不上在琴溪听到的。单调的'笛笛'声多了,是因为地区的不同?"

赵青河明白了他刚才站那里想的是什么,说:

"一般说来,鸟类在繁殖前期叫得最好听,鸣唱声调变化也大。一到秋天,叫得都要差些,相思鸟也是这样,这时节,雄鸟的鸣叫声是少了些。这不奇怪,与地区没有关系。"

"不是说,羽毛的颜色和繁殖有关,怎么又轮上和鸣叫也有关系?"龙龙也提出了问题。

赵青河想:他们的思想挺活跃哩。于是,也乐于多讲一点:

"鸟类王国的趣事多哩。它们的求爱方式也不同。以羽毛的华丽引起对方好感的是一种。还有一种是比赛唱歌,以美妙的歌喉,吸引伴侣。就像是月下男女对歌一样。更为奇特的是,还有的鸟,要以建筑家庭住宅的艺术,炫耀才能。听说过纺织鸟造巢的故事吧？雄鸟把巢造好，先要请雌鸟来过目。雌鸟不满意，雄鸟连忙拆除，重新营造，直到雌鸟高兴地进入新房……"

听得两个孩子路也不想走了，赵青河只得赶快刹车。

顺着溪沟走，速度也比较快。不一会儿，高大的乔木多了起来。落叶阔叶树的树叶已开始发黄了。在林子里鸣叫的、在眼前飞来飞去的鸟也不同了，松鸦、棕脸鹟莺、黑鹎多了。龙龙和早早现在已知道，海拔高度低了，已到了红嘴玉占优势种的地带，以为主要的工作要在这一区域。谁知赵叔叔却并不逗留，只管快速往下走，不时教他们认识哪是麻栎、哪是槲栎、亮叶桦……

路上，龙龙提了个问题：既然鸟的分布与植被、垂直高度有关系，能不能用反推法，看到某种鸟就可推测出那里的高度？赵青河说：一般情况下可以，但鸟类还受着自身生物钟的制约。

随着声声苍茫似箫的鸣声，龙龙和早早的目光追着一线紫霞向溪水俯冲，再一掠而过，停到沟边黑石上，衔着的小鱼还在甩尾哩，蓝闪闪紫莹莹的。他俩看出神了。

早早认得是乌精鸟。凤鹃说过它的学名叫紫啸鸫。他想：大约是因其鸣如箫吧，但从来还不知道它会抓鱼吃。听赵叔叔说了，才知它是水区鸟。其实，会抓鱼的鸟何止翠鸟、翡翠、冠鱼狗、海鸥……连老鹰也会捉鱼哩。只不过水区鸟有水区鸟的特征罢了。

赵青河看看西天的太阳，催他们赶路。岩边的一片毛竹林迎接了他们。这些粗竹根根都挺直了腰，灰林鸮（灰林鸟）在弥漫着淡淡的氤氲中飞着，如飘如荡。

到了一棵大甜槠旁，赵青河说：

"夏天，从这里往下走，就很难见到相思鸟了。可以认为这里是它的垂直分布下限。但以今天看到的情况估计……"

"应该能看到。"龙龙说。

"可能还多。是因为咱们在它分布的最高限几乎没见到它。对吧,赵叔叔?"早早说。

赵青河的高兴是可想而知的。他不想扮演讲解员的角色,这多少是受了王陵阳对他的指导方法的影响,也因为自己是在不断摸索、思索中学习的。

森林中的树种丰富了,小叶青枫栎、樟科、蔷薇科、槭科……互相拥挤在一起,油茶顶着一树肥硕的花蕾。

鸟的种类更是繁多起来。

果然如他们所料,相思鸟已三五成群地漂泊到这里。它们叫着、追逐着,从这一树丛飞到那一树丛,和绿鹦嘴鹎、红头穗鹛比翼唱和。

"天鹅!"

龙龙一边惊呼,一边向一块高石上爬去,早早也跟了上来。

从高山林海上空,飘来了一群白云般的天鹅,它们绕过山膀子,又兜了半圈,徐徐地向下落去……

哼哧哼哧地爬到崖顶的龙龙,拍着手叫了起来:

"湖泊。天鹅向湖泊落去,好大的湖!"

"落霞湖!"早早擦着脸上的汗水。

"原来它是飞到这里来的。那天在琴溪,故意躲着我们,还以为它是要到天涯海角去荡悠呢。嗯哼!恐怕也是落到了这里!"

一片汪洋躺在千鸟谷的怀抱,白天鹅向闪着蓝莹莹光芒的明镜滑去,惊起一群水鸟腾到湖的上空,像是迎接贵客的大驾。

孩子们要求去看看落霞湖,拜访拜访天鹅,这是自然而又合理的。能责备他们对美的追求,对珍宝的热爱吗?

赵青河想,今天的任务已圆满完成,甚至超过了原来的预计。他又想起这次在省里和王教授提到落霞湖时,王老师很有兴趣,一再希望他能注意一下湖边的情况。

湖在紫云山腹地,北面是连绵的群山;从长江南来,它是这一线及附近最大的一个湖泊了,是迁徙的水鸟理想的停歇站;又由于环境的幽静,它们很可能就留在这里等待春天的到来。

世界研究鹤类中心,曾要我国鸟类学家给予协助,了解它们在越冬地的生态。据估计,在长江以南一带的大型湖泊中,可能有鹤类,因为它的迁徙路线要经过本省。王陵阳自己今年也将抽出时间,带领一个小组去濒临长江的几个水域观察,还寄希冀于万一能见到多年来已失踪、也可能是灭绝了的珍贵朱鹮。

王教授一再说:仅仅做一次调查,报道所见到的水鸟,那意义也是巨大的。

赵青河本来打算,在相思鸟的课题告一段落后再去,现在才是十月,迁来的鸟类可能还不太多。但眼下已到了它的大门口……

做决定是果断的,他素来如此。赵青河向这边的护林员老秦打了招呼——今晚要在这里歇宿——就领着两个孩子,抄近路往落霞湖奔去。

喧闹的嘎嘎声、击水声、拍翅声,透过森林的枝叶传来,催动龙龙和早早放开大步飞跑,哪里还管什么藤藤蔓蔓的牵扯拉挂!

"哧溜溜"——丛莽中一道火红的流星迎面扑来,吓得龙龙往后一仰——那家伙猛地一转,更快地蹿去,鸟的灰白羽毛还在树隙中闪了一下。早早一头撞到龙龙身上。

他俩还未立稳脚跟,已听到赵叔叔跟踪追击,踢打得枝叶哗哗地响。他俩正要撵去,枪声已经震耳欲聋。

更加喧嚣的风暴,在前面隐约的水色中骤然而起。

龙龙不知究竟顾哪边好,早早却早已跑出去一大截。龙龙一狠心,也转身去追早早。

好一幅惊心动魄的画面:

湖泊上空,一片飞鸟世界,绿的、白的、红的、黄的……比七月傍晚的云霞还要瑰丽,比四月日出前的朝霞还要多彩。

盘旋得优雅而庄重,飞掠得快速而矫健。

正在击水降落的、浮游漂荡的、嬉戏追逐的、伫立瞭望的、抚须理羽的、入水觅食的……无不生动活泼地各显媚姿。

湖水以无比宽阔的胸怀,把巍巍的高山、苍苍的森林、天上的白云、漂游的水禽……统统揽入了自己的晶莹的怀抱。

"天鹅,最大的是天鹅,像条挂帆的船。"

"头上一点红的,恐怕就是丹顶鹤。"

"嗯哼!野鸭多哩!"

"嘻嘻,看水葫芦表演潜水吧!"

"那个还在飞的也是鹤?"

"不是,一点不像,头上也没顶块红。"

"就是的,它的毛也雪白。"

"鹭类的鸟总是缩着头飞,像个'乙'字,鹤类飞翔时,成一条直线。"

赵青河早已不动声色地站在他们的后面。两人都猛地回过头来。

嘿!他旁边的地上躺着个红毛野兽哩!手里提了一只死去的大鸟。

"狐狸!红毛狐狸偷了只大雁!"

早早这么一说,龙龙提起了野兽,认认真真地打量起它。他只在故事中听说过,在画上看到过这种狡猾的家伙,还没实地看到过这个三角形嘴脸、尖腮尖嘴的狐狸!更没想到大白天,它也竟然干起偷儿的生活!这叫他唏嘘不已。

"动物世界,既有落霞湖如诗如画的山光水色,群鸟嬉戏的场景,也有残酷竞争的丑恶一面。"不知是因为受龙龙唏嘘的感触,还是这一切引起了他的沉思,赵青河说了这样的话。

湖里噼里啪啦的鱼跳声,又把他们的目光引到水面。

"鱼鹰!"

四五只黑鬼瞪着血红的眼,一会儿潜入水中,一会儿叼条鱼钻上来,硬吞死咽的狰狞嘴脸,实在令人厌恶。鱼鹰的学名叫鸬鹚,由于它全身黑毛,尊容丑陋,行为凶恶,渔民又叫它黑鬼。别看它们队形凌乱,其实正是一个包围圈哩。这种捕鱼的方法,经常使它们的嗉子胀得像个橄榄球。

龙龙在一次偶然的机会中,见到过四个渔民用篙挑着小渔船和鱼篓,每只船上都蹲着五六只鱼鹰,正在赶路。目睹鱼鹰狩猎的场面,具有无限的诱惑力,龙龙提腿就跟他们后面跑。跑了几里路,也未见渔民要停下,只得怏怏而归,今天如愿以偿,心里特别畅快。

"龙龙,它愿意把捉来的鱼交给渔民?"

"训练过的,会交。"

"它要是贪嘴,一口吞到肚里呢?"

"渔民用根小绳拴住它脖子……"

"那不把它勒死了?"

"拴得很有学问,宽松程度刚好是可吃下小鱼;大鱼嘛,就吞不下了……你看,你看……"

水面上哗啦啦响。

两只鱼鹰用嘴抬起了一条大鱼。鱼太大了,两只鱼鹰刚把它抬出水面,又被大鱼摇头甩尾拖了下去……几个回合下来,只听噼啪一声,大鱼挣脱了。鱼鹰哪肯放过,头一扎,就潜入水中追赶。湖面上只留下一个大大的旋涡。

忽然,水中泼喇一声,蹿出一个白晃晃、明灼灼的家伙!直往他们扑来……

赵青河只来得及喊声:

"快闪开!"

鬼迷心窍,禁不住诱惑的龙龙,却迎面向前冲去。

"啪嗒"一声,龙龙已四仰八叉跌倒……

惊悸不已的赵青河,不知如何是好。

早早的小眼睛瞪得溜溜圆的。

十三　落霞湖畔，水中精灵起舞

"嗯哼？"龙龙可不含糊，一翻身，死死用力抱住把他撞倒的家伙，就像骑在一匹烈马身上，任它摇头摆尾，颠上蹶下……显然，他没有受大伤、挨大损。

"鱼！龙龙骑了匹大鱼马！"

早早已经喊着，跑上去按住不断摔打龙龙后背的鱼尾。

真是一条大鱼！总有二十多斤重。

"它跑不了！哈哈！"

龙龙憨不愣登的样子，谁见了都要笑。赵青河拉起龙龙，看他有没有伤到哪里。

银亮亮的大鱼躺在湖边，鼓鳃瞪眼。

"跳远冠军应选它！尾巴一甩就是头十米哩！"

"龙龙有福，鱼往怀里蹦！"

"被鱼鹰撵急了，跳水的。"

"开头，我还以为落霞湖有尼斯湖的长颈怪兽，乖乖隆地咚，那可不得了！"

"没啥！倒真盼它是头怪龙，咱们就成了第一批见到活恐龙的发现家！"

"落霞湖的渔产丰富，真应该组织科学考察，仔细研究开发。"

谁也没想到，受了一次大的惊吓，带来了一次意想不到的大收获，龙龙的惊人议论、早早的俏皮话……落霞湖畔一时热闹非凡。

赵青河早已悄悄向浅水区接近,努力观察水禽的种类。

秋天,落霞湖也进入枯水季节,虽不像一般湖泊,露出大片平展展的湖滩,但是,原来淹没的丘陵、石岩都探出了水面。对岸一片密密的矮趴趴的石柳,细窄的叶片红艳艳、油光光的,时而,沙岬溪湾里,还冒出一丛丛肥大的芦苇,繁盛的山芒、红蓼……

"丹顶鹤!"

赵青河对跟上来的早早和龙龙指明了方向。丹顶鹤常是图画中的主题,"松鹤延年"的画轴几乎家家都有悬挂的,又由于它亭亭玉立和潇洒的形体,两个孩子不难在鸟群中把它们找到。

石柳丛中,几只头顶丹朱宝石、羽毛洁白如玉的鹤,正迈着优雅轻盈的步伐;另外两三只引颈长鸣,山谷里回荡着它们嘹亮的歌声。

让赵青河更加高兴的是,和丹顶鹤在一起的,还有几只似乎是白鹤和灰鹤,也可能是白鹳的涉禽。由于距离较远,芦苇和石柳的遮掩,早早的望远镜倍数又小(毕竟是玩具),无法分清它们的真实面目。赵青河更不敢开枪采集标本,尽管这是无比诱人的。

不一会儿,龙龙和早早也懂得了,体形瘦长、长腿长嘴的水禽是涉禽,它们只在浅水区活动。体形如船、善于游泳的是游禽。

游禽几乎把南边的湖面遮满了,能鉴别出的,就有鸿雁、赤麻鸭、绿头鸭、凤头潜鸭、珍贵的罗纹鸭、针尾鸭。

龙龙听说有鸳鸯,一定要往那边去,早早拉也拉不住。赵青河只得同意了。

其实,这时发现的鸳鸯,并不怎么引起赵青河的巨大兴趣,说得准确一点,他对它的兴趣,时间还要推到来年的四五月。去年,他曾听猎人张财宝说,亲眼见过鸳鸯筑在树洞的窝。可是,所有的资料和书籍上都没说鸳鸯是这一带的冬候鸟;它们每年四至七月间在东北繁殖,秋季才迁至长江中下游以南地区越冬。

不相信吗?

张财宝说得很清楚,他发现的那个巢在离地面有四五尺高的树洞中。树在水边。巢像是碗似的,里面铺着一些草和羽毛。

还要怀疑吗?

他亲耳听到鸳鸯在树下叫,那声音是亲切的、鼓动的。洞中的小鸳鸯也牙牙应语,小头攒动。

一会儿,一只黄茸茸的小鸳鸯从树洞中跳了下来,落到地面就走,歪打歪打的,下到水里就游。头次见水的欢腾劲,逗得张财宝也忍不住笑。

开头,他还在心里暗暗地埋怨鸳鸯妈妈粗心,不该采取这种训练方法,担心要摔坏了这些小宝贝;谁知,五六只小家伙像是伞兵一样,熙熙攘攘地往下跳,一点也不害怕。摔了跟头的,也只不过翻过身撒娇地叫了两声,还是歪打歪打地扑到了水里。

凭着猎人的眼睛,他明白了:它们往树下跳,都松开了那乳黄乳黄的茸茸羽毛,像是无数片的小伞,使它们安然着陆。

只是最后一只往下跳时,出了事故,它摔重了,躺在地上一动不动。张财宝耐不住性子,急着往前走去,想把它捡起来带回家。小鸳鸯的胸脯一鼓一鼓地扇动,老鸳鸯急切地叫着,一一地上了岸,走到小鸳鸯身边,用嘴轻轻地吻它的头、它的肚子;对于就立在旁边的张财宝,视而不见。它的兄弟姐妹也在不远处齐声喊着。那情景,酷似一家人都在抢救休克的亲人。猎人的心软了,退回林中看着……嗨!奇迹,一顿饭工夫,它居然苏醒过来,小腿几下一蹬,站了起来,走到岸边,跳到水里。

一直等待的老鸳鸯,这才率领起它的儿女们,向远处游去……

张财宝说的这一切,都是鸳鸯的真实生活,若不是亲眼见到,无论如何编不得这样顺畅,而且细节真实而生动。

这是怎么一回事呢?

他写信问王老师,王老师复信中说,曾有动物学家报道,鸳鸯也在南方繁殖,然而至今没有人在长江以南地区采到它的巢和雏鸟。还说有位相识的记者,也曾告诉他,初夏时在紫云山区的碧溪水库见到一对鸳鸯。那位记者见王老师很有兴趣,连忙回去翻开采访笔记,查出的时间是五月十八日。而张财宝所见到的日期是六月初,可以说时间是相近的。

王老师相信张财宝说的,以他估计,这种可能完全存在。因为紫云山区存在着一些很独特的小型地理区。他希望赵青河能在鸳鸯繁殖期的四至七月,把这问题查清……

真的,那儿游着的,确实是几只鸳鸯,那华丽的羽毛,如挂槅板的船形游姿——在水禽世界中非常显目。赵青河要早早和龙龙向那边继续寻找鸳鸯,自己就忙着考察周围的生境,做详细的记录。

"海鸥,这里有海鸥!"

龙龙指着正从水面叼起一条小鱼、迅速升高的浑身雪白的鸟,那嘴鲜红鲜红的。它两翅很长,形状特殊,显然是鸥鸟。

"海鸥怎么也跑到……"

早早也奇怪,海边的鸟怎么会飞到这里?直觉告诉他不可能,可又找不出理由,正在心里紧急翻动《百科全书》时,赵青河走过来了:

"是红嘴鸥,候鸟。从西北方那边来越冬的……你们看那边沙岬上的鸟,麻色的,在沙滩上,水边啄食的。嘴长。有八九只哩!"

龙龙只知从长腿上看出它属涉禽,但不知名字,过去也未见过,早早也不吭声。

"其实,已久闻大名,你们在读小学时就知道它的名字,有个寓言……"

"鹬鸟?就是《鹬蚌相争》中的鹬?"早早有点恍然大悟。

"对,正是!"

"它才像只小笋鸡,能和河蚌干仗?"在龙龙想象中,那鹬应是只大鸟,没想到它却是这样其貌不扬。

"要是像鹰那样的大鸟,河蚌能把它夹住、拖住?"

他们在落霞湖畔的每一步,几乎都有新的发现、新的喜悦。

"落霞!"

早早的一声惊呼,打断了赵青河的思索。

闪耀起夺目光彩的湖面,像是块莹莹美玉的底盘,四周苍碧油绿的森林,宛如托盘的边缘,它正托着一个若有若无,红灿灿、紫莹莹的硕大的葡萄——晚霞;火红的晚霞,正从高天投入山谷,折落湖面……

"扑棱棱!"

群鸟戛然长鸣,纷纷飞起。水面上被犁出一道道银波,霞光顿时迷乱,雪白的羽毛、绿的山峦、闪烁的湖面、落霞的虹彩……它们飞旋着、缭绕着、飘荡着……

"落霞! 又是一种落霞!"

沉浸在神话一般的世界,沐浴着祖国壮美的河山景色中的师生三人,也都融入到辉煌的图画中。

次日,晨曦初露,赵青河又领着两个孩子离开了老秦的护林屋,踏上回凤尾岩的山路,浮沉在林海中。

这一趟千鸟谷北区的调查,跟随相思鸟漂泊,赵青河得到了意外的收获。昨晚,在老秦那里查了这几天的气温记录,他基本上搞清这边的相思鸟为什么提前开始集群。北区近十天的平均气温在十八摄氏度左右,而凤尾岩"基地"的,却是二十摄氏度左右,高了将近两度,什么原因呢? 可能是北区的一个大山口,为西北风长驱直入打开了门户;而落霞湖那边伸出的一个山脊,刚好又挡住了寒风的入侵,保护了凤尾岩一带。其实,不查气温记录,从物候也能看出问题:北区落叶林的叶子更黄,有的已开始凋落了。

然而,凤尾岩等待他们的,却是一片寂静,静得出奇。连阿利的影子也不见;通常,赵青河还在五十米开外,阿利就凭着敏锐的听觉,前来迎接他。

"凤鹃!"

"王老师!"

只有岩上清脆的,有时还带一点哨啸的流水声。

门虚掩着,堂屋也显得有些凌乱。桌子上既没有留下的字条,也没找到她们发生什么紧急事情的迹象。

如果是在附近,阿利会来迎接他们的。再说,龙龙和早早的喊声也能得到回应。

虽说凤鹃对这一带比较熟悉,但若是走远了,细心的凤鹃一定要留下字条。她知道他们今天上午就应该赶回,不会让他们无缘无故地心焦不安。

发生了什么意外?没有凶猛野兽来侵犯的迹象。再说,她们有两个人,还有个忠诚的阿利;纵然来了豹子、黑熊,阿利会发出警报,她们完全能从容地避开。

三个人忘了疲劳,急得团团转,全都站到岩上大声呼叫。尽管他们喊破了喉咙,还是什么影子也没有。在这几十里路不见一个人影的深山,到哪里去找呢?

直到这时,赵青河才后悔:昨天不该那样匆忙地决定去北区。

"你们王老师有多大年纪?"

"二十五六岁的样子,才从学校毕业出来。"早早有些不明白,赵叔叔为啥要问这些。

"她叫什么名字?"

"课程表上写的是王黎民。"

早早的回答使赵青河震惊,忙问:

"是黎民百姓的'黎民'两字？"

"对呀！"

"身材偏高，高鼻梁，圆脸上不常露笑容，一笑两酒窝，一对黑眼珠儿……"

"对呀，对呀！有时讲话，叫人咽不下去，又吐不出来。"龙龙抢着说。他深有体会。

赵青河感到心被猛烈地震撼起来。

"你们认识？"早早问。

赵青河根本没听到早早的话，只是自言自语：

"原来是她！"

凤鹃和王黎民烧好了饭菜，左等右等还是不见赵叔叔他们回来。正在心焦时，阿利带回了字条。王黎民也和当初的龙龙、早早一样，对阿利发生了兴趣。凤鹃一五一十作了介绍。她感到这位护林员挺有趣。

下午，凤鹃背起竹篓陪着王老师在附近走走，顺便采摘一些香菇、山菜、野果。王黎民在这诗一般、画一样的凤尾岩，心情也特别畅快。她还是第一次深入到这样的大山，来到这片尚未被开发过的、具有无限风姿的世界。她和许多成人一样，在祖国壮丽秀美的山水中，童心油然萌发，纯洁、天真。更何况她热爱文学，记忆中读过的无数优美的山水诗，都像是喷泉一样往外涌。再说，采香菇、摘山菜、打野果的本身，就如诗一样诱人。她沉浸在遐想中，想写篇散文抒发千鸟谷和凤尾岩给她的感受……

凤鹃怕老师不习惯这样的寂静，又怕因为赵叔叔匆忙去北区，使王老师产生被轻慢的感觉，因而，就介绍起赵青河研究相思鸟的课题。她也想乘老师高兴时摸摸底，能不能同意他们参加赵青河的活动。

开头，王黎民有些漫不经心，听着、听着，不禁被凤鹃的话所感染。她突然想起:鸟能引起人们的美感,因而研究它,除了科学价值,还应该加上"在美学上的价值"。古老《诗经》的第一句就是"关关雎鸠"。记得古代的学者曾编过类似书籍——辑录文学作品中描写到的鸟兽虫鱼……这是一件有意义的、富有诗意的工作。

夜晚,王黎民检查了各处的门窗,又亲昵地拍拍卧在门前的阿利,就伴着林涛的呼啸,和凤鹃谈起来了。

在王黎民心目中,护林员的形象慢慢地变了。不再只是位粗犷的、成天在山上转悠的、孤僻冷漠的守林人;而是一位坚忍不拔、以林海作阵地、勤奋地探索大自然奥秘的强者。这种感受上的起伏跌宕,已使护林员的形象逐渐闪耀起光彩。对呀,散文中的主人公,应该是他!直到这时,她才想起了:

"你们的赵叔叔,叫什么名字?"

凤鹃愣了一下,像是没明白她这话什么意思,她怎能不知道赵叔叔的名字?转而一想,又有些好笑:自己没告诉他,龙龙和早早也没说,她怎么能晓得呢?于是,不无歉意地说:

"赵青河。青山的青,河水的河。"

王黎民像被荆条刺得一跳,猛然站起:

"他是哪年来的?"

"到这有三年了。你们认识?是同学?"

"……不……嗯……"王黎民意识到自己有些慌乱,于是,把话锋一转,"你们是怎样认识的……不,我是说,你们是什么亲戚关系?"

凤鹃没有马上回答,明亮的眸子只是盯着老师的脸,像是要看透隐藏在她心头的秘密。王黎民感到那目光灼人,不觉有些火烧火燎的,但没有低下头去。由于急切地想知道一切,神态是直率的。凤鹃思忖了一会儿,说起了"叔叔"的来历:

三年前九月的一天,赵青河告别了城市,满怀着希望来到了仙源镇。他要在这里小住几天,为在千鸟谷安家做些必要的准备工作。

赵青河在街上走着。

一位十一二岁的小女孩突然拦住了赵青河的去路。一双乌黑的大眼,大胆地在他浑身上下看着,一点也不回避他鹰隼一般犀利、敏锐的目光,甚至还在那里搜索着,像是在寻找着什么……

正当赵青河惶惑不解时,小女孩勇敢地拿起他的右手,手腕上的一块疤痕,立即使她兴奋起来,急促地说:

"叔叔!你不认识我了?我找了你多少回,今天可把你找到了!"

赵青河往后退了一步,打量起面前闪着晶莹泪花的小女孩,想从她的脸上能找到熟悉的线条……在记忆中,没有见过这样天真、俊秀的面孔,也没有看到过这样有神、明亮得像是小草上顶着的露珠的眼睛……是哪位亲戚或熟识的同志调到这里工作?没有,可是,小女孩又是这样肯定……

"你认识我?"

孩子有力地点了点头。

"知道我姓什么,叫什么名字?"

孩子遗憾地摇了摇头。可是,立即,更急切、热情地说:

"叔叔,你忘了?六年前,一个晚上,在东方红大街牌楼拐弯的地方……想起了吧,是你救了我,才没让大皮鞋在我头上踢个洞……"

赵青河眼睛一亮,想起来了——

那天,他从同学处借了几本书,回来时路灯已经亮了。一片喧嚣声使他停住了脚步。他看到几个戴红袖章的人,正扭着一位满脸胡楂的中年人,往卡车上拖。

"爸爸!爸爸!"

六七岁模样的小女孩呼天抢地地奔来,抱住满脸胡楂人的腿。那人也强扭过脸来,看着自己的孩子。

戴红袖章的人凶狠地推搡着那人。满脸胡楂的人一言不发,只是看着孩子。一个戴红袖章的上去掰扯孩子的手,吆喝着:

"滚开!"

不知哪里来的力量,任人怎么摆弄,孩子就是死死抱住爸爸不放。

有个像是个头儿、夹了一包材料、油腔滑调的家伙,乘父女俩不备,抬起硬掌皮鞋,用力向孩子的头踢来……

赵青河的心颤抖了,一个箭步向前,伸手护住孩子的头:

"她是孩子!"

只听嘭的沉闷的一声,孩子向旁边一歪,那家伙就势将人拖到车上。车子开走了,还留下一句:

"谢谢你了,小丫头。不是你提供的情报,我们还抓不到这个'反革命分子'……"

孩子从猛烈的震动中醒来,一把揪住护着她的赵青河:

"我要爸爸,还我的爸爸,还我爸爸!"

任赵青河怎样哄也不行,她只是怪他不该放走她爸爸,在赵青河身上又抓又扯,还张口要咬……等到她看见他手腕上的鲜血、开裂的伤口,她慢慢地安静了。稚嫩的心灵明白了,是叔叔挡住了那踢来的一脚。她哽咽着,抽泣着,看着他用手帕扎住伤口……

等到赵青河来安慰她时,她又痛声地哭起来,哭得人心都碎了。费了很长时间,赵青河才知道了事情的原委:

女孩叫小鹃。在那动乱的年代里,很多孩子缺少父母应有的爱抚,但还是有自己的娱乐。她和院子里的孩子在二楼楼梯采光窗口向外放纸燕子。小鹃放出的纸燕子忽上忽下地飞着、飘着,悠悠地旋着,孩子们乐得拍着手叫着、笑着。

她也心花怒放。为了燕子怎样才能飞得远,她曾问过妈妈。妈妈说:"你去看天上飞的燕子,它们为了飞得快,翅膀长成了什么样子?"小鹃早上瞅、晚上瞅,从燕子呢喃中得到了乐趣,从燕子矫健的飞行姿势中受到启发。她叠出的燕子的翅膀很独特,像两把斜剪。

阵风吹来,"燕子"一斜翅膀,快速地往下扎去,一口啄到过路人的脸上。

那人被吓了一跳,狠狠地一脚踩扁了"燕子",猛地回头寻找胆大妄为的肇事者。大孩子认识他是专政队的头子。那凶狠的脸,吓得孩子们咚咚地跑掉、躲起。只剩下三四个不认识他的六七岁的孩子。

那人一下认出了那是林羽白的小丫头放的。一移脚,纸燕上的字吸引了他,拆开一看,是正被批斗的总工程师写给林羽白的信。信中表示了对正在勘探地区的工作意见。哈哈,这是一份难得的、证明"资产阶级人还在、心不死"的好材料!这可以一箭双雕!打倒了林羽白,地质大队的工程师就全黑了。明天就能锣鼓喧天,向"新生的政权"报喜:地质大队实现了"满堂红"。

他走上来,笑眯眯地夸小鹃心灵手巧、能干,叠燕子的纸更好,质地轻、有韧性。接着漫不经心地问:纸是哪里来的?他也要给自己的孩子去买……小鹃没想到,随手从桌上拿来的一张废纸竟这样被赏识,天真地说出了纸的来历。那人几个圈子一兜,说:

"你吹牛,你没有爸爸,哪有这样的纸?"

这伤了孩子的心,小鹃的脸气得通红:

"谁说我没爸爸?昨晚还拍着我睡觉哩。"

"那是做梦吧?"那人一点不生气,还是笑眯眯地逗她。

"你才做梦哩!"

那人一看孩子这副认真的模样,乐得眼睛鼻子扭成花卷,急转身就走。

小鹃先是有些奇怪,接着就呆了。她想撵上去对那人说:

"你可别嚷嚷,爸爸是悄悄回来的。妈妈不准我跟别人讲。"可是晚了,哪里还见到他的影子？

专政队早就要对工程师林羽白下手，只是屈服于群众的压力，把他交给了一个在紫云山的地质队监督改造。不准他乱说乱动。因为从他家庭、历史方面都没找到把柄。这个地质队的群众保护了林羽白，虽然很艰难，但他还在尽着工程师的责任。这次，就是秘密地回来汇报工作，并商讨解决钻探中出现的复杂情况。他到了家，妈妈就叮嘱小鹃不要告诉外人。

专政队一闯进家里，小鹃像掉到了冰窟里。领头的正是夸她心灵手巧的人，现在正历数她爸爸的罪状："搞反革命串联！""刮翻案风，梦想复辟！"

孩子感到闯了大祸，不能原谅自己一句真话带来的灾难。

有事从外面回来的妈妈，知道出了变故，连忙出来找女儿。小鹃一头扑到妈妈的怀里：

"妈妈，打死我，都怪我。怪我不该说真话！"

赵青河忍不住心酸，不知该怎样安慰这个被一句真话伤害了的小心灵。难道应该对刚学会说话的孩子就要说"记住，你不能说真话"吗？

从此，邻居们发现，成天唱着、笑着，嘴甜得像蜜样的小鹃，话少了；总是瞪着一双与她年龄不相符的、深沉的眼睛瞅着世界……

赵青河乐了，没想到几年前那个小女孩，圆脸拉长了，身材长高了，稚气褪了，出脱得这样俊秀水灵。仔细看，眉眼间似乎还有一些印象。更没想到在这僻远的山镇，碰到了一位还牢牢记住他的小朋友。他被凤鹃拉到外婆家。

凤鹃告诉他，"丑类"被扫荡以后，爸爸妈妈又只顾在崇山峻岭中为祖国寻找地下宝藏。于是，她被送到仙源镇外婆家读书。

赵青河说出为了研究鸟学，要求到千鸟谷当护林员的经过。凤鹃外公、外婆又是感动，又是担心。他去的地方，是一片荒野啊！连片遮身的地方也没有。赵青河笑笑,说是先可以搭个小山棚,再慢慢盖房子;有了斧头、锯子,还怕山神爷爷不发建筑执照?

外公是个热心人,更何况感恩心切,为赵青河张罗了一切,还特意请了几个亲戚帮助他去草创"基地"。最后,又把心爱的小狗阿利送给了他……
……

凤鹃说完了,王黎民一言不发。心头的风暴比夜晚的林涛还要猛烈。为了躲避学生射来的敏锐目光,她推说累了,催着熄灯就寝。

王黎民怎么也睡不着。她无论如何也没想到,他们竟然要在这样的时间,这样的地点再次邂逅。赵青河魁梧的身影、坚毅的面孔,总是在眼前晃来晃去。他知道"王老师"原来就是我吗?

龙龙听到赵青河说"原来是她!难怪……"大感不解,忙不迭地问:

"王老师怎么啦?究竟出了什么事?"

赵青河平复后镇静地说:

"没事,不会出什么事。凤鹃下半天就会回来。我们还是赶快做饭,吃了好到山上去。这边的相思鸟,也可能开始集群了。若真的这样,我们马上就要着手做捕鸟的准备工作了。今晚就要订下计划。一点经验也没有,困难和失败都在等着我们哩!"

十四　深夜，林中传来吓人的叫声

龙龙和早早，觉得赵叔叔和王老师有着不寻常的关系，但究竟是什么，却无从知道，在他们那样的年龄也无法理解。龙龙几次张口要问，都被早早坚决制止了。鬼精灵的早早从赵叔叔的神态中，已朦朦胧胧地察觉到一些问题，何必要再去问那些引起他痛苦的事呢？

赵青河对两个孩子的神情，像是没看到一样，只管利索地忙起做饭。其实，他心灵上的海，正在鼓涌翻浪，往事向眼前涌来……他命令自己，用意志去平息风暴……可是，那些纷繁的思绪总是排解不开……

……

他们相识，说得准确一点，是他认识她，并在心里刻下深深印记，那是很早很早以前。

粉碎了"四人帮"之后，省图书馆获得了新的生命，每天都有去知识海洋航行的水手，来这里挂帆劈浪。新辟的几个大阅览室，特别明亮。

"同志，《奥林匹克数学竞赛集》有吗？"

女中音，声调不高。沉浸在阅读中的赵青河，心像被毛毛草撩了一下，猛然抬起了头，鬼使神差般，使一向沉着的赵青河猛地站起，碰得桌角一歪，响起拖动桌腿的刺耳声，可是他没有看到人们的不满，只是盯着来借书的姑娘，大步走向前：

"你不是王黎民吗？真巧，在这里碰上了。"

姑娘的身子往后倾了一点,圆脸上满是惶惑,极富魅力的黑眸,这时却像两把刀子一样,在赵青河的浑身上下刮了两遍——人们看到一块金子,也首先是要擦掉岁月留下的斑痕——刮得壮壮实实的大汉赵青河满脸通红。四处射来的目光,辐射出的热量比烈火还要凶猛地烤着他,这一烤,反而使他冷静了下来:

"一九七四年,在磨子潭,和县五七小组组长郭三眼吵架。……后来……老枫树……"

"哎呀,你就是那个使点子,让长腿鹭鹚把屎粪都拉到郭三眼头上的赵……"鹭鹚是一般人对鹭类鸟的统称。不管是牛背鹭或夜鹭。

"赵青河。"

像是一阵狂风,吹走了姑娘脸上的疑云,露出了笑容。

一想起那件事,应该是欢畅的大笑呀——

郭三眼克扣了知青的安家费,王黎民气愤不过,领着几个同学,追了十几里路,在河边桥头拦住了他。有恃无恐的郭三眼哪睬这些握在自己掌心的知青?唾沫横飞,大声恐吓。

知青们也不是好惹的,把他偷鸡摸狗的肮脏事一件件抖搂了出来。理屈词穷的郭三眼,一溜小跑,蹿跳到一棵枫树下的石墩上,想学着"样板戏"上"三突出"的模样慷慨激昂几句,以挽回面子时……

好家伙,老枫树上布满了鹭鸟的旧窝新巢——白鹭、绿鹭、牛背鹭、池鹭、苍鹭……白花花一片,遮天蔽日,丢下了一阵粪雨,落得郭三眼满鼻子满脸,浑身上下都是那白稀稀、臭烘烘、熏死人的鸟屎……

知青们爆发出的笑声,惊得护雏的鹭鸟奋起直追没命逃跑的郭三眼……等到大家乐够了,才见到树上跳下一个人来,原来是赵青河。他一早就躲在树上,观察鹭鸟的营巢情况。哈哈,你看吧,知青们把赵青河抬了起来,打起了夯,比欢迎胜利归来的将军还要热闹!

——可是,王黎民露出的仅仅是笑容,说实话,赵青河并没有在她心里留下什么印象。但是回忆往日的欢乐,毕竟是亲切的。她邀赵青河走到室外,互相一谈,才知道赵青河仍在社办的林场当工人,现在是回来复习功课的。普通工人女儿的王黎民也是历尽千关万卡,才在去年被招工,进了纺织厂。

　　大学招生改革了,王黎民正在复习功课,迎接"文化大革命"后的第一次高考。一九六六年她才读初一,现在要付出更多的辛勤才能补完中学的课程。在图书馆相遇,她以自己的心情,很自然地问起:

　　"你也是在准备参加考试?"

　　"也算是吧!"

　　王黎民所要的书,已借出,正巧,赵青河有。自此,两人三天两头在书籍的海洋上见面。有时一同在惊涛骇浪中航行,有时在宁静的港湾停泊相遇……爱情,有时并不需要剖白倾吐,山盟海誓。姑娘的心是敏感的,王黎民心里清楚,赵青河早已对她产生爱慕。她对他,也由好感上升到依恋,即使是上夜班的日子,她的腿脚也常常不自觉地把她带到了能见到他的图书馆。

　　心有灵犀一点通的嘛!王黎民的感觉是正确的。赵青河自己也说不清,为什么刚见到王黎民,就觉得有股巨大的力量,狠狠地撞在心灵上,失去常态地那样急速地迎了上去。近两年,爸爸妈妈都曾为他的婚姻操过心,也有热心人来介绍过。可是,他都推掉了,直到见到了王黎民,他心里顿时明白,自己一直期待的竟是她,这样近似荒唐的事是怎样发生的?他问过自己,然而……

　　是因为美丽的面孔吗?其实,王黎民并不如一般人所说的那样"美得惊人"。但是,那种善于独自思索的神态、敢作敢为的豪爽,确实是深深地印在赵青河的心上了。他感到那是一个人对自己、对生活充满信心,并有决心走到底的表情。这一点,正是自己在追求的,因而感到和她的心很近。这些年来,只要他愿意,那天和郭三眼舌战时的王黎民,就会立即款款而来,站在他面前。

……

嘀里咕、咕里里嘀,昂……

屋外清脆的鸟鸣,像是一串警铃,使赵青河心神一振,刚才还盘踞在他脑海里的那些浮光掠影,都像是听不得神圣的钟鸣,顿时冰消雪融了。他连忙伸头向外,石缝里挤出的青松上,十多只相思鸟正在跳跃,唱歌。

这边的相思鸟也开始集群了,还是偶然同时歇在这里?需要下午再去山上观察。但凤尾岩的海拔所处的这一垂直分布带,相思鸟不占优势,平时见到得也不太多……

是的,昨天去北区的收获,也同时使赵青河感到,自己对相思鸟的生态知识了解得太少了。

就说相思鸟课题中重要的一项:繁殖,虽然要等到明年的春夏研究,但这阶段的生态情况,却直接影响到它的集群、漂泊、游荡。譬如,赵青河曾听说,相思鸟在一个繁殖季节,要繁殖三窝,每窝五六只不等。通过粗略的计算(营巢、产卵、孵化、育雏所需的时间),他对这"三窝"就有怀疑,但没有事实证明。

好在他及时抽空回到千鸟谷,得到了一些新的情况。但这两天所看到的情景,说明相思鸟已开始做迁徙前的准备,因而,对它的迁徙、迁徙方向的选择、路线、每天的行程……这些考察工作都是迫在眉睫。可是,王黎民老师又不辞而别,她会不会是躲着自己呢?不管怎么样,这几个孩子一定得参加工作,没有这几个小助手,困难会更大。

龙龙和早早兴致蛮高,他们都说不累,三个人便离开护林员的屋子。

为了验证昨天得来的方法是行之有效的,他快速向山地矮林带奔去,将孩子留在下面。

生物钟对生物行为的制约,真是神奇的力量。只是一天的差别,这边的山地矮林带竟然几乎见不到相思鸟了。赵青河想办法采了两只标本后,连忙往下走。

早早到了选定的观察点,才发现是条干山沟,不是溪流河谷,没有流水。他刚往上爬,想换个地方,脑子里突然闪过一个念头:不都是山谷吗?红嘴玉就只拣有水的飞?他又回到山沟里。不一会儿,从头顶越过的红嘴玉,使早早高兴得像是得了大奖。嘻嘻!红嘴玉向低山漂泊、游荡时,是专门挑山沟作为行动路线的。他想起龙龙昨天说的,就像他俩沿着琴溪溯流而上,容易掌握方向。

传来了龙龙的招呼声。

早早赶到那里,龙龙指着一片灌木丛,说:

"发现一个大群,总有七八十只哩!"

这真是叫人吃惊的新情况,昨天看到的,没有一群超过十只。赵叔叔说过,随着一个群体中数字的增大,预示着集群速度的加快和迁徙的开始。昨天在这边还没发现它们集群,难道在一夜之间就完成了全部的迁徙准备?若真的是这样,问题就大了。

"追!"早早说。

刚进灌木丛哄赶,那边已飞起鸟群。它们飞得低,几乎是在树冠中钻。真不少哩!龙龙一点也没夸张。

两人撒丫子追去,带起一阵风。

鸟群的头儿,像是有意要和他们玩耍,在森林中捉起迷藏。他们追得紧,鸟群叫得响,飞得快;他们歇下喘气,鸟也收翅,在树丛里嘻嘻哈哈、打打闹闹,总是相隔一段距离。它们的警戒哨兵,似乎一直跟着它们。

赵青河原以为龙龙他们在玩,当听说事情原委后,他也吃惊了。看了龙龙指的相思鸟隐匿地后,有些将信将疑,可龙龙说得有鼻子有眼。他又问早早,早早也点了点头。他做了一些布置,就自顾走了。

早早和龙龙按赵叔叔的要求,踢踢打打没走几步,鸟就飞了起来。

"啪!"

迎头一枪响,鸟群突然升高,乱了阵,后队赶着前队,前队又从中分开一支。一眨眼,就消失在远处的树冠中。

赵青河老远就问:

"是你们刚才撵的那群吗?"

"对!"

两人跑到跟前,赵青河手里提着两只鸟,还在树丛里拨拉。龙龙眼尖,伸手从地上捡了一只——他倒抽口气,半天不作声。

早早凑上去,只是眨巴着小眼,但他拿过一只,仔细端详起来。

"上当了,"龙龙嗫嗫嚅嚅地说,"它还会骗人哩!眼睑也长两块淡黄色的斑,嘴长得不红不黄的,远远看去真像……"

早早说:

"远处看,它身上这种棕黄色的羽毛,和红嘴玉也差不多,只是体形稍大。"

这时,赵青河才说:

"这是灰头鸦雀,群众叫'李子红'的。"

早早想起赵叔叔不轻易开枪,是不是龙龙说时,他已知道不是红嘴玉?问:

"你开头就以为是灰头鸦雀?"

"没有。"赵青河很坦率,"一听已集合到七八十只的大群,我对这样的快速感到吃惊。只是这片大灌木丛引起我怀疑。你们注意没有,昨天见到的相思鸟,喜欢栖息的灌木丛,不是大灌木丛,是小灌木丛。它们刚飞起时,我也没看清,又因为迎着太阳,更难判断。但它们的叫声和相思鸟不一样,而且又是边飞边叫。相思鸟飞行时不叫……"

"嗯哼！学问还真不少哩！我们刚才吃亏在迎着太阳看。"龙龙说。

"咱也想起了：战斗机飞行员总是要占据阳光射来的方位，敌方看他花眼，他看敌机清楚，才有利于攻击。"早早的联想很有道理，"再说，也不晓得灌木还要分大小。"

"记住它边飞边叫的特点，下次就不会上当了。"

赵青河听着，想起自己刚到千鸟谷开始"认鸟"时，也是闹过不少啼笑皆非的事：在标本室里，对各种鸟的特点比较容易记住；一到野外，就抓瞎了，不断发生判断错误的事。吃亏多了，就有经验了。在以后追踪相思鸟群时，碰到这样的事，不会少得了，但他俩已全面总结，也就把采到的标本放到背篓里，准备走。早早想起一个问题：

"秋天，鸟都成群？"

"体形小的鸟，到了秋季大都成群，开始向低山漂泊、游荡。主要原因，是和食物基地有关。"赵青河将话头停住。默默地重新上路了。

走了十来步，早早才说：

"高山地带冷得早。去年十月，眉毛峰顶就戴白帽子——下雪了。天转冷，虫子也藏起过冬，树叶也落得早，小鸟被迫往山下跑。是这样吗？赵叔叔。"

龙龙也说：

"怪不得昨天问你，鸟的分布和高度的关系，你要我们自己看哩！原来和季节有关。"

"你们对问题的理解，比我刚开始对鸟学发生兴趣时还要快。"赵青河等到了他等待的回答，由衷地高兴。

龙龙对他的话很感兴趣：

"你是怎样爱上鸟的？"

赵青河从来不大愿意说自己，他还不知道，曾因为这点引起别人的误解，更不晓得三年前王黎民的突然离去,竟与他这样的性格有关!但这时,他的心情很愉快,孩子们要求的本身,是把他放在平等的地位,更应该说。

"我没你们幸运。在我高中毕业的那年,开始了'文化大革命'。一阵大风,把我想学宇宙航行的愿望吹得无影无踪,却把我送到了一个山林。后来,因为林场养的蜂老是好分群、逃亡,损失大,这才要我去养蜂。

"过了一段时间,我发现怎么努力,蜂群也壮不起来,心里愁得没法。

"有天,蜂王出了箱,带走了一群蜂。我抓顶草帽跟后就撵,想把它收回来。林场多是次生林,蜂王飞得不高,只在树冠上空,蜂群簇拥着它,跟在后面。那阵势简直像个球一样,在空中缓慢地向前滚动。

"突然,十来只鸟尖叫着飞来,一扑翅膀,就向蜂群扑去,长长的嘴锋像是标枪一样,射向蜂王。只一个回合,蜂王不见了,蜂群也顿时成了乌合之众,纷纷逃命。那些鸟却更加响亮地叫着,纵横飞掠,轮番向蜂群进攻。

"又有几只鸟从远处飞来,参加进攻的行列,不消一刻,蜂群不见了。那些鸟还在追击剩下的散兵游勇,甚至轮番向树冠冲锋,想必是有些蜜蜂落到树上。

"这时,我想起经常见到这种长嘴长尾、绿背栗头的鸟在蜂场附近,结群作半圆圈飞行。它们叫得也特别响亮,飞行时还互相呼应。眼看一群蜂已被消灭干净。

"蜂群不壮的原因,大约就在这里。以后我留心观察,果然是这些长得漂亮、性格凶残的鸟在作祟。可是,我对它们毫无办法。

"只有求教书本了。趁回城休假四处八方去找。那时,图书馆不开放这些书。后来,终于从同学处找到一本谈鸟的小册子,我出了门就边走边看。不承想,一头撞了个大跟头,跌坐在地上。那人放下平板车,连忙拉起我,说反作用力太大了。看,还说俏皮话哩,真窝火!他帮我捡起书,一看封面,仔细打量我。可我怎么想,也记不起在哪里见过这么一个黑黑瘦瘦、戴眼镜、矮个子的拉车工人。

"他说:'是你读的书?你喜欢鸟?''不是读,是想吃哩!'我没好气。跟他一道拉车的老头子也走上来了,'嗬哟,火气不小呀!要是爱鸟的话,你一会就想再撞几个跟头哩!'

"嗨!这话中有话呀!我试试他吧,就将看到的长嘴长尾、栗头绿背的鸟,如此这般地说了一下。神哩,黑瘦子说:'这种鸟要到长江边才有,你那个蜂场,一定离江边不远。它每年春天来,好结小群,它喜欢吃昆虫、蜂子。对养蜂场有极大的威胁,学名叫栗头蜂虎,又叫食蜂鸟。'对极了,我恨不得当场跪下给他磕个响头。

"他们也不走了,我们就坐在路旁谈。他说,栗头蜂虎喜欢在近水的陡峭沙岸,打泥洞营巢,可以先侦察清楚,晚上连巢掏完,老小一起逮。

"我果然获得了成功。

"后来,才知他是大学教师,专门研究动物的,对鸟学也有相当造诣。从此,他领我走上了鸟学的道路……"

故事完了,都沉浸在各自的思索中。风在树林里轻轻地吹着,蜜蜂也像是有感于故事,特意飞来绕前兜后。

早早说:

"那人就是王陵阳教授吧!"

赵青河点了点头,见孩子们还想问什么,连忙说:

"以后有时间再说,今天还有很多工作要做。摸不清相思鸟迁徙前的生活习性,整个工作都难以进行。现在赶快找相思鸟,在这个分布带要采标本。"

听说要采标本,龙龙的劲头特别大,眼睛不离赵青河肩上的猎枪,手痒得在大腿上搓。早早把他在山沟的发现说了出来。赵青河表扬了龙龙观察得细心,承认自己还没想到这问题。

师生三人,在各个不同垂直带,做了定点观察。统计的结果,说明千鸟谷东、西、南三区的相思鸟已经开始游荡、集群,证明绝大部分是沿着山沟、溪流行进。采集标本的工作,进行得也很顺利。

重点还是放在海拔八百米附近的森林地带,这里的相思鸟群还不多,显示出下移的速度并不快。

和北区情况不一样的,是发现相思鸟比较集中在海拔一千二百米附近,夏季分布线以下地区的相思鸟群并不多(实际上是下移的速度并不快),也证实了这一点。赵青河做了划区统计,又对这一带的植被、栖息环境做了调查,发现林下的小灌木丛茂密,食物较为丰富。

早早和龙龙发现千鸟谷的傍晚异常美丽。霞光照耀着苍茫林海、奇峰异峦、银闪闪的飞泉……在林海、峰峦、悬崖、飞泉自身色彩的衬托下,产生了极其美妙的光彩变幻,红橙黄绿青蓝紫都改变了原来的面貌。林海紫波荡漾,峰峦犹如烤蓝,悬崖生绿,飞泉泻红……

鸟的鸣叫,成了森林的歌唱,山谷里震荡着回音的和声。飞翔的鸟群,成了色彩的盘旋流驰。

啊!傍晚,彩色的千鸟谷在歌唱中飞翔,在飞翔中歌唱!

老远地,阿利已兴奋地跑来迎接他们。"基地"顿时热闹起来。凤鹃已回来多时。她以为赵叔叔一定要问:

"王老师呢?你们到哪里去了?"可是,只有早早和龙龙围前堵后地问,赵叔叔像是压根儿没发生任何事,又似乎是一切都知道了,或者是忙得没工夫来谈这些事。这使凤鹃很奇怪,想到王老师自听到他的名字后的种种表情,更引起她的好奇……

原来,一清早,王老师就约凤鹃出去走走。由于昨晚的经历,凤鹃使起小心眼儿,从房子的选址,到房前屋后的一草一木,都详详细细地做了介绍。赵叔叔精心的挑选、辛勤的劳动,特别是他刚来的时候,风餐露宿、野兽对他不友好、几个月没有新鲜蔬菜,为了解决学习问题和与世隔绝的状态,训练阿利时的种种趣事……简直是一部艰苦创业史。赵青河忠诚于事业,热爱祖国,一往无前,把所有的一切,都献给了鸟学科学的发展!

王黎民的心情愈来愈难以平静。

可是,使凤鹃奇怪而又难以理解的事情发生了:王老师说她要回学校,理由是还有很多作业没批改,还要备课。而且说立即就走,态度坚决,不容商量。

这时,凤鹃才发现,不知不觉中,王老师一直是在把她往回仙源的路上领,而且离开凤尾岩有几里路了。她醒悟了,王老师要回去的决心,是夜里就定下的,只不过是为了避免不必要的解释。难怪她一路都招呼着阿利,生怕它独自走开。

凤鹃只好送王老师回去,别说她认不得路,就是单身猎人在这样的大山里行路,也要把枪提在手里,时时小心。路上,凤鹃只顾想心思,一直沉默着。王黎民反而问起赵青河的日常生活:

"他的爸爸、妈妈来看过他吗?"

"没有!"

"他的爱人来过千鸟谷吗?"

凤鹃不答话,停住脚,回过头来,只是在王黎民的脸上瞅着,似乎是在寻找答案。直到王黎民红着脸,嗔怪地推她一把,她才笑吟吟地说:

"没见到她来。"想了想,又说,"上次,我外公说,要把我表姨介绍给他哩!她在大学教英语,赵叔叔常向她请教。"

"谈成了?"

"谁知道!咱小孩子家不问。"

王黎民还想问,但看到凤鹃的细眉狡黠地往上一挑,漂亮的小鼻子微微耸了两下,连忙把话咽了回去。

仙源镇已在脚下,王黎民要凤鹃回去,说:

"告诉龙龙和早早,好好跟着你们的赵叔叔学知识,不要淘气,不能凭兴趣野玩。你们可以好好想想,回来后就成立一个鸟学小组,吸引更多的同学参加。但是,本身的功课要学好……你记日记吗?"

凤鹃摇了摇头,随即又喃喃地说:

"从今天开始,我一定记。"

"给我看,好吗?"

凤鹃点了点头。

龙龙乐得拍手,咧着个大嘴笑,早早却静静地在一旁沉思。他们的爱好,终于被老师理解了。是的,被别人误解是苦恼的;被别人理解了,是幸福的。

赵青河没有停下忙碌的手,说:

"兴趣、爱好,和科学之间,还隔着一座山。翻越这座山,是艰难的。但也只有翻越这座山,才能到达科学的疆界。希望你们……"

"赵叔叔,你放心,有你引路,我们会登上山的。早早说过,干什么事都让人捧着,没味道,只走平坦的大路,也不带劲。他爷爷还说:人不挨骂,不能长大哩!"

龙龙的话,使凤鹃和早早想得更多。是的,他们对鸟学发生兴趣的起点不一样,就像是山上的小溪,从大峰、小峦流下,从不同深度的地层涌出……现在终于都汇到了大河,是留恋小水湾的平静,还是奔腾向前?

凤鹃取出在橘林采到的一些标本,经过鉴定:

"响尾鸟"确是乌斑鸫。那天在路上采到的,是蓝翅八色鸫。它也是笼鸟之一。赵青河还详细地介绍了,每年秋天,捕鸟人赶到长江口外的崇明岛,等待八色鸫迁徙时路过那里进行捕捉的情形。

当早早和龙龙由八色鸫说到八音鸟,并问是不是就是相思鸟时,赵青河很含蓄地笑着。在一再追问下,他也只是说了句:

"你们自己去寻找答案吧!"

灯下,宽大的工作台上,赵青河跟龙龙一组,凤鹃和早早一组,进行着紧张的解剖标本工作。赵青河有意对他们进行基本训练,工作中讲得多些。相思鸟的个体比较小,稍不留意,解剖刀就要划破鸟体的表皮,或者把嗉囊戳破。龙龙看着赵叔叔的手指像是长了眼睛,又都像装了解剖刀,只那么几下,一只鸟就剥离好了,再一刀,完整的嗉囊出来了。他真羡慕。

龙龙原以为是做标本的,可是,赵青河只要相思鸟的嗉囊,并按采集地点不同的植被垂直带,分开摆好。然后切开嗉囊,检视容物,细心记录。龙龙刚想张口,凤鹃已说:

"是分析它的食性。"

龙龙沉思了一会儿,说:

"嗯哼!是看它们在山地矮林带、落叶阔叶林带、混交林带……吃的有什么不同?找找它们集群、游荡的原因,对吧,赵叔叔?"

"你说呢,早早?"赵青河不想当讲解员。

"他说得对。"早早说得不慌不忙,"你在为以后跟踪鸟群找线索。"

"咯——"

声音短促,像是谁在屋外打了个嗝。

赵青河一挥手,孩子们神情一怔,竖起耳朵听。阿利却早已一骨碌站了起来。

山谷的风,有声有势地在森林里晃荡着,在山石上尖厉地呼啸着。这时,孩子们才想起,屋外是荒野、黑夜,是野兽出没的恐怖世界。

"咯咯咯咯——"

一串急促、喑哑,到最后简直是硬从喉咙挤出的怪叫,令人发怵,汗毛直竖。

阿利兴奋地在门缝中嗅着。

"不好！我的钟……"

早早往堂屋一伸头，小钟安安稳稳在台子上。

赵青河一闪身从墙上取下枪。龙龙也同时将子弹袋拿到手里。

门开了，山野一片漆黑，黑得什么也看不见……

早早刚捏亮电筒，赵叔叔就命令他关掉。

幸而有阿利在前面带路。赵青河对周围熟悉，下了崖，往右拐去，回头说了声：

"跟上！"

落在后面的龙龙，眼睛还未适应黑暗，但大体方向还是分得清的。他小声地对早早说：

"声音像是从那边来的。"

"你试试风向。"早早说得更轻。

龙龙责备起自己的粗心，是的，应该纠正风向造成的误差，赵叔叔的方向准确。

不知是为了使孩子们能跟上，还是发现了情况，赵青河停下了，四处张望着。阿利急得在他身边转来转去。早早急着想看清是什么怪物在作祟，可是，眼前只有各种奇形怪状的黑影子，黑夜和荒凉幻化了的树丛、山石。

朦胧中，见赵叔叔对阿利做了个手势，又轻轻说了句什么，阿利向前跑去了。不一会儿，传来了阿利兴奋的叫声。

阿利急得前爪在树干上乱抓。早早看它焦急的样子，很同情它，为什么不能和猫一样，也有爬树的本领！龙龙只顾探着个头，往树丛里寻找。早早碰了碰他：

"往树上看。"

是棵大松树,高高的笔直的树干。粗壮的枝杈上,两只绿莹莹的小球正对着他们,阴森而逼人。龙龙往后退了两步,脑子里闪过一个念头:豹子!他已亲眼见过它把吃剩的河麂肉藏在树上。那种龟板豹,穿林爬树比在地上跳岩过涧还要敏捷。抓鸟像是捏虱子,连调皮捣蛋透了的小石猴,见到它都乖乖地伏在树上不动,任它挑肥拣瘦地大吃大嚼……对了!说不定就是抓了猴子,那像是咽气一样的扯喉声……他老想捏开电筒看个清楚,但赵叔叔没有发话,只是提着枪围着树瞅着。

那个黑乎乎的影子也不动,但一对小亮球绿莹莹地贼闪,看出它也在盯着树下的这些不速之客。

有什么扑拉了一下——像是翅膀扇动。

是猫头鹰!它的眼睛也像这样,怎么把猫头鹰当成了豹子!真蠢!龙龙在心里喊了一声。

赵叔叔一把夺过电筒,靠在枪筒上,突然亮起,正射在那阴森森的两只小球上,哪里是什么猫头鹰!

"豹子,小豹子!"龙龙惊呼。

真是小豹子哩!只有猫那么大,坐在枝干上。身上一个个的斑点很显眼,粗粗的长尾巴卷过来搭在下面,嘴里叼着一只花翎子大鸟。

凤鹃和早早没有吭声,他们在山里住的时间长,见到的要多一些,只觉得不像豹子,正在搜肠刮肚地想。一直盯着它瞅的赵叔叔说了句:

"你看它嘴的形状。"

一句话提醒了大家,它的嘴尖哩!龙龙和早早都想起在落霞湖边打到的狐狸,它就是这样三角形的嘴脸。龙龙学乖了,没有再胡乱猜。

兴许是阿利围着树狂叫吧,或者是电筒的光柱照花了它的眼,它只是闪动着不安的眼睛,却一动不动地坐在那里。任他们师生四人看着,评论着。

开始时,赵青河以为是豹猫,但它的嘴的形状否定了这一点。也不像是蜜狗和金猫,什么小型野兽是树栖的呢?最起码是善于攀树吧!至于它嘴里叼的是什么,他早已知道了。也正因为它珍贵,他们才慌忙提枪赶了出来。否则,在这大山里,每天夜晚动物界都充满了生存竞争的搏斗,要是样样都看,还能有时间学习、睡觉?

现在,他已基本上判断出盗窃珍禽犯的面目了,只是还要看一看它的背部。他知道,眼下若是电筒一闪,它就要窜跑,但时间拖长,它的眼睛适应了强光,也要逃,松树的四周都是连理交枝的大树。他开始行动了,还说了声:

"数数它尾巴上的环节。"

三人的视线都集中在那圆滚滚、肉乎乎的尾巴上,黑毛组成的环节是清楚的,讨厌的是卷起的一段被树枝挡住。龙龙看到赵叔叔正在小心翼翼地把枪放下,眼睛顿时亮了起来,急忙伸手过去接住,他的手脚太重了。灯光一晃,那家伙猛地一蹿……

龙龙毕竟是玩过枪的,临阵一点也不含糊,说时迟,那时快,端枪就放……

赵青河严厉地喊了声:

"干什么?"

但是,迟了。就在龙龙听到赵叔叔喊声的同时,胳膊已被猛地推了一下。他也分不清是前是后,枪声响了,一个影子掉下,卷起飒飒阵风向远处窜去……

龙龙立足不稳,也跌在地上,但他还是紧紧地抱住了枪。

赵叔叔一把将枪夺了过来,眼里射出怒气,紧紧地盯着龙龙。这副神情,和在蜀山头次见到时一样。凤鹏和早早也没敢去拉他。

龙龙惊惶,不知出了什么事,打野兽还犯法?

阿利衔着野物回来了。不是野兽,原来是只大鸟。是枪声把野兽吓得丢掉了到口的食。

凤鹆拿过大鸟,在灯光下端详着,她和早早从来都没见过这样体羽华丽的大鸟。

气氛稍稍和缓了一些。

赵青河也从狂怒中清醒过来,意识到刚才的态度,同时想到老祖宗留下的"不知不怪罪"的俗话,于是,伸手拉起还尴尬地坐在地上的龙龙:

"你知道是什么野兽?"

龙龙摇了摇头。

"怎么能乱开枪?"

龙龙很委屈。凤鹆仰起了脸,说:

"是属于该保护的珍贵动物?"

早早说:

"是有些奇哩!嘴像狐狸,身上的斑点像小豹子,又能在树上跑。"

他们往回走去。

"你很敏捷,看几眼就能抓住它的特征,搞分类学的,特别需要这样的本领。它是小灵猫。"赵青河的语气显然变了。在野兽一蹿时,刚巧让他看到它背上的纵向斑纹,也数清了尾巴上的节环。

"是像香獐子一样,有香袋子的九节狸?"早早说。

"不对,它尾巴上只有七节环斑。"凤鹆有心,是在它逃跑时看清楚的。

"九节狸是大灵猫。小灵猫的尾巴只有七节,在野外识别时,除了个体大小,尾巴的环节数是分类学上的重要标志。"

"难怪你要我们数它尾巴上的环哩!"早早明白了。可是一想到它不能像香獐子那样,又有点遗憾。"唉,可惜不长香袋子。"

赵青河把横在前面的树枝拉开,让孩子们过去后,才松了手,说:

"小灵猫也泌香,只不过很少。说大灵猫像香獐子,也就是麝,有麝香袋子。这只是群众中流传的说法,其实,它没香袋子,只是在肛门下有分泌囊,能分泌出一种香味浓烈的白色液体,作为药用、香料,经济价值极高。在野外,就擦在树上,人们也无法收集……"

"真可惜。听说它可以代替麝香哩!过去,我国出口的麝香占国际市场的三分之二还要多,但现在都要花高价进口了,主要是打獐子的人太多,不讲保护。这都是报纸上讲的。"早早对麝香的用处,在书上看过,有较深的印象。

赵青河想,早早得个"小百科全书"的称号,也是难怪,他的知识面确实宽,于是,说:

"科学家已想出办法驯养大灵猫,让它在固定的地点泌香,然后再收取,上海和杭州都有成功的经验。我们省里生物研究所也正在筹划。这在麝香日益缺少的今天,意义更大。"

凤鹃高兴地说:

"还可以成立养大灵猫的小组,从山上捉一些,让有兴趣的同学去喂养。"

赵青河看龙龙一直不作声,只是没精打采地跟在后面:

"龙龙,你说呢?"

"咱知道不该射击了。像这样珍贵的野兽,保护都来不及哩。"龙龙认错从来不护痒怕疼,"再说,要能打,你早打下来了。咱当时没细想。"

说着,已到了门口。凤鹃刚跨进屋,见一个影子蹦到门头,又哧溜跳下,吓得她往门边一靠……

阿利像箭一样从早早身边射出。

龙龙还未明白过来,山墙边扑腾声已经结束。阿利回来了,嘴里叼着个小兽。

嗨!是只肥的果子狸!

一到里间,个个都哎哟一声,面面相觑了:

工作台上一片狼藉。出门前剥离出来的鸟,竟不翼而飞了——皮毛还在桌上,只有一只还剩半个,也被拖到了桌边;嗉囊虽还在,但也被掏乱了。

"刚才忘了把门带严。"赵青河叹了口气。

凤鹃很气愤,狠劲踢了一脚地上的果子狸:

"一定是它干的!"

"它又鬼又刁,连掏窝抓鸟蛋的事都干!"

龙龙想:山里的生活真惊险,大意一点就要出事。他相信赵叔叔智擒房梁上大蛇的事了,对赵叔叔也更敬佩了。

赵青河忙着将台子上的嗉囊归队,做得既仔细又认真,但还是不满意地说:

"明天还须再补采。已经乱了,准确性、可靠性都有了问题。"

早早把从小灵猫嘴里夺下的大鸟,放到台子上。赵青河用手摸了一下,觉得还有点温乎,连忙用手抹顺它的羽毛。这是采集标本的习惯,为了标本更美观。刚刚不显眼的鸟,现在漂亮极了。

它那带棕沾褐的头顶,长了个长长的两色羽冠,前边是鲜艳的棕色,后面是油亮的乌黑色。简直像是大花翎子插在头顶,庄重得如十八世纪大不列颠的绅士。背的上下体羽上是黑 V 字花纹,中间夹着的肩羽,是栗色的鱼鳞纹。一排排的尾羽既有褐黑的纵纹,又有树叶纹。

"嘻嘻!它像一把羽扇哩!"早早发表了感想。

凤鹃没说话。经过这样一整理,使她感到在哪里见过,但一时又想不起来。早早的这个比喻,突然帮她打开了思路,说:

"是勺鸡吧,赵叔叔?"

"是在鸡形目的鸟类图谱上看到的?"赵青河想,自己还没采到过这样的标本。

凤鹃点了点头:

"你对我说过,几种野雉中,只有它和白鹇生活在高山地区。长尾雉在半山。一般的野雉生活在低山,靠农田附近。它体羽不白,我就连想带猜地估摸是它。"

赵青河爽朗地笑了：

"就为夺下这个标本，龙龙也可将功补过了。它是珍贵的高山禽鸟，现存的已不多，虽然还没列入受保护的名单，但不久一定会加进去。基地附近有一对，夜里栖在松树上。我一直没定下决心采，谁料到今晚小灵猫来抢。一听咯咯叫，慌得我像失火。还好，它留下的是母的。"

这么一说，让早早想起来了：

"嘻嘻，临出门口，咱还闹了个大笑话哩！"

谁都没想起什么事，也许那时既惊忪又忙乱吧。

"看赵叔叔把解剖刀一放，又听说声：'不好！我的钟？'咱还真以为野兽跑家里来，打翻了钟，连忙去看，钟好端端地在那里嘛！原来是你慌得急得没说清啰！"

赵青河笑得擦眼水，凤鹃也被他那副憨相逗乐了。龙龙摇了摇头：

"你是拣了红枣当火吹了，机灵鬼也犯马大哈的错。"

"你们冤枉人了，他没听错。"

赵青河的话，无疑是冷锅里爆出个热豆子。孩子们看到赵叔叔的脸上，闪着难得的带有调皮味的狡黠：

"春夏秋冬四季，是大自然的钟表。树木的年轮，记载着它的生命进程，气候的变迁。候鸟的迁徙，稻禾抽穗扬花……都受节令和它本身生理的制约……这些，都可以称为生物钟。鸟类的生物钟也很有趣。"

说着，他拿出了一张很大的表格：

"你们看。"

这是一张很别致的表格，有写得密密麻麻的，还有的是空白一片。早早看到"黑卷尾"三字，他认得这个全身乌黑的叉尾子，不禁看了下去，那上面写着：

5月18日：晴。

4时25分：黑卷尾叫出第一声。

4时30分：天透亮。

4时45分：柳莺鸣叫。

4时48分：白脸山雀鸣叫。

4时49分：杜鹃鸣叫。

4时50分至5时02分，画眉、钩嘴鹛、长尾蓝鹊、红翅凤头鹃依次鸣叫。

5时03分：勺鸡开始鸣叫。

5时20分：天已大亮，朝霞耀映，勺鸡停止鸣叫，下树到岩石、灌木丛觅食。

接下去的是5月19日、20日连续两天相同的记录，以后又是5月底6月初的……他们一直看到最后一栏：

9月30日：晴。

5时20分：天亮。

5时25分：乌鸫鸣叫。

5时30分：大嘴乌鸦鸣叫。

5时32分：发冠卷尾鸣叫。

5时45分：勺鸡鸣叫。

6时，勺鸡停止鸣叫，开始下树活动。

……

孩子们啧啧称羡,表格本身就告诉了他们,在不同季节,清晨叫出第一声的鸟也不同。这是一份鸟在清晨鸣叫次序表,也是一架独特的、别具一格的钟表。

"音乐钟!"

"应该叫鸟乐钟!"

过了一会儿,凤鹃才说:

"我明白了,勺鸡是留鸟。又刚巧在基地这个高度栖息,所以你很注意它什么时候开始叫……对了,我今早就听到咯咯的叫声。"

"群众叫它老咯子。"

早早说:

"你睡在床上,只要听到什么鸟叫,不用看钟、看表,就能知道是几点钟,该干什么了。妙!真是妙极了!"

"我来抄,带回去当作息时间表用。"说着龙龙就要去拿纸。

赵青河用手拦了他一下:

"这张表很自私哩,你拿去就不灵了。"

"你糊弄人。"龙龙不以为然。

"你知道鸟在清晨鸣叫次序,为什么有先有后?为什么还要看季节?"

龙龙哑了。凤鹃和早早都说:

"和气候、亮度有关系,特别是亮度。"

"目前是这么说。千鸟谷早晨亮度的变化和仙源镇能一样?"

"嗯哼!这张表格还非得是自己填,这个钟才灵验啰!简直像童话故事。"脑子里的弯子转过来了,想明了事理。

早早关心的是另外的事:

"真正的原因呢?指这些鸟在清晨的鸣叫,为什么要受亮度、季节的影响?"

赵青河激动地把两手一摊：

"我不是正在想吗？还想请你们帮助哩！世界上有很多科学家，都在试图揭示这个秘密。"

孩子们快乐得连声叫好，都说回去就干。

十五　网，捕鸟的网张在高山上

围绕相思鸟研究课题的各种事情，像潮水般涌来。赵青河只恨自己不懂孙悟空的分身术。

即如现在，他在门前为了将捕鸟网支撑起来，就把他这位身强力壮的大汉，忙得晕头转向。

捕鸟网是他昨天去买来的。每块有五六米长，三四米宽，捕鸟人常将四五块连在一起。赵青河弯腰撅屁股地将一头用竹竿撑起，再去撑第二根时，头一根撑竿已像个弱不禁风的病汉，倒下了。再去扶起它的腰杆，刚支起第三根撑竿，前面的两根却不声不响地全倒了……

忠心的阿利，见主人那副模样，急得两头乱跑。它情急时竟然要去扶竿，谁知网倒下了，缠住了它，成了第一个令人烦恼的"收获品"……真是越帮越忙，越理越乱。赵青河急得浑身像是生了荨麻疹。

赵青河要以秒为单位，充分利用这五六天的时间。从发现北区的相思鸟已开始集群，他就发了个电报给王陵阳。回电很快，王教授再次强调捕鸟是中心环节，失去这个环节，前后的一切努力，都成了片断的、凌乱的，意义不大。

按理说，捕相思鸟是简单的。紫云山区每年要收购八九万只鸟！然而，研究课题中的捕鸟，却是艰难的：必须在特定的条件下，进行特殊的捕捉。理想的是赵青河自己动手，按照课题的要求，有条不紊地进行。但是那么多的工作,赵青河能腾出手来?考虑到这些情况,作为另一个可供选择的方法,是请捕鸟人来帮助专门捕鸟。然而,连研究课题的审核,在省里都还处于风雨飘摇中哩。

对于大规模捕捉相思鸟,赵青河心中没数,甚至没有见过。他平时一向是用猎枪采集标本,只是在偶然的情况下,才捕捉个别的活体。书本上虽也有捕鸟方法的介绍,但那是纸上的。这迫使他要立即想办法。

于是,布置了凤鹃他们的任务后,昨天天不亮,他就出发了。一方面是沿途观察相思鸟的集群情况,更希望能碰到早来的捕鸟人。但是,连来察看鸟情的人也没见到。他当机立断,跨开大步,跑到了紫云山南侧的县城(这是最近一个),结果也只是买来了几张捕鸟人用的网具,直到今天早晨才回到千鸟谷。这时,凤鹃他们已上山了。这不,胡乱扒了几口饭,怀着满腔希望,他就开始支网,虽然也有试试的心理,但没想到仅仅是支网就把他弄得如此难堪。

阿利懂事地在赵青河的腿边蹭着、跳着,兜着圈子咬尾巴,做出种种怪模怪样逗主人,希望他脸上能云开日出。突然,它深深地嗅了两下,立即竖起尾巴。赵青河一骨碌站起,大步跟在阿利后面。

"阿利!"

"赵叔叔!"

"龙龙、凤鹃、早早!"

三个孩子叫着飞来了。赵青河也迎上去拉住了他们。只隔了一天,倒像是分别了很长时间。

凤鹃嗔怪地说:

"我们一直等到半夜,李龙龙都打瞌睡了,你也不回来,今早我们都上山了,还不见人影。焦得人头发都快白了。早早以为你被老豹子背走了。"

"呵呵呵,老豹子倒是来邀请了,可谁给我捉相思鸟呢?想想还是不能跟它去做客呀!"赵青河的心情畅快了,也有心思逗起趣。

几个人说话之间,已到了屋前。龙龙发现了新大陆。

"高山张渔网啰!早早,赵叔叔要去落霞湖打鱼啦!"

早早说:

"瞎咋呼些啥!"

凤鹃一字一顿地说:

"是捕——红——嘴——玉——的!"

孩子们的到来,使赵青河异常高兴,他像陡然多长出了几只手臂,立即指挥他们,把网支起来。

龙龙掏土挖洞,累得满头大汗:

"赵叔叔,我们带了转笼、桐油胶,早早还会装马尾扣子,都能捉到红嘴玉。又简单又好,何必费这么大的事,还不知它能不能逮到鸟哩!"

赵青河没有马上答话,这些方法,他都曾想过,也确实行之有效,但是,他们这次要捕的相思鸟,不是几十只,而是几千只!最好能将一个群体全部捕捉到,经过检查测定,套上环志后,再行释放。捕捉到的群体愈多,才能得出比较合乎实际的结论。从全过程看来,没有几千只野生活鸟,很难使研究的课题有个眉目……

听得三个孩子仿佛落霞湖边的丹顶鹤,都庄重地立在那里,陷入沉思。他们愈来愈感到,鸟学中有着复杂而浩瀚的问题。虽然这几天的观察已得到了不少感性认识,但对赵青河所说的问题,还是不太明白。

"相思鸟在紫云山的日子,不是过得挺自在吗?还有哪里比咱们紫云山更漂亮?连世界各地的人都来游览,它为什么每年却要南来北往地飞呀?这不是挺麻烦的事?"龙龙问。

赵青河明白他这问题的实际内容:

"候鸟的迁徙,看来主要是与摄取食物有关系。经过几千万年的变迁,地球上南北的春夏秋冬的气候差异大了。北方的冬季,冰天雪地,天鹅没有了食物,只好飞向温暖的南方,在不冻结的水边寻找食物……"

"咱也知道了,相思鸟在秋季要飞走,是因为这里的气候变了,森林里的很多树落了叶,虫子少了,它要到食物更多的南方去。你解剖过很多相思鸟,知道它吃的都是森林里的害虫……还能知道它对森林的保护作用,就像我们对橘林的观察。"龙龙高兴地说。

"说得对。科学家已发现动植物的某些器官有特殊的功能,这还是我们现在科学技术达不到的。但它已为仿生工程学打开了大门。譬如候鸟迁徙中日夜飞行时,是靠什么导航,能准确地到达头一年生活过的地方?有种每年要往返北美至夏威夷群岛的金鸟,每次都得在海洋上进行两千千米的不着陆飞行。它们吃不到食物,能源是从哪里来的?或者是利用一种人类尚不知道的空气动力学原理。想想看,若是研究清楚了,这不是要为人类的航空和宇宙航行,带来深刻的革命吗?"

"嘻嘻!说不定咱们只要装上个小计算机,不用乘宇宙飞船、飞机,也能在天空自由飞翔哩!"早早乐了。

"那,你说的群体是什么意思?"龙龙留心眼了。

赵青河看龙龙在往问题里钻,很高兴:

"你们不是说过鸟类是个世界吗?其实,一种鸟也是个世界。鸟也有它的各种组织形式:以我们的观察,相思鸟平时成对活动,为什么一迁徙就集群?这一群有多大?谁领头?会不会像大雁一样,有头雁、哨雁。飞行中又能根据不同的气候做不同的编队——'一'字阵、'人'字阵……总之,有哪些行为?这些行为的机制原理是什么,都包含了深奥的科学原理。"

思路一打开,孩子们的各种问题,五光十色的幻想,都如泉水般地涌出。问题还是集中到了捕鸟上。凤鹃想起赵青河昨天出外的任务:

"你找到捕鸟人了?"

刚刚还神采焕发的赵青河,脸上立时又被乌云笼罩。他想了想,把真实

情况告诉了三个少年:

到了县里,他找到了收购部门。好不容易才打听清楚:经营相思鸟的季节性短,前后只四十来天,仅有一位同志兼管这个工作。其他人员都是临时找来帮忙的。就这一位同志也已下去了,为收购旺季准备笼舍、网具、安点……

捕鸟人吗?县里从不和他们直接打交道。都是从外地各处来的。往年,本地人还不会捕。即使现在,外省来捕鸟的也占多数。他们大多三五人一组,背着网具行李,在深山老林里游荡,来去无固定行止,像个野人似的。一般人难以吃那份苦……

打听清楚往年在棠溪设过收购点,赵青河又马不停蹄赶到棠溪。那里的人告诉他:捕鸟人还未到,更未开始收购,今年在不在这儿设收购点,得由捕鸟人的来去决定。什么时候来?捕鸟人鬼哩!从没有实信,更不轻易跟你讲网场设在哪儿,说是那要看天文地理。若是不管哪个冈头、坡地都能设网,也不论天晴下雨都能捕到鸟,捕鸟的师傅还值钱?谁还愿意钻进野兽、毒蛇出没的荒冈野岭玩命?

组成一个捕相思鸟班子的四五个人,不是一个家族的,也总是沾亲带故的亲友,这当然是因为它的技术性强。赵青河知道,一个优秀的猎人,他总是在长期的狩猎生涯中,积累和掌握了某些野兽的生态知识,甚至就是动物学的土专家。而要保证行猎的丰收,当然是必须保守和垄断这些知识。捕捉相思鸟的捕鸟人,也可能是这种情况。所以才是"往往头一天还风不吹,草不动,第二天一早,却送来了一大笼的鸟"!

赵青河几乎逢人就问:往年有无人来千鸟谷捕鸟?

回答是异口同声:从未见过,也未收购到从那里捕来的鸟,这使他大惑不解。

还有使他更为糊涂的事,偌大的一个县里,只有两三个收购点,而它们又全都偏在县境的南部。其他几个县呢？据说收购点也不多,可几个县近几年的产量都不相上下。

这些事实都说明:在捕鸟的季节,在相思鸟的产区,并不是随便什么地方都可以捕到鸟的。

这是为什么？只能是由相思鸟的迁徙路线所决定。也即是说:要想捕到鸟,就必须先研究清楚了它在迁徙中的飞行路线。

问题的暴露,反而使赵青河开朗了。他有自己的工作方法,既然这些问题都集中在捕捉上,何不先去捕捉！因而他决计买了捕鸟人所用的网具。

"没啥了不起的！赵叔叔,我们仨当你的小助手,保险能把鸟捉到。"

只有早早还沉浸在思索中,那双星星般的眼睛,洁净深邃得像落霞湖一般。

赵青河像是检阅似的,把目光从凤鹃的身上,移到了龙龙、早早的不平凡神态上,感到了鼓舞……

一群飞鸟从眼前掠过,阳光刚将羽毛的光彩闪耀,它们却猛地一抖翅膀,切入到不远处的灌木丛中。

"相思鸟！"

有十多只的这群鸟,让孩子们汇报起了昨天和今天早晨在山上观察到的情况:

他们在森林里迎接了第一缕晨曦,呼吸着绿叶、野花、野果的馨香,倾听着鸟类苏醒后的鸣叫。在相思鸟分布区的上限,龙龙费了九牛二虎之力,也没采到一只相思鸟的标本。偷盗果子狸的损失,已无法补偿。在分布优势区,见到十多只一群的,已是常事。但下降的速度并不太快,听到的鸣叫声更为频繁。然而多是那种单音节的雌鸟叫,偶尔可以听到一两声雄鸟短促的鸣叫……没有发现其他特殊的现象。

赵青河着起急了,只是听棠溪的人说,以往年的规矩,是在霜降前十天左右可捉到鸟,小雪后捕鸟人就开始回家了。若是这样,当还有十几天才开始捕鸟,但谁知这是信口开河,还是一般的规律?

下午,师生四人背起网,扛起竹竿,出发了。

到达了相思鸟分布优势区,赵青河侦察的结果,看中了一片小灌木丛。

真到了野外张网,和在凤尾岩前空地又大不一样。龙龙刚将第一根支竿埋下去,问题来了——早早拉不开网。他使劲地举起来,还是超不了小灌木。

赵青河赶紧接过来,才把网扯开一米多远,网却就被树枝挂住了。举在手上的网放不下,扯住的网拉不掉。

凤鹃放下手里的网,帮着摘,拔断了这个枝子,那边的又挂上了。

按早早的话说,这种尼龙丝,简直是见人粘、胡死缠。苍耳草结的苍耳子,虽是清热、解毒的常用中草药,可是它长满小刺的瘦果,却是沾不得的,沾到就被粘上。因而背了"胡死缠""见人粘"的恶名声。

龙龙火了,捉把柴刀就砍树,把长枝斩掉了。累得一头汗,使出吃奶劲,才挂起一张网。等到凤鹃去拿刚才放在地下的网,糟了:根根绊绊的小树,戳刺长疙瘩的杂草拉着网,不让走。连枯枝、枯叶都粘到上面……

虽然忙了一两个小时才将网支起来,一个个累得腰酸腿肚胀,但他们还是高兴地躲了起来,把一片希望留在网上。

微微的山风,不一会儿就吹干了身上的汗。再一会儿,赵青河就感到寒丝丝的了。像是鸟王通知了它的臣民,别说相思鸟了,连文鸟、鹈鸰、山雀都不往网边飞,全都躲得远远的。

"奇怪,刚到这里,红嘴玉都满了,也没见它们飞走,一时三刻都钻到哪儿去了?"龙龙开始不耐烦了。

龙龙怪网不行:尼龙丝反光,鸟从多远就看到。凤鹃说,网不该下那样高,在那样空旷的地方,太显眼了。又说,下网时不该像打夯喊号子那样,把鸟全吓跑了。

下午,他们又找了块稍隐蔽些的地方张网。有了上午的经验,现在支撑时,稳当得多。留下凤鹃和早早在网的两头看网,还把猎枪留下,好让他们在必要时自卫。赵青河和龙龙走了。

两三点钟了,还是不见一个鸟上网。凤鹃正感奇怪寂寞无奈时,觉得有个小虫子爬到耳朵上,痒痒的,挠走又飞来,气得她狠命一打,手底下毛拉拉的东西吓得她回过头来:

"鬼早早,刁点子不用在捕鸟上,尽捉弄人!"

"嘻嘻!"早早得意地捻着手里的狗尾巴草,草穗子活像个大毛虫在蠕动。"你冤枉人了,看!这里有什么东西?"

说着,他将藏在草里的布袋提了出来,里面正扑扑棱棱的。凤鹃看装的像鸟,可她根本没见到鸟上网,不敢马上接过来,怕上早早的当。有的鸟啄人,一口能撕下一块肉。早早只好将布袋拉开一道缝。真的,是四只红嘴玉哩!乐得凤鹃拍手打巴掌,追问从哪里捉来的。

早早把凤鹃带到那头网桩三四十米开外。凤鹃眼都瞅疼了,才看到安放在小灌木上的马尾扣子。她惊叹早早的巧妙。早早告诉她:有了活鸟当媒子,转笼就有用了。逮不到整群的,捉几只活鸟也好,说不定能让赵叔叔研究出办法!

太阳西沉了,山谷在阴影中,只有峰尖还是一片金亮,高天仍然灿烂。赵青河、龙龙意外地在山上出现。

凤鹃脑子里挂起了一个大问号。他们是去查看低山地区红嘴玉情况的,还应该从那边回来呀。难道出现了什么意外?

早早看出,在赵叔叔的步伐中,有着焦灼和滞重。他想让他们高兴高兴,于是提起布袋,摇晃着,叫:

"龙龙!"

龙龙参加了设置马尾扣的密谋,知道那布袋里扑腾的是什么,高兴地叫着,野马一般跑来。阿利也狂奔猛突,踢打得枝叶哗哗地响,惊得小灌木丛中飞起了几只鸟。

阿利更加兴奋,贴着小树丛,飞一般往前蹿,一心要得头名。龙龙也跑得兴起,又是下坡路,格外有冲劲。

突然,网前爆发起一片惊呼……

在充满意外的喜悦、手忙脚乱的惊呼中,凤鹃和早早扑向鸟网,龙龙稍稍打了个愣,也一蹿八丈远地赶过来。

惊起的飞鸟中,有三只撞上网,掉了下来,落进了网兜,扑扑腾腾地扇打。

凤鹃上去,从网兜中抓到一只。早早也抓住一只,再掀开网纲,伸出另一只手进去时,鸟却乘机钻了出来,一抖翅膀,在早早的脸上刮了一下,慌得他往后一仰,连忙伸手抓,没沾到鸟边,眼镜却打掉了。等到赵青河赶到,龙龙正在嘲笑早早不该放走到手的猎物,凤鹃却把一只棕色的鸟递到他手里。

虽然跑掉了一只,意外的收获还是使大家兴高采烈。几个孩子争着看鸟,但只一小会儿,就被赵青河专注的神色所吸引。他正扫视着龙龙和阿利刚才奔跑的路线,似乎那里还隐藏着更让他动心的秘密……

早早眸子里黑天鹅一闪一闪的,用衣角擦着龙龙帮他找来的眼镜,心想:是呀!忙活了半天,像是呆子一样守着网桩,鸟不沾边,为什么刚才就撞上了?

龙龙抢着说:

"功劳应该归我!是我无意中把鸟撵起飞的!"

早早说:

"别抢功。是我逗你,你才跑的。"

赵青河舒心地点了点头:

"捕鸟的失败,是犯了'守株待兔'的错误;撵鸟上网可能是通向成功的途径。但这仅仅是偶然的情况,撞网的三只都不是红嘴玉。"

早早和凤鹃都主张再试一次。赵青河却用力一挥手：

"收网，回去！天色不早了。"

孩子们也就准备收网。这时龙龙才仔细打量早早手里的鸟：黑色翅膀上耀眼的斑块，像是黄金锻就的飞翼，腰上缠以黄锦，尾下复羽又缀以鲜黄；再配上绿黄的眉纹，灰绿的头颈，肉色的嘴，浅红的腿，使整个的鸟光彩夺目……

在赵青河的指指点点中，早早想起来了：

"听说过的，这叫黄楠鸟。"

"像金翅鸟。"凤鹃说，"时常飞起一大群，很耀眼。"

"真好听的名字。"龙龙说。

"你们说得都对。黄楠鸟是它的别名，还有人叫它黄洋鸟。"

"它喜欢在林子边上飞来飞去，要进林子，也只乐意挑松树、柏树，像是找树子吃。"早早曾经观察过金翅鸟，只是一眼没认出，再说也没顾得上。他又指指赵青河手里的鸟，"它跟画眉的羽色差不多哩！金黄金黄，只是上身浅点，鲜亮些，眉纹短，从眼里穿过又是黑的……"

"黑眉毛嘛！这还和真实的一样。画眉做假，白眉毛不成了老头子？"

龙龙的宏论，让凤鹃大笑不已：

"它的嘴也黑，这又怎样讲呢？"

"那……是铁嘴呗！像你一样会说话……"

凤鹃不愿意了，正准备反击，却被赵青河拦住了：

"就因这副模样，群众叫它山道士，是画眉一个家族的，都属画眉亚科，学名是棕噪鹛。"

早早用马尾扣捉来的相思鸟，使赵青河两眼闪亮。一到家，就放进了一只大笼里。龙龙提着它不愿松手，早早跟前跟后不离。就是这些小精灵，曾引动过他和早早那么多的遐想，对大自然美的追求，给他们带来过烦恼和快

186

乐。虽然他们已在森林里和它见过面,跟踪过,追逐过,但毕竟是可望而不可即,怎么也不能和现在这样提在手里相比。

两人还忙着装米倒水,让它们吃喝。

龙龙多么盼望它们能亮开嗓子,唱一曲令人心动的歌。可是,红嘴玉只顾在笼里蹦跳,往篾上撞,一刻也不安生!它们不理解他的心情。

赵青河说了几次,龙龙都不愿放下,等到看到一只鸟的头部有些异样,才坚决地干涉:

"它们在野外就胆怯,猛然改变了生活,会急的。你看,这一只的头都撞破了,赶快放下,用布盖起来,让它们休息。我还指望它们立功哩!"

两个孩子这才作罢,依依不舍地离开了笼子。

就在这时候,赵青河接到了王陵阳的电报,说是研究课题的审核出现了转机,要他立即赶回庐城。另外,早早他们的假期也满了。晚上,赵青河向凤鹃他们交代了一些工作,谈了自己的一些想法。

第二天天不亮,赵青河就出山去赶汽车了。孩子们也回到了学校。

十六　森林中的黑雾，危险的猎雕生涯

太阳还未落山，月儿已心急地现出清白的身影。早早和龙龙不敢贪恋夕阳下千峰着色、如海涌浪的景色，在山道上急匆匆赶路。连红毛阿利也不被各种气息所诱惑，只是快步向前。

他们今天负了重要的使命，来龙溪寻找孙大爷，访问捕鸟的经验，顺便探探他的口风，愿不愿去千鸟谷帮助捕鸟。清早动身，把头发都走湿了。跑了二十多里的山路，好不容易找到了落在深山窝里的龙溪，寻到了孙大爷的家。可是，迎接他们的却是……真是一言难尽！

唉！世界上的事情为什么总是那样复杂呢？就像这紫云山区，层层叠叠，云海雾嶂，变幻无穷呢？

两人装着心事，默默地快速行军，只有山风伴着林涛呼呼地摇撼着大山，路也显得特别长，道也显得特别险。龙龙多想早早能说上两句逗笑的话，可他像把舌头丢在孙奶奶的家。他感到累，特别是肩上又酸又胀，这才发觉是双筒猎枪的帆布带勒的，连忙换了个肩。

龙龙的衣服后襟被拉了一下，他回头看到早早要他注意前面的动静。

阿利连连喷着鼻子，不安地向前方张望。龙龙这才注意已走到了黑煞冈，心一下提了上来，全身的神经都处于紧张状态。

黑煞冈的山势倒不特别险，只是森林特别密，多是粗壮的阔叶林。冈下四周却是一色的灌木丛。这使它像是阎罗殿前一位阴森森的黑煞神。传说

它是黑煞神,还有另一个重要原因:黑煞冈一年365天都被一种黑雾所笼罩。

按理,这在以云海雾嶂著名的紫云山也不算奇。但它怪在周围的山峰、幽谷都清清朗朗时,它却每天早晚蒸腾,连三九寒天也是。上午不到十点不见林子,下午四点后就开始冒出雾气。奇还在那雾、那云是黑幽幽的,这在雾清云白的紫云山实在独一无二。老年人都说这是黑煞神的杰作——"鬼下瘴"。谁要过这里都会头皮发麻,但这又是一条卡住两个山口子的必经之路。年轻人不信邪,说是这里可能埋藏了什么稀奇金贵的矿物;或者是地下的温泉,以另一种方式向外散溢。多次向有关部门反映,希望地质部门来揭开黑煞冈的秘密。

幸而谁也没有因为穿过这黑雾中过毒,只是容易迷路。森林中屡屡发生充满恐怖、令人胆战心惊的事情。传说有位山民贪图赶路,夜里迷失在冈上林子里,说啥也走不出去。他又累又乏地在一块崖下睡熟了。迷迷糊糊醒来时,觉得他肚子上热烘烘的。他用手推了推,毛茸茸的,惊出一身汗。

妈呀,一只斑斓大虎正把他的肚皮当枕头,鼾声阵阵哩!

从此,好心的山民,特意每年都在这里清理一次道路,重竖路标。

在早早和龙龙这次龙溪之行前,凤鹃外公、王老师原本是不同意的。但禁不住孩子们的一再请求,更何况事情也确实紧急——赵青河不得不回庐城去接受研究课题的审核,而捕捉相思鸟的工作又迫在眉睫。三个孩子为了帮助赵叔叔,精神实在感人。但凤鹃外公还是懊悔不该透露了龙溪有个孙大爷会捕相思鸟。

外公很懂得孩子们的心,若是坚决不同意,他们会自己冒险偷偷去的,那样危险反而更大。自己的年纪又大了,无法领他们去,所以做了周密的考虑后,还是放他们走了。

两个小伙伴上午经过时,就是严格按照凤鹃外公说的几条规定,顺利通过了。但由于孙大爷那边的情况发生了变化,拖延了时间,未能在四点钟之前穿过黑煞冈。

阿利收腹紧毛地立在那里,也未敢轻易蹿进已经黑雾弥漫的黑煞冈。眼皮眨眨就是个主意的早早,更是一言不发地立在那里。这使龙龙急了:

"还想在这儿过年?做决定吧!回去迟了,凤鹃、她外公、王老师都要着急的。不管咋样,咱们是非过去不可!"

早早何尝不是这样想的?但阿利的表情,说明前面定有野兽。是虎大爷豹二爷呢,还是只是小不点的黄麂、獾子?他不得不格外细心、谨慎:

"当然得闯过去。只是老虎摸到鼻梁,没有咱的话,你也别开枪。再说,要是捅了娄子,学校、王老师以后还会同意咱们参加捕鸟、组织鸟学小组?"

龙龙爽快地说:

"中!"

他摸出了两颗大号霰弹压进枪膛,把猎枪提在手中。早早抢前一步,向阿利发出信号后,就一头扎入了黑煞冈的森林中。

进入原本就幽暗的林中,真像进入了魔鬼的世界。阴湿,带有树叶腐烂发酵的酸霉味,直往鼻孔里钻。这里那里蒸腾起的黑雾,犹如山妖树怪扭着腰肢,在森林里游荡。野兽、鸟雀发出的各种音响,被森林的回声改造得特别可怕。

两位小伙伴已经历过山野的洗礼,但走在林中的小道上,两眼还是睁得像灯笼,忐忑不安地搜索着一切可疑的影子,就像那密枝密叶、攀藤扯蔓的绿色墙壁后面,随时都有可能伸出魔爪一般。

越是怕,越是出鬼,早早觉得有谁扯了他一把,惊得回头一看——原来是棵老虎刺挂住了衣服。龙龙正要说什么,他却擦了擦头上冒出的冷汗,说了声"没什么",又往前走去。

龙龙还是忍不住说:

"阿利也学会吓唬人,刚才那种如临大敌的气势把咱都吓得魂不附体。

你看,进了林子后,它倒反而安安静静、老老实实在前领路了。"

早早提着的心也稳定了一些,但他心眼多,不禁又有些怀疑。这么多天的相处,证明阿利的嗅觉是灵敏的,更不会像龙龙说的是为了"吓唬人"。好像是为了回答他的怀疑,只听前面刺啦溜一串响,一只黄麂样的小兽蹿到了路上,闪电似的向前跑去。

龙龙惊得啊呀一声,本能地端起枪就要放,早早的手已拦住,这才清醒过来,向阿利发出追击的命令。

惊魂未定的早早正要舒口气时,感到左方上空只晃动了一下,又一只形似黄鼠狼的小家伙从树枝上跃下,擦着他的头皮落地,尾追黄麂去了。

慌得早早连忙大喊:

"回来,阿利!"

"你嫌黄麂的肉不香?阿利抓住它,咱们也不空手回去呀!阿利,追!"龙龙见是这样两个小不点的家伙,浑点子自然要冒出来。

"阿利,回来!"

早早气急败坏地变了腔,举起威胁的手势,又扭过头来,狠狠地盯了龙龙一眼,使用从来没有说过的粗话:

"你晓得个屁!"

无所适从的阿利不知听谁的好,但还是慑于早早的威势,回来了。龙龙见早早如此变色,心里也有些虚,但嘴里还是嘟嘟囔囔的:

"咱也没放枪,抓个野物也不犯……"

早早还是毫不客气,用了和平时一点也不相同的语言:

"你才喝了山里几口泉水,就以为懂得了山情世故?还差十万八千里哩!我问你,咱们是来打猎的?还是帮赵叔叔调查的?"

"为捕鸟的事,咱心急得不比笆斗小,为了找孙大爷……"

"现在不开评功会。快赶路!走出黑煞冈,就是胜利!"

早早的话使他警觉起来。林中更加暗淡了,黑雾使前面有些朦胧,两人拉短了距离,更快地迈着步伐。

早早听老人说过,深林里有种小野兽"绿衣",长得和黄鼠狼子形似,最喜欢吃野兽的五脏六腑。凶狠得专找老虎、豹子干仗,更别说那些野猪、獐子。作战的方法是占据空中优势,从树上跳到对手的身上,像个优秀的骑士,紧紧抓住,然后用刀子般的锋利牙齿,咬通肋下,钻进去,搜肠刮肚。对手忍不住疼痛,又无法和敌人作战,只得狂奔乱突,最后猝然倒毙。

刚才那动物的形态和场面,就有些奇特。说是攫黄麂吧,它是从树上下来的;说是偶然碰上的吧,它又是紧跟在黄麂后面。在现时情况下,早早宁可相信那是真的。因为野兽虽不伤人,但他要保护阿利。倘若阿利和它发生冲突,有个闪失,可怎么好?阿利现在也是他们的主力队员啊!

眼看黑煞冈已过去一多半了,两人心里轻快多了。再说长时间的高度紧张,也容易使眼睛疲倦,更何况他们已跑了一天的山路。

两个小伙伴正有一句没一句地说着话,没想到阿利抬头止步了,还没等早早要龙龙注意的话出口,迎面已扑来沉重急速的蹄声、喘息声,蹿来了一头黑乎乎的大怪物。

"闪开!"

早早只来得及大喊一声,说时迟,那时快,黑乎乎的庞然大物已风驰电掣般撞倒了扑上去的阿利,冲到跟前。

早早只得往旁一闪。

愣头青龙龙先还端着枪,紧急时却扣不动扳机。

眼看就要被撞上,幸亏跌倒一旁的阿利已灵巧地转过身,勇敢地追来。它看到小主人的危险,但已追不上敌人,只得厉声狂叫。

那家伙不知是不是被这突如其来的叫声惊的,它看了一眼对手,偏了偏头,龙龙才未被它伸出的两颗短剑般的利牙刺倒。

但龙龙还是闪迟了一步,被那家伙的屁股轻轻擦了一记,歪倒了下去……

"当心,是野猪!"

已经滚爬起来的龙龙听早早说是野猪,心更慌了。他听说过公猪,长有锋利的獠牙,能像掘土机那样,翻地三尺;谁要一枪未把它放倒,受了伤的野猪发起疯来,能顺着火药味方向,专找人拼命。他正要和早早说什么,只听头顶上的树枝像被枪弹擦过,一个黑影已飞到前面,龙龙觉得很像是开头见到的黄鼠狼子,想看个仔细时,它已俯冲向地面……

怪事!庞然大物的野猪,一见迎头拦截的那小东西,连忙紧急拐弯,在丛莽中开出一条路,张开血盆大口,掉头往回,正巧,和紧追的阿利撞了个满怀。

阿利哪是它的对手!但阿利灵巧,只将前蹄一立,做出要掏野猪眼睛的架势。野猪急得将血红的眼睛闪开,阿利就势侧身一滚,躲开了野猪锋利的牙齿……

"开枪!"

刚才的瞬间,早早已把龙龙拉到一棵大树的后面,这时下达了紧急的命令。龙龙觉得手抖得慌,心里骂自己:

"窝囊废,咋能怕得这样!"尽管只是骂,还是禁不住手抖,扣不动扳机……

"咋啦?"

"扳机死了!"

"查保险。"

就在龙龙心急火燎时,那边的追逐场面发生了更奇怪的变化。追野猪的黄鼠狼似的小家伙,还未明白怎么一回事,却真的一头撞到了刚爬起的阿利身上。虽然力量很小,但阿利被撞蒙了,那小东西却清醒得快,像是见到鬼似的,一扭身子,纵身猴到了树上,哧溜到树顶,才小心翼翼地回首探望龇牙咧嘴的阿利。

阿利这一愣神,可急坏了早早,眼见野猪已快冲到跟前,龙龙的枪还是哑巴。

"阿利!"

阿利又向野猪冲去。

这当儿,龙龙被早早提醒,一摸保险,唉!该死!真的没打开。

"砰!"

猝然响起的轰鸣,把黑煞冈森林中敌对双方的每一位都吓了一跳。随后各自的行动就不大相同了。

对阿利说来,枪声是冲锋的号角,激得它热血沸腾,勇猛地向野猪冲击。

野猪打了个趔趄,带着伤口,沿着铅弹呼啸指示的方向,寻找对手搏斗。

早早不明白,龙龙为啥不再将枪膛里还有的一颗子弹射出。但已来不及说了,只是猛跨一步,使劲推搡龙龙:

"傻样,还不围着树兜圈子!"

枪响后,龙龙吃后悔药了。平时不是明白得很吗?打野兽要找它的弱点,打头虽容易致命,但头盖骨厚,难以穿透。刚才一枪,不知是心慌未瞄得准,还是未击中要害?这一想也有用处,龙龙冷静了下来,才未贸然再将那颗子弹射出。他要寻找它心脏部位。

横冲直撞的野猪正拱起丑陋的嘴脸,挺出短剑,离他只几步路了,他还未瞅到机会,只得撒丫子跑起……

早早像是野猪不知他在哪儿似的,大叫了一声。

谁知野猪真听话,就偏偏朝赤手空拳的早早对直撞去。早早每个细胞的机灵劲都调动了起来,早把"害怕"二字丢到九霄云外,稳稳实实地一扭身,躲到树后。

龙龙看到野猪暴露出了侧面,就想开枪,可是霰弹出口一大片,生怕误伤了早早,急得又往这边跑来。

谁知野猪已一折转,横向拦头冲击早早。

早早没料到野猪这一招……正在这千钧一发的危险时刻,追上来的阿利往它屁股上就是一口。

野猪疼得山摇地动地吼了声,疯狂地蹦起,抖动獠牙,刺向阿利。阿利虽然让过了刺,却着着实实地挨了记野猪提起的蹄子,摔到几尺外……

阿利已为早早争取了可贵的时间,他已转移到野猪的后面。头脑清醒的龙龙也乘机又压进一颗子弹,心里也稳实了许多,将枪依靠到树干上,瞅准了野猪再次转身时暴露出的前胸,啪地一枪。

野猪一蹦几尺高,以迅雷不及掩耳之势向龙龙冲来。龙龙躲闪不及,虽有树干挡着,还是被那威势震得一屁股坐地,但是始终把枪口对着它。

只听先是嘭的一声,接着是咕咚一下,又是哗啦啦一阵枝叶的响声……山野顿时寂静了下来。

早早径直向阿利冲去,抱起已挣扎着站起来的红毛狗,抚摸着它急速起伏的肚子,又把脸贴到它湿漉漉的脸上,泪水忍不住掉了下来:

"好阿利!勇敢的阿利……"

阿利也强忍着痛苦哼了哼,仿佛是为了安慰小主人。早早心里更是难受。

龙龙站起来,转到这边,看到插在树干上的两根断牙、倒毙在血泊中的野猪,不禁吓得吐出舌头,半天也缩不回去……

这场前后不过四五分钟的搏斗结束后,两个小伙伴像是松了骨架似的瘫坐在地上。这时,他们才听到风紧了,森林里像海浪般奔腾喧闹起来。雾也浓重了,透过树冠已看不到天空的晚霞。看样子,林子外也已是暮色垂落了。

早早说:

"咱们不能歇了,还是赶路要紧。秋天的野猪好成群。刚才又响了枪,路上难保不再有野兽。出了林子过了冈,还有不近的路!"

龙龙抖擞起精神,检查了枪和子弹。阿利往下蹭着,想自己走,可早早还是把它抱着。

没走多远,早早招呼龙龙:

"你听!"

龙龙一震,紧张地支起耳朵,仍是只有苍苍茫茫、浑浑厚厚的林涛。

"像喊山声。"

经早早这么一提示,龙龙才在呼啸的树海中,隐隐听到了拉腔拖调的"啊——"。

"对空放一枪!"早早的眼,闪着亮晶晶的喜悦的光。

龙龙换了颗小号子弹,枪口朝天,扣动了扳机。一串火光喷出,带来了一声脆嘣嘣的鸣响。

两人在林子里撒开腿跑起来了,迎面也传来了脚步声。

"龙龙!"

"王老师!"

王老师和两位男老师,在老乡的带领下,急风急火地来迎接他们了。原来是凤鹃外公和王老师看他们未按时回来,怕生出意外。

龙龙从来没有感到王老师是这样的亲切。自打从千鸟谷回来后,她不再讨厌他们爱鸟了,倒是详详细细询问了情况,还说学校正在讨论怎样组织课外爱好小组。对今天的行动,她也是支持的。王黎民也把心放到了实处,先头的两下枪声可把她急坏了。早早只是一个劲地可怜阿利。

当一行人踏着月色,到达凤鹃外公家里时,凤鹃也已从山上回来。

谈了黑煞冈的惊险,龙龙说:

"我今天才知道啥叫'魂不附体'。"

外公去调理阿利,外婆忙着烧饭。凤鹃等不得许多,忙问:

"找到孙大爷了?"

"没。"早早说,"找不到了。"

"没这个人?"因为外公也只是听说龙溪有个孙大爷,还从未见过面。另外,深山里常常是这个山坞住了三户,那个坑口安了两家,跑错一条山沟,半天见不到一个人影。凤鹃又问,

"是地点没问清?"

"房子还在那里,"龙龙做了个鬼脸,"只是孙大爷做了护鸟神啰!"

"已过世?"

三个小伙伴在讨论这事时,都对这次出访抱有希望,谁想碰到这样的事,凤鹃也着起急来。

早早说话的语气,像个老人精:

"一个挺和蔼的老爷子,听说是为上山逮小雕。小雕的窝在石壁上。孙大爷瞅准了,等老雕离窝打食哺雏时,他上去了。可能是年纪大了,腿脚不便,石壁又陡,费的时间长了。

"刚把小雕放到背篓里,老雕转回了头,一见家里遭了劫,丢下抓来的兔子就扑人。

"孙大爷见事不好,倒掉小雕,顶着个背篓护着头。手放慢了,被老雕抓了一把,骨头都露了出来。亏得他沉住气,忍着疼,乘老雕往上飞,准备再俯冲时,用脚踢得小雕叫。老雕一见儿呼女喊,才丢下老人去护儿。

"当时保住了命,到了家里,睡到床上就爬不起了。没到两个月,过世了。"

这一带有金雕分布,但数量极少。滥杀雕鸟的情况,曾引起赵青河的忧虑。它不仅破坏了生态平衡,而且极可能使金雕在紫云山绝种。他向管理部门做了反映。但一纸通知,怎能管得了这样一个大山区?

捕杀金雕的事仍然屡屡发生,只不过隐蔽了一些。一般说来,有两种猎

雕人。一种人是因为它的羽毛经济价值高,近两年外贸部门高价收购,他们猎雕取毛。还有一种猎雕人,是捉活雕,回去驯养,帮助行猎。

金雕比苍鹰凶猛、飞翔速度快,两翼展开有两米多。这使它具有了得天独厚的优点——不仅猎捕野鸭、大雁、野雉、兔子,甚至连一二十斤重的黄麂也不在话下。尤其是能在高空对大型禽鸟展开攻击。骁勇强悍的蒙古族人民特别钟爱它。

那次,龙龙向赵青河说到和早早议论海天青捕天鹅的事,赵青河说,蒙古族猎人所称颂的海冬青,很可能就是金雕。当然,这还得做大量的考证工作。但从所描述的特点看来,和金雕相似;若以飞行的高度、速度、勇猛程度来看,大约只有它可以和天鹅作战,并猎取它,猎人从嗉囊中寻取珍珠。在调查中发现,蒙古族人在狩猎中常用它去捕捉经济价值极高的皮毛兽,如狐狸等,甚至还有猎人专门用它捕杀危害草原放牧的恶狼。

正因为这样,猎人愿出高价买。江北湖区的人,甚至托人到山里寻找会捕雕的猎人,先送定钱,两三年交货都行。

捉活雕的办法也很多,有陷阱法、食诱法……但是,老雕难以驯养,而羽毛初丰的小雕容易调教,能省下很多麻烦。一般人都是千方百计寻小雕。

金雕原本就稀少,要找到金雕,先要侦察到哪处有老雕的踪迹。到了它的繁殖季节,更需早出晚归地跟踪。也不知要费多少心血,爬多少山头,才能侦察到雕巢。

老雕大多选择峻峭险恶的山崖筑巢。等到小雕孵出了,猎人就摸上去,用结实的细线拴住小雕的腿。一天天扳着指头算时间,好不容易盼到老雕把它喂大,它快能自己飞时,再上去捉下来。这种办法收获大,小雕也易成活,卖的价钱高。但危险性也大,山势险恶,一旦被老雕发现就很难逃脱。

孙大爷可能是受人重托,也倚仗着自己的本事,没想到却因此送了命。

王黎民听了后,只觉有股寒气往身上逼。沉静的凤鹃却在心焦。

龙龙说：

"你别急，孙大爷没了，还有孙奶奶哩！她上山去采秋茶了。我们又到山上把她找回来，这才耽搁了时间。"

看他那神气，就知有文章。凤鹃追着问：

"老奶奶也会捕红嘴玉？"

"不会。"早早不慌不忙，"倒是说了重要情况。"

"重要情况？说了些什么？"

"说孙大爷头年秋天不捕鸟，要到下年春上二三月，杨树冒嘴，杏花吐红时，才上山捕鸟。"

"啊？"

这可是从来没听赵叔叔说过的事，他一定也不知道。

"还说他们那一带，包括咱们这一带，捕鸟人在这个季节都不上山。"

王黎民虽然对这些问题不太懂，但也觉得问题复杂了。凤鹃早已坐不住，站了起来。这时，两人同时问：

"问出是什么道理吗？"

龙龙大着嗓门，像是要把刚才省下的力气都使上：

"咋没问？问了四五遍哩！人家说：要这样叽叽喳喳地问，去找你孙大爷吧！"

早早看到凤鹃在瞅着他，扶了扶眼镜，说：

"说是有年在秋天上山，半个月才捕三四十只鸟，买线补网的钱都不够。"

夜深了，风也似乎小了些，月光下的流水声清脆得像是一路摇着铃儿。

只顾思索的凤鹃突然又问：

"他在哪里捕鸟？"

"就在龙溪的山上。"早早觉得说得不够清楚，又补充了一句，"靠千鸟谷这边。"

"问过在秋天有人到千鸟谷附近捕鸟?"

"孙奶奶讲,没听说过。"

龙龙说得对。这些确实是重要的情况,虽然凤鹃也不清楚这当中的意义,不知能否帮助赵叔叔解开谜团,但一定是他所需要的。

她仿佛是问自己似的说:

"为什么在明年春天二三月才能捕到鸟?"

龙龙说:

"赵叔叔不是说过,相思鸟在今年飞走了,明年还要回来吗?那大约就是它回来的时间。"

"不是'大约',就是哩!是回到紫云山的时间,它们从越冬地回来了,耐不住南方的热。"早早搔搔头皮,又说,

"想起了,孙奶奶像是说过还分什么下山鸟、回山鸟……"

"不错,说什么今年秋天捕的鸟叫下山鸟,明年捕的鸟叫回山鸟。"龙龙也想起了。

"还说了有种坐山鸟。它在秋天不往南飞,仍然留在这边山上。"早早又做了补充。

"也应该是成群结队的,要不,够不上用鸟网捕。"

凤鹃平时讨论问题时,话不多,总是静静地听着,但今天晚上对了解来的新情况很感兴趣。

几个人正说着话儿,须眉银白的外公从后屋出来。早早他们牵挂着阿利的伤势。外公说,算它走运,野猪不如四不像(当地群众称苏门羚为四不像),会用蹄子,阿利只是无意间挨了一家伙,左前腿受伤了,不像内脏出了事。常说"鸡皮狗骨头",养息不了两三天就会好的。

凤鹃对他们在那样短的距离内和野猪遭遇,有点犯疑:

"阿利先头没向你们报警?"

"就是怪嘛！在林子外它还精得很哩！一定是那黑雾捣的鬼！"龙龙恨恨地说。

早早转起了眼珠,那对黑天鹅又亮起来了:

"不全是。你们到咱家,老远就能闻到茉莉花香,为啥到了园子里,四周都是雪白的茉莉花,反而不觉得香呢？"

龙龙一拍大腿,粗气高声地嚷了起来:

"嗯哼！对了,对了。是森林里野兽多,气味浓,再加上雾,空气又不怎么流通,阿利的嗅觉就迟钝了。"

王黎民虽然到现在还心有余悸,但他们的勇敢很使她感动;他们这些新鲜知识的获得,以及种种分析,更引得她从教师的角度去深思。她也希望获得更多的山野知识。

"真有那种叫'绿衣'的小动物？问过你们的赵叔叔吗？简直是一篇极妙的寓言故事。"

三个孩子都没问过,当然无法回答。当赵青河从庐城回来后,他们汇报情况时,问到这事。赵青河说:

有"绿衣"小兽,只是听群众和猎人说过。动物学上没它的名字,也没见过有关的报道。但从所描述的形态看,极可能是青鼬。

青鼬和黄鼠狼是一个家族的。黄鼠狼怕狗,那是确凿的。平原地区的猎人,就常用猎犬去捕捉它们。至于它的作战方法是否有那样巧妙、凶狠,也没观察过。不过它的门齿特别锋利,动作又灵巧,捕捉黄麂、獐子那样的大动物,甚至和毒蛇作战,那是确有其事的……

龙龙暗暗地做出了决定,将来一定要去寻找"绿衣"小兽,揭开这个秘密。

凤鹋看看时间不早,连忙汇报她今天在山上的观察:在观察点上,发现已到达低山区的相思鸟,今天突然向山上移动。虽说它们在漂泊、游荡时,方向并不固定,但往低山的趋势是明显的。今天却颠倒了过来。凤鹋怕一个观察点的情况有偶然性,又马不停蹄地跑到另外两个观察点,情况是一致的。

这预示了什么呢?是反常还是正常?是什么原因?难道是气温回升,它们又不想走了?可是这几天的气温没有变化呀!

凤鹃又紧紧地追踪了几群鸟,证明了确实是向山上移动,回升的幅度大约在三四百米,而且鸟头方向都偏南。这使凤鹃更加困惑。

另一方面,相思鸟群体的数字显然增大了。三四十只一群是常见的。凤鹃还观察到了一群八九十只的。鸣叫声也更加频繁,就像电影上看到的吉卜赛人,在出发前男人修理牛车,妇女烤饼,孩子嬉戏。这不又说明它们快出发了?

这个新情况,更使大家紧张。他们讨论着,争论着,但谁也不知这究竟是因为什么。这又更使他们焦急。

赵叔叔,你在哪里?怎么还不快快回来?

王黎民归纳了讨论的意见,又帮助拟了给赵青河的电报稿,师生四人就在一片月色银辉中,往邮局赶去……

十七　鸟也沐浴，猛禽为何在高空集结？

　　第二天，正当快放晚学时，王黎民匆匆走进了教室——赵青河的回电来了。

　　回电首先肯定了龙溪之行所得材料的可贵性，同时要他们也想一想：为什么在秋季捕鸟人不来千鸟谷？

　　电文说，到达低山的相思鸟又回升的原因，可能是向迁徙路线集中。它们在离开繁殖地地形特殊的千鸟谷，开始向越冬地飞行时，极大可能有着自己的出发路线，当然，这需要抓紧时间考察。重点是沿着鸟头的前进方向，在千鸟谷南区考察。

　　电文又说，一切情况表明：相思鸟已进入迁徙阶段（早迁的很可能已开始离开千鸟谷），更加紧张的工作即将开始。研究课题设立的审核虽然缓慢，但正在向好的方向前进。更为重要的是还有些准备工作，必须在庐城进行。他尽量争取在三四天后回来。

　　电文的语气和用词，已把他们当成了同志和战友。这使三位少年的心情很不平静，也使王黎民心中油然生出一种自豪的感觉。不知不觉中，她已和他们在关心着、思虑着同一件事。虽然这件事对各人的意义不一样，但目标是共同的——为了揭示相思鸟神秘生活的内幕以及对未知物的探索。但另一方面，她又感到，不久前内心深处的那种隐隐不安，已变成了愧疚。是的，她是位做事干脆、从不愿吃后悔药的人，然而，现在却常常不自觉地回忆起和赵青河曾有过的友谊。

早早他们讨论的结果，很自然地将矛盾集中到了时间上。他们是学生，每天都有作业，但相思鸟却不管这一套，只是按着生物钟的运行而活动。王老师只说了声"你们等着我"，就迈着大步走出去了。

正当三个人愁得不知怎么才好时，王老师轻盈地回来了。早早一看，她虽然没露笑脸，但从那藏不住的从眉宇间洋溢出兴奋，就知道有了好消息。等着王老师开口。

王老师用手指点了点早早：

"什么都瞒不了你。跟你们说吧：刚才我和校长、教导主任商量了一下，同意给你们三天假，到大自然中去学习最生动的知识。缺的课由我负责安排补。"

看到龙龙乐得合不拢的嘴，她又收起了露出的笑脸，说：

"别只顾乐，任务不轻哩！学校能不能成立起各个学科爱好小组，就看你们的表现了……"

一阵噼里啪啦的鼓掌打断了王老师的话。连凤鹃都喜得脸上红扑扑的，她的巴掌也拍得特别脆。

山道上的三个少年，已是一色野外工作的打扮：头戴草帽，腰上挂着柴刀，脚上穿着白色的深筒山袜，肩上背着气枪、猎枪……现在再也不是初探琴溪的心情，而是肩负野外工作的重任。由于考察的内容是寻找相思鸟离开千鸟谷的出山口，凤鹃提议尽量找有路的山道走，可以节省开路的时间。但是，尽管山道没有森林中那么多芜杂的藤蔓，又还是秋日的清晨，仍是没走多少路，长长的山袜和球鞋都已被露水打湿了，连衣袖也湿了。

凤鹃走的山路毕竟比早早他们多。她今天的行军就是很有章法的。开头，她总是不给身高腿长的龙龙超过自己。

等到腿脚走热了,浑身开始向外沁出汗星子时,她才逐渐加快步伐,既省劲,又能跑出耐力。

在小学时,龙龙最瞧不起动不动就眼角挂灯笼、抹鼻涕的"毛丫头"们。但是,开学后这一阶段不平凡的经历已使他感到,和凤鹃在一起,心里就踏实;和早早在一起,心上的每一个毛孔都得打开,接收他传递来的每一个信号,快速开动脑子思考。他为有这样的伙伴而高兴。

早早心眼确实多,他提议再去观察点上核实一下凤鹃昨天的报告。三个人在两个观察点上考察后,证明凤鹃报告是真实的。讨论一小会儿后,三人分开,在互相能够招呼到的距离,齐头并进,往千鸟谷的南边走去。

秋天的太阳,到了中午还是有威力的,龙龙在灌木丛中热得浑身都汗透了。如果不是在观察点上亲眼见到一群群鸟头向南的相思鸟,他大概早已嚷嚷开了。因为跑了几个小时也没有发现什么新奇的事,还常常断了相思鸟的踪迹,简直枯燥得使他有些乏味。他甚至盼望起森林中突然蹿出一条大蛇,或是像昨天那种奇特的"绿衣"……

"危险时刻,他虽然腿肚发抖,在生命攸关时,能吓得魂不附体,但在那种令人战栗的冒险中,同时有着令人难忘的快乐。这种快乐在一生中也只有那么几次。这是因为和危险、恐怖搏斗时,心中油然升起了一种自豪,这是对自我价值的认识和肯定,这是一个懦夫永远体会不到的情感,当然也根本得不到这种快乐。这种精神,只要加以正确的引导,把它与祖国和人民的事业结合起来,那将会哺育他成为英雄,培养他成为科学领域中的开拓者!"这是王黎民经过对龙龙一段观察了解后,在班主任札记中写下的话。

过了一片竹林,三个人都跟丢了追踪的相思鸟群。它们像是突然钻进了地层的深处,任凭他们怎样踢打、喊叫,就是不见有鸟起飞。

虽然龙龙还没认识到学习中的枯燥无味和成就之间的关系,但这段生活还是使他懂得,不能像野孩子般只凭兴趣做事。因为他肩负着任务,一想起赵叔叔那焦急而又期望的神情,眼睛立即亮了,耳朵也灵了。他感到左上方似乎有种轻微的异样声音。

于是,他蹑手蹑脚地向那边走去,发觉那断断续续的声音,真像从地层下传来的。他奇怪了,便悄悄地接近——竟是一条被茂密灌木掩映的小溪沟,缓缓地流着一线碧绿的水。

哈哈!水底开着瑰丽的花……

似微风乍起,响起两声细细的鸟的啁啾,水面顿起涟漪,颠乱了一潭花影。潭边窄窄的沙岬上挤满了相思鸟!

有一只突然跃到水边,迅速地摆了摆头,就退回到沙岬上。啊,红得透明的嘴,连连在沾湿的胸羽上梳理,不时发出愉快的叫声。

蓝天、碧水、金灿灿的沙、彩色的鸟……通通映在一潭水中……

扑扑几声,扬起一片细沙。咦,还有好几只都仰卧在沙上晒太阳哩!它们像是老牯牛在泥塘里打汪,蛋壳似的两边晃荡、蹭痒;黄黑色的爪子还不断将沙往身上掏拨;得意时,轻轻哼出两声,像是无限的舒适!

有一只相思鸟一翻身,扑向了水边,仿佛大青蛙似的往水面一跃。但它没跳到水里,而只是贴着水面又回到岸上,迅速得像是一伸一缩。如是三四次,它猛力一抖,水沙飞溅,龙龙这才看到,犹如西天的一片火烧云,它有着一块多么大的红翅斑!"红翅斑"抖动着身躯,用喙掏啄着两边的翅膀……

忽然,从水潭对面扑来一只鸟,二话不说,将覆着深沉沉的橄榄色羽毛的头,直伸红翅斑的肋下,又拱又啄。红翅斑惊得一跳,但立即快活得眉开眼笑,亮开左翅,也曲颈扭头,用嘴在它嘴上轻轻敲了两下。"橄榄头"受宠若惊,更加卖力地左右跳跃,帮它掏啄、梳理。一时间,红翅斑不断发出短促的咯咯声,还躲闪着,极像被搔到了胳肢窝痒处,又护又喜。逗得龙龙忍不住发笑。

这一笑提醒了自己:这样精彩的场面不应该独享,于是他连忙向早早、凤鹃发出悄悄接近的信号。

其实早早已离他不远,因为他注意到了龙龙弯腰撅屁股,在专心地看什么的样子。

鸟儿们的一阵打闹声,引得龙龙连忙收回了视线。嗨,那只鲜橙胸羽的鸟正跳着,对每一个仰着、卧着躺在沙窝里的鸟啄上一口。被啄到的,有的神情一震,立即翻身泼水;有的却仍是懒洋洋侧身躺下去。气得"鲜橙"转头又是狠狠地一下。

有只耸起冠羽的不愿意了,反口也是一下,"鲜橙"火了,连连给它几口。"耸羽"眼看招架不住,猛一亮翅,来了个侧身飞行,落到对面沙岬上。

"鲜橙"撵过去,它又飞到这边。"鲜橙"再来,它却在鸟们中间又钻又跳,像是捉迷藏似的。躲不掉了,它这才又飞到那边,还把耸起的冠羽一摆:"看你能怎样?""鲜橙"可不客气,追过去又要下口啄。

"耸羽"却像个打滚撒泼的家伙,一下仰卧到沙上,扑翅蹬腿地扬起一片沙尘。"鲜橙"无可奈何地站在一边,直到它安静下来,才又跳向它。龙龙原以为要好好教训一顿"耸羽",嗯哼!才不哩!"鲜橙"却帮它掏剔身上的沙,还用头拱着……

"嘻嘻!还会哄毛伢子哩!"

龙龙一回头,早早的脑袋正从他肩上伸过来。

"耸羽"已被拱到水边,一落水,像是沾着火似的,惊得它慌里慌张跃起。才翻过身,却浸到了水里,急得它大力扇动翅膀。哪晓得翅膀越打越湿,水也浸湿了它的肚子。它拼命挣扎,打得水花四溅,好像天鹅击水一般。

好家伙,这下可热闹了,潭边的相思鸟们顿时竞赛般地往水里跳:有雀跃式的,有蜻蜓点水式的,有大打大扑的,有盘旋一圈的……霎时,只见彩光流影、纵横交错,像一阵卷风,刮过一园盛开的桃花、木槿、梨花、紫罗兰……看得早早和龙龙眼花缭乱。那短促、响亮、细碎的喧嚣声格外撩人心魄。

龙龙忘情地挥动手臂,只听"哎哟"一声,正打在赶来的凤鹃脸上,引得早早忍不住笑出了声……

等到再看鸟时,只见它们已悄无声息地,往小溪两边的灌木丛中急急忙忙地钻着。一时三刻,只留下杂乱的沙滩、一潭荡波的碧水。

三人面面相觑,爆发出一阵更响亮的笑声。

既然已经找到了鸟群,而且又了解到新的情况,凤鹃看看天色,就招呼他俩到前面林中休息,吃午饭。

路上,龙龙叙述了刚才看到的一切,早早不时插入他的宏论:

"傻样!这叫沐浴,咱家养的鸡就喜欢来这一套。只不过红嘴玉多了一个节目,还有水浴……"

龙龙摇着头,犄角似的额头直晃,像小牛犊要触人似的:

"还能有关节炎?那些鸟儿们。"

"成天飞翔不累吗?对呀,飞累了,不该松乏松乏筋骨?养精蓄锐嘛!再飞时就更有劲了!"

龙龙没词了,走了十来步,才想起一句话:

"对对对!咱忘了,你是它肚肚里的蛔虫嘛!"

直到这时,凤鹃才说话:

"外公讲,牛打汪,将身上涂满了烂泥巴,是不让蚊蝇叮,又能呛死牛虱子。和这书上介绍的大象、犀牛抹稀泥是一个道理。鸡打沙窝,恐怕也是要呛掉身上的鸡虱子。相思鸟喜欢沙浴……"

"有道理!咱还没想起哩!可能它身上也有跳蚤、虱子。沙浴、水浴都是鸟类的健康浴。听说四川有种野牛(学名牛羚),还专找含硫的水饮用、洗澡治病哩!"早早恍然大悟。

"嗯!得给你这个小百科全书再加个名号。"龙龙讥讽起来了。看早早只对他眨巴着眼,得意地说,"再加个'吹捧冠军'!你生怕她的话有个闪失,赶快吹着、捧着。说它生疖子长疮,咱信。可从来没见过鸟的身上蹦虼蚤、长虱子!咱打过的鸟还少?"

早早不忙着辩驳。凤鹋也不理他胡搅,只是认认真真地说:

"鸟的皮肤和羽毛上也有寄生虫,叫螨类,赵叔叔曾检查过。他还应防疫站的要求,解剖过一些鸟类,在它们的肚子里发现过其他寄生虫。科学家们为了预防传染性疾病,正在抓紧研究过去被疏忽的这些方面。"

龙龙无话可说了。没想到飞在天空的鸟,也逃脱不了寄生虫、疾病的折磨。鸟要在大自然中生存,也不容易哩!他决定等赵叔叔回来后,再好好问问。

到了林子里,早早砍开一块空地挖灶。凤鹋收拾在路上打来的鹌鹑、竹鸡,张罗烧饭。龙龙拾柴。依龙龙的意见,只要啃干馒头喝凉水就行了。但行前,王老师考虑到他们都只是十三四岁的孩子,又要连日在山野里奔波,中午一餐,尽量设法能吃点热食。凤鹋满口答应,说秋季山上可吃的东西多。

不一会儿,炭火中喷出一股股烧肉香,煮饭的毛竹筒也一个劲地吱吱响。可是仍然不见凤鹋的人影,馋得龙龙走来踱去,直舐嘴唇。

早早却只顾躺在地上想心事,闭着眼睛说:

"心急吃不到香饭菜。只要饭熟了,肉出油了,保准她会回来。"

正说着,林子里出现了凤鹋的身影,她端着草帽,看样子还挺沉哩。龙龙连忙去接,一看兜的是红艳艳的莓子和认不出的紫亮亮的野果。他忘了接过草帽,只管伸手抓了就往嘴里送。凤鹋看得抿着嘴笑。

早早要来帮忙,被凤鹋拦住了。她把几个大泥团扒拉出来,又抽出了毛竹筒,用刀劈开。一筒冒着竹油香的白生生、油亮亮的大米饭露了出来。

龙龙只在电影上看过用竹筒煮饭,开始时还担心烈火会将竹筒烧焦,直到看见它在火中安然无恙才放了心。今天竟要亲口尝尝这样的饭,他乐得大

嘴合不拢,像是要一口全都吞下似的。凤鹑只得说:

"别急。要不,就没肚子装在城里吃不到的烤野味了。"

龙龙还是忍不住掏了一口,烫得打呵呵。他正要再下勺子时,肉香塞满了鼻子,凤鹑正掰开干硬的泥巴。妙极了,鸟的毛都被泥巴粘去,比拔的都干净。鹌鹑、竹鸡汪起一层黄黄的油珠。等到撕开,龙龙挑凤鹑的刺了:

"都说你细心,咱也信服,今天为啥把这么多树叶、树皮都忘在它肚里!"

说得她和早早都忍不住笑。早早放下托饭的箬竹叶,挺滑稽地一摊手,看着被笑得丈二和尚摸不着头脑的龙龙说:

"哎呀呀!这可叫咱们大专家李龙龙咋用餐呀?真不卫生!只有咱来帮他吃了!"

说着,就扯下一条鹌鹑腿吃了起来。龙龙哪里是怕树皮、树叶不卫生哩?他这种大大咧咧的人从来不计较这一套,刚才只不过是为了说话打趣。见早早已经动手,他两口就把一条鹌鹑腿啃完,一边去撕翅膀,一边说:

"咋有股特别的香味?"

早早这才若无其事似的说:

"得感谢这树皮、树叶!"

可不,他还正在吮吸叶子、树皮上的汁液哩!龙龙这才开了一点窍,也如法炮制。那股香料特有的辛辣味,美得他眼睛都眯紧了。这会儿,凤鹑已把野味都打开了,又将茶叶放到一新竹筒里,挪到火上烧茶。毛竹在山上的用处大,砍一节就能装米煮饭,又能烧水泡茶。她说:

"傻样!这是肉桂叶、桂皮!我们山里人烧荤菜都放,是烹调大师离不了的作料!"

怪不得她在林子里剥过树皮,还摘了叶子放在包里哩!原来大森林是这样富有!龙龙立即要凤鹑教他认这种树。

喝茶时,早早问龙龙:

"咱从来没听到相思鸟现在叫出的这种声音,你们听到过?"

"唔!还真没听到过它这样叫法,都是短促的、细细的、尖尖的一两声。一个鸟都没像平时那样叫。这是……"龙龙边回忆边说。

凤鹃在记录考察见闻,这时也放下了笔:

"会不会和咱们先头没发现有关?它们躲在小溪沟里洗澡,不飞又不叫,当然难发现。"

龙龙霍地站了起来:

"还能像咱们,到了中午,休息、吃饭,不再赶路了?"

"有理!有意思!"早早连声叫着。

"哼!它们喜欢沿着溪沟飞,因为喜欢洗澡啊!"

凤鹃想起,一般的鸟,在中午都有段时间活动不积极。她提出:从今天就开始注意,看看是不是规律。以后几天的考察,证实了这一发现。别小看了这一发现,它为以后的跟踪、捕鸟解决了大问题。

三人你一言我一语,总结起了这半天的收获。凤鹃觉得这样跑,虽有方向性,但山是这样大,仅靠他们三人可不成。需要改变方法,但谁也提不出好办法来。

早早提出:干脆一下插到千鸟谷的最南端,然后迎着鸟头方向往回走,或许会有意想不到的收获。

凤鹃和龙龙都赞成。

但凤鹃说,今天来不及了,只可以加快行军的速度,不纠缠哪一群鸟,若仍然没有大的收获,明天就按这样的方案行事。

茶足、饭饱,歇出了劲儿,三个小伙伴精神抖擞地上了路。蜿蜒曲折的山道,就从森林里穿过。现在的行军速度比较快。

森林中响起的怪叫声,使龙龙和早早停住了脚步。那是他们在二探琴溪时曾听到过的声音——

"尸！尸！"

"给——尸！"

还是那样粗莽、尖厉！但没有像上次那样恐怖。何况还有凤鹃在身边，即使仍然害怕，龙龙也会装出男子汉气概，否则，那太丢脸了。但凤鹃却小步跑起，龙龙和早早也跟去了。

到了前边，她像赶鸡那样吆喝起来。

一只小鸟应声飞起，白肚子、蓝灰色的背。它只穿过十几棵树，就又落下了。凤鹃说："它身子不比麻雀大多少，赵叔叔说，它在森林小型鸟类中喉咙最大。刚才就是它叫的。"

龙龙和早早都不太相信，悄悄往那边走去。那小鸟立即转到树干背后。

凤鹃做了个要他们隐蔽的手势。不一会儿，又传出几声微弱的敲击声，像啄木鸟似的。没有一分钟，树干后露出个小脑袋，往这边睃了几眼才走了出来。它绕着树干走的姿态，很像旋木雀。

不知它想起了什么，突然一转身，笃笃笃的……嗨！绝了，它竟然头向下，尾朝上，往下走了，强直有力的嘴在树皮上敲个不歇。

龙龙回头探询凤鹃。凤鹃小声地说：

"赵叔叔把观察橘林鸟的任务交给我时，特意领我看过它，在树皮缝里找小虫、虫卵吃！还说和啄木鸟凿洞找虫，既有分工，又互相配合。它的足和爪子特别强壮，也就比啄木鸟更有本事，能做到头朝下走动……"

"给——尸！"

龙龙舒心地笑了。这桩森林里的"恐怖案"终于真相大白！早早却兴奋地瞅着它富有韵律的、灵巧地上下绕树旋转的姿态，就像要看透其中的秘密一样。

"采个标本吧！"

他还很少这样主动要求，龙龙连忙端起了枪。

凤鹋说:"咱们这几天任务重,晚上回去来不及制标本,可惜了一只森林益鸟。在林子里较多,镇子附近也有,只是不像大森林里能荡起回声,你们对它鸣叫才没注意,以后机会多得是。"

行进中,凤鹋介绍了她和赵叔叔去找巢的趣事。那窝在树洞中,为了防止敌人,它们用泥巴封得只留下仅能进出的小口,没想到这泥巴却成了人们寻找的标志。它们涂抹在洞口的泥巴才多哩!一个洞口拆下的,称了称,竟有半斤多重……

"啊啊——啊!"

"咯溜溜——!"

又是一阵叫声,截住了凤鹋的话头,使她停住脚步倾听。

龙龙刚想讲"恐怕又是在作怪",但想起已经历过的事,以及大森林的神秘,又把话咽回去了。好在叫声没有了,凤鹋又向前迈开了脚步。

没走几步远,龙龙惊得像利箭出行般的小鹿,一蹿八丈远地跑走了,只留下一句话:

"雀鹰!"

树冠中,青背白肚子的大鸟正在向前侧翅滑行。

"砰!"

随着枪声,森林中扑腾起三四只大鸟,都露出白肚皮,亮开青色的背,在林木中疾飞。

满是惊讶的龙龙回过头来。已经跑上来的凤鹋、早早也很奇怪——怎么集中了这么多的雀鹰?

天空又传来了几声清清楚楚的粗粝的叫声。

浓密的树冠,把天空遮得严严实实。早早真希望自己是个长颈鹿,能探首森林外的世界。

"走!快出林子了,去看看!"凤鹋果断地下达了命令。

龙龙拎回被击落的那只雀鹰，就一阵风地追着早早和凤鹃。

不远的天幕上，盘旋着七八只猛禽。

"啊——啊啊——！"

它们在蓝天中呼喊着，纵横切割着。

龙龙惊奇了：

"哪来这么多的老鹰？"

"不是开大会，就是设酒摆宴！"早早那灵秀的眼睛，又亮晶晶地转悠起来了。

凤鹃为了更好地观察，调了几次位置后，才报告了情况：

"并不都是鹰。那只在森林边缘，体色赭红、翅尖长的是红隼。老是兜着圆圈、翅膀下有大块白斑的那只是鸢。身体长圆的，是鹞子。那几只黑褐色，尾巴又圆又长的才是鹰。"

别说龙龙，连早早也非常佩服凤鹃跟赵叔叔学来的在野外认鸟的本领。离得远、飞得又高，要能准确地判断出鸟的类别，那是很不容易的。

"有金雕吗？"龙龙又在想新奇了。

"没有。"凤鹃回答得很肯定，"它飞翔时，两翅展开，在天空一大片。很容易一眼认出来。"顿了顿，又说，"真有点不平常，那里发生了什么事？"

早早的眼珠已转出了名堂了，有板有眼地说：

"根据你刚才说的，有种可能，是它们之间发生了战斗……"

"没看到它们厮打吗？"龙龙说。

"咱话还没完。再是，根据食物链的道理，那下面可能有它们的美味。"

"是有野物尸体？要是兔子、老鼠……它们早就抓住了，也用不着都跑来凑热闹。"龙龙用他已得到的山野知识，分析开了。

山里常发生这样的事：因为有了死野猪、野羊、獐子，就引起猛禽和乌鸦聚餐聒噪。在冬季，山民常常循声去找。若是野物没有腐烂，就从鸟嘴夺食。

若是夏天,不会有谁去了,任凭那些大自然的清洁工去打扫。

"啊啊——!"

"嘎!"

"咯溜溜溜……"

数量上占着优势的鹰,示威似的呼喊着,彼此呼应,向鹞子和红隼冲去。

早早和龙龙很盼望能欣赏一场空中大战。令他们失望的是,无论是鹞子或鸢,都只是在灵巧地爬高或俯冲,并不渴望投入战斗。

"龙龙,你不是编过喜鹊打架的寓言吗?"

凤鹃的突然提问,把龙龙闹了个大红脸。早早也不好意思地嘿嘿着,但不明白为啥要提开学那段的尴尬事。

凤鹃可不理这些,又问:

"兔子真的能排成队伍、老鼠真的会集成一大群,在那里等着它们来抓?"

早早这才转过弯子,明白了她问话的意思:

"当然不会。"

龙龙跺脚、拍脑瓜子:

"走,咱们亲眼看看去。"

凤鹃拦住龙龙:

"别看它们就像在眼前,还不近哩! 俗说话'望山跑死马'嘛! 今儿时间不早了,还是明天看吧!"

三个伙伴拿出指南针、地图,忙着定向,做路标,辨认猛禽下面的地物特征。

明天,他们要来证实一个伟大的猜想。

但是,谁又能说定,明天等待他们的,将不是另外的奇遇?

十八　相思鸟启程，漫长的流浪生活开始

不用去仔细辨认物标，集中的猛禽在朝阳灿烂的高空，准确地指示了方位！

但是，还应感谢凤鹃的细心、早早的博学。若不是昨天的测量、定位，晚上对着地图研究，他们还找不到这样一条近路，也就不能在朝阳初露时赶到了山上。

三个小伙伴又一次商量了应付可能碰到的危险，然后不顾一切地向预测目的地跑去，累得气喘吁吁、上气不接下气也不愿放慢脚步，都想快点证实那个伟大的猜想，或者又要碰上从未经历过的奇遇。

若是真的被猜中，你想想吧，赵叔叔和王教授将会怎样高兴、怎样夸奖他们！

跑着、跑着，龙龙的脚步慢了，最后干脆站住。跑在前面的早早和凤鹃，不知出了什么事情。

看着龙龙愣愣地站在那里的背影，似乎在寻找什么，但又未见什么异常。按规定，后面的人又不能喊叫，这实在使早早和凤鹃抱着个闷葫芦，只好保持高度的警戒。

头顶猛然爆发了鹰叫。龙龙这才回头来，抱歉地连连发出要他们接近的信号。

龙龙这里仿佛有条无形的魔线。当早早一接近时，也不自觉地放慢了脚

步,鼻子急促地抽吸了两下新鲜空气,直到凤鹃走近,早早看到她带有责备的眼神,才搭讪着说:

"好香!"

凤鹃明白了是怎么回事,宽厚地说:

"金桂,八月桂花遍地开嘛!"

早早一想,为啥连自己也糊涂了?为啥连桂花香也分不出……对了,可能是被山野清晨飘散的野果、野花的气味一掺和,才没有分辨出来。

龙龙和早早连忙在山上搜索。

遍地都是常绿阔叶林,哪能很快发现金桂身在何处?

看着,看着,早早发现山势到这里起了变化:前头竟是一条大山坞,茂茂密密的森林,像是一条宽阔的墨绿大河流了下来;山头上的地形也有惹眼的不同,但因为他站的地势低,还看不清楚。再向东北千鸟谷方向眺望,却被大山伸出的肩膀和稠密的森林挡住。

"相思鸟!"

凤鹃一声惊喜的叫喊,使早早的目光追上了飞驰的鸟群。现在,他们已能从鸟群的阵势和它在空中闪出的特有光彩,凭着感觉,认定是相思鸟了。

"落到山坞里去了。"

龙龙报告时,流露出了抑制不住的喜悦,也说明他们想到一起了。

是的,眼前的这条大山坞的发现,像是一朵引爆的火花,突然照亮了他们的"猜想"。

现在,天空飞旋的猛禽,刚才造成误会的桂花,全都不算什么了。凤鹃清清脆脆地发出了命令:

"早早和龙龙往上走一百米,做定点观察。我再往下一百米,也做同样内容的观察!"

早早和龙龙故作姿态地一碰脚跟,响响亮亮应了声:

"是!"

一安静下来,就听到了脚下山坞里传来的"笛笛"声。这是雌鸟单音节的鸣叫。循着声音,才能见到它们在栎树的枝叶中飞行,在小灌木丛中蹦跳;要不,在碧绿的树叶中,真的很难发现它们。龙龙感慨地说:

"原以为它们橄榄色的背羽、翅上的红斑、橘红的胸脯,只是为了羽毛华丽,谁知还是保护色哩!"

"相思鸟不刁不行,它斗不过猛禽,敌不过蛇呀、兽呀,只好充分利用灌木丛和保护色了。"

两人背靠背地坐在地上,注意各自的观察区域。

相思鸟群,有的从天上飞来,有的擦着灌木丛,往山坞里飞。

风从坞底把桂花香浓一阵、淡一阵地吹到山冈上,香得两人舒舒坦坦。早早提醒龙龙:

"你可别被熏得睡觉了。"

"哪能呢!鸟群催着咱快记录哩!它们像赶集图早,都急急忙忙往山坞里飞哩!"

"咱这边有在山坡上来回游荡的。"

一个小时后,凤鹃召集他们。统计数字往起一加,三个人都乐得心儿怦怦跳:

一共有三十四群相思鸟飞到山坞里。大群的有六七十只,小群的也有二三十只。其中早早观察的区域最多,有十七群。他正好在凤鹃和龙龙的中间。

龙龙可着喉咙喊叫:

"伟大的猜想,正在被证实!"

早早瞪了他一眼:

"别乐得太早,还有大量的求证哩!"

凤鹞招呼他们往山坞里去。每往前走一步,桂花香就越浓,像有花朵朵往鼻孔里钻,像一股醇厚馨香的溪流涨满了心田……

空气也像是静止一样,竟然不觉得有桂花的香味。龙龙想起阿利在黑煞冈的遭遇,倒是东张西望地寻找。周围树上的碧绿丛叶处,缀满了金黄金黄的小花。珠子似的一簇簇拥着、挤着,兴兴旺旺。蜜蜂嗡嗡地飞来飞去,更显得一片熙熙攘攘。

这里,那里,都是桂树。它们或者间夹在石楠树丛中,或者自成一片,独占天地。

"难怪那天阿利鼻子不灵哩!"龙龙说。

"这叫陶醉,桂花醉人!"早早说。

由于人们对它的喜爱,各地都可见到桂树。但就是凤鹞,也没见到大自然经营的偌大一个桂园。

"金桂,一点不错,清一色的金桂!"早早和凤鹞碰头后,宣布了结论。

"难道还有银桂?"龙龙问道。

"咱幺叔家院里那棵,开的月白色花,婶婶就叫它银桂。镇子西街出走三里处,有个村子叫四季桂村,原因是村头有棵老桂树,四季开花。"

凤鹞也兴致勃勃地说:

"我查过字典,它又叫木樨。是有名的观赏植物,能提炼出做香精的油。它原产我国。后来经丝绸之路,才进入伊朗、地中海一带。"

"不对!比那更早的时候,咱们的祖先已把它送上月球了!"

凤鹞和早早被说蒙了。早早说:

"恐怕还有相思鸟吧!你没见到?真遗憾。"

龙龙这次可沉得住气,扬开了鹰翅眉,一本正经地说:

"可惜那时还没认识赵叔叔。不过,跟动物学倒是有点关系,兔子也同时被送上去了。"

凤鹂扑哧笑出声：

"真有你的！连咱也被唬住了。"

"就只许你们绕，活该咱肚肠就是一根竹竿呀！"

早早眼里那对黑天鹅，扑闪起翅膀了：

"绕得有水平。唔，挺有味道——月球上高山幽谷，与地球上的桂树和白兔有什么关系？值得研究，为啥要把这两样截然不同的东西放到一起……是因为美？"

"说近的吧！这么多桂花，没人来放蜂，真可惜了。"

"上次说猕猴桃，昨儿说肉桂，今儿又说桂花，你该去研究植物。"龙龙的话多少有点逗趣的意思。

凤鹂却深沉地说：

"咱想研究一种特殊的学问：鸟和植物的关系。譬如相思鸟为啥爱往桂林里飞……"

早早说话，总是上得了板眼：

"叫鸟学植物学，边缘学科，林凤鹂博士新开辟的。"

龙龙的心像被重重地撞击了一下，瞅瞅她长睫毛下那对深邃而庄严的眼睛，又偏过头来问早早：

"你呢？"

"也是个边缘学科，研究鸟羽毛颜色和图案，研究鸟的歌唱和美的关系。让人们从这当中得到美的享受，使生活过得更美好。咱这个范围，和你一定能配合得很好，是吧？龙龙。"

龙龙却一改常态，扭捏起来：

"我……我的学习没你和凤鹂好。"

看到他俩的鼓励目光，又把胸一挺：

"我想研究使鸟快快增多的办法，既保护了森林，又繁殖了大量的鸟。

嘿,咱们要永远在一起,对吧?"

早早和凤鹃听得心里热乎乎的。

早早说:

"这是开学第一天就说定了的。"

凤鹃正想说什么时,一群相思鸟擦着肩膀飞到了前面,下到了坞底。

几条小溪在山坞里交错,龙龙喝了口泉水,水也浸着桂花香啊!他想寻找有没有沙浴、水浴的相思鸟。可惜,几人走了好长一段路,都未见到一只。

三人分头进行了各种数据的测量以及对地形和植被的考察。等到填写卡片时,龙龙说:

"山坞还没名字哩!咋办?"

"这容易。从来是探险家给新发现的地方命名。咱命名它为桂花坞好不好?"

龙龙带头举了手,凤鹃点了点头,这就算全票通过了。

桂树中相思鸟的鸣叫声此起彼落,伴着他们向山坞上方攀登。龙龙说:

"这才叫鸟语花香哩!"

早早不时向两边瞅着,希望能发现野蜜蜂窝。那就可以挖到贵重的桂花蜜了。龙龙听说后,也跟着找起来。凤鹃想:难怪王老师说他俩是一根线上拴着的两只蚂蚱!

大灌木和小乔木逐渐稀少了,代之而遮满山坞的是小灌木。山势也明朗地呈现在面前:

原来这是个大山口!千鸟谷大山逶迤到这里,像是突然断了头,山坞的左边,才又突兀而起。

四周充满了相思鸟的喧闹声,简直是个相思鸟的王国。

正在观察的早早,只觉得头上有个黑影晃了一下,那是一只红隼停留在空中。真怪,它既不扇膀子,又不滑翔,像一架直升机不前不后地在空中停留。那对贼亮的眼,却已盯住一群刚起飞的鸟。

不知是感到了上空的黑影,还是得到了别的信息,鸟群突然炸开。顷刻之间,群散鸟飞,有的落入灌木丛,有的钻进草棵,有的掠着树梢一侧身,丢了个弧形⋯⋯

"啊啊!"

雄鹰粗暴地叫着,向红隼冲来。红隼一收翅膀,向山尖尖上兀立的岩石滑去。

霎时,天空又密布起战云,刚才只有三四只猛禽的天空,被突然从四面八方赶来的雄鹰所占据。不远处,仍有红隼、鸢等猛禽朝这一带飞来。

"是在争夺活动区域!"凤鹃说。

过了一会儿,山坞中的相思鸟全然蔑视这些空中的强贼,依然在灌木丛中跳跃前进;当前面碰到了空地或灌木稀疏时,即作短距离的飞翔。

三个小伙伴一见这种情景,更激起全身的力量,向山口奔去。

天地豁然开朗,山口外无垠天际的群峰,像茫茫大海上卷起的波浪,一直向远天扑去。脚下,却是深陷跌落的陡壁峡谷。

他们任凭山风吹掠,注视着一群群的相思鸟,从头顶掠过。

真奇妙!相思鸟一到达山口,立即展翅飞越,犹如一片片彩色流星群,向山外射去。

这使龙龙想起在电影上看到的滑雪运动,只要运动员们登上跳台,就纵身一跃,腾在空中的情景⋯⋯

"游隼!"

凤鹃惊呼。

两翼又尖又长、显出惹眼的黑色条纹的大鸟,利箭般地从鸟群后方射出。那冲刺的速度,真如长翼的炮弹,还未等相思鸟群做出反应,它已追达鸟群前锋的上空。

等到鸟群陡然炸开，四处散落，但已经迟了——

龙龙清清楚楚地看见，它伸出了脚掌，闪电般地一击，那鸟就垂下了头，眼看要往下跌落……嗨，游隼却一伸爪子，同时昂头爬高……

哎呀，小鸟没有了。

直到它侧转身来，龙龙才看到被击的小鸟已在它爪下……惊得他老半天都张着嘴……

"赵叔叔计算过，它冲击时，每秒的速度可达到一百米。"凤鹃小声地说。

"乖乖，这不像是喷气式飞机运用加速器吗？"

"你说得还轻巧了，它的眼更厉害，飞那么高，却能看清地下草棵里找食的鸡，一振翅膀就抓走了。"早早亲眼见过鹰抓鸡。

"赵叔叔说，猛禽的眼有种特异功能，它具有双重调节视线距离的构造。咱们人要看远处的东西，眼球里的水晶体就调整成扁的，看近处的东西水晶体就调整厚了。老鹰不仅能这样，而且还可以使水晶体前后移动……事实可能更复杂，科学家正在研究……"

"嗯哼！是比望远镜还要管用的特殊遥视……说不定人造卫星往地球上拍照片，用的仪器就是模仿它的眼睛造出的。"

早早说："如果是的，还要科学家研究做什么！一定是还藏着更妙的功能……"

龙龙说："他们该去研究使人的眼，也能具备看到几十里开外的本领。"

空中的猛禽仍然不断地向飞越山口的鸟群袭击。

相思鸟群并没有被吓倒，仍然一群群地从桂花坞起飞，往山口外飞去！

那看不见、摸不着的生物钟，具有多么伟大的力量啊！

面对山口外的群峰，龙龙禁不住心头的激动，大声地呼喊着：

"相思鸟就是从这儿离开千鸟谷，开始漫长的迁徙！咱们伟大的猜想真的被证实了！"

早早只觉得眼角涌出了热流。他取下了眼镜,用衣角轻轻地擦着。

他们被未知物折磨过,快乐也毫不吝啬地酬劳了他们。从由琴溪探索红嘴玉,到千鸟谷跟随赵叔叔考察,以至黑煞冈遇险……经历了多少波折、焦急,那个五光十色的未知物,却从来只是在前面闪耀,而不被触及,即如现在,也只是掀开一角……

凤鹃未让大家陶醉在发现的快乐中,立即商量了下面的工作:早早去装马尾扣子捕鸟;她自己考察地形、植被;龙龙去采几只鹌鹑或斑鸠,准备午餐。

等到吃完饭,去查看马尾扣子时,收获的丰富大大出于他们的意料,一次竟扣住了十三只相思鸟!几乎要把带来的小笼装满了。关于捕鸟,他们讨论中并未当成一件大事,只是说倘若猛禽的集中地,正好是相思鸟的出山口,那么早早就可以试试他们捉鸟的本事,捕几只相思鸟带回学校,给同学们做点宣传。谁知一下子捕了这么多!

还捕不捕鸟? 按理,他们寻找出口处的任务已经完成。若是按研究课题捕鸟,赵青河没有回来,他们也不知怎么做。现在只需要坐在山口,统计飞过的鸟群就行了。但是,几个人都懵懵懂懂地觉得,捕到的鸟总会有用处的,更何况又都在兴头上。

凤鹃看看已到了应该回去的时间,连忙招呼早早和龙龙。

他俩往山坞里走,准备去收回马尾扣子,却又传来了凤鹃的喊叫:"你们快来!"

两人不知那边出了什么事,连忙跑来。凤鹃掀开遮笼的衣服:"看!"

只见惊鸟互相撞击,碰得笼篾嘭嘭响。小笼里装了四十多只鸟啊! 笼底已躺着三只尸体。就连尸体也被它们踩来踩去……

龙龙和早早只是呆呆地站着。

在千鸟谷那次捕到三只相思鸟,不到一天就死了一只的事,使早早他们知道了它们胆怯易惊,而且还听赵叔叔说了句什么"应激反应"。所以今天捉来后,龙龙就脱下罩褂把笼子盖起来了,谁知却又遇到了鸟满为患的难题。

还是凤鹃打破了沉默,低声地说:

"放掉吧!"

龙龙一听就炸了:

"我不同意!咱们在山上跑了这么多天干啥?还不是为了捕鸟,研究它的秘密!"

为捕鸟的事,赵叔叔焦愁到什么样子,他们知道。为捕鸟,他们跑了多少路,经历了多少危难,吃了多少辛苦,更有切身体会。别说龙龙接受不了放鸟的主意,连早早在感情上也转不过弯子来。但他没有作声,只是默默地想着。

凤鹃似是无可奈何地说:

"你看怎么办呢?"

"背回去!把鸟笼背回去!你们嫌重,咱不嫌!"龙龙还是火冒冒的。

"赵叔叔说过一件事:有个地方一次捕了五十多只珍贵的金丝猴,由于没有妥善处理和还不知道的原因,几乎全死了,造成了无法弥补的损失。"

一群李子红从山那边叫着飞过来了,鸟群在桂花坞上空来了个急转弯,又扎向了森林。

早早开腔了:

"要是知道赵叔叔给鸟套个什么环,那就好了。"

凤鹃高兴了:

"对呀,对呀!赵叔叔捕鸟,不就是为了再放回大自然吗?记得咱小时候,外婆家屋梁上有一窝燕子。秋天,它们要走了,咱舍不得。外婆说,这好办,把它脚上缀块红布吧。只要这家人厚道,它们明年还会回来的。次年春天,小燕子真的回来了。"

听到这里,早早连忙翻自己的衣袋,寻找有无红绿的色布。龙龙指了指罩笼的褂子:

"撕我的那件夹克衫吧!"

"咖啡色的放在它脚踝上不显眼。"早早说。

凤鹃却将手往他俩面前一伸,摊在手掌上的是两条紫红的尼龙带:

"它又轻,又结实!"

龙龙这才发现,她辫子上的扎带不见了,只有橡皮筋勒在那里。

他们紧张地忙了一阵,除了留下五只头撞破的,其余四十二只鸟的脚踝上,全都系上了显眼的紫色带子。他们把鸟笼提到山口,凤鹃和早早将开笼门的任务交给了龙龙。

一向大大咧咧的龙龙,在跨步去开鸟笼时,还特意理了理衣服,庄重得像是参加一个伟大工程的剪彩仪式。

笼门被打开了。

"飞吧!飞吧!咱们明年还在这里,等你带来南国春天的消息!千鸟谷欢迎你归来!"

龙龙的话刚完,早早和凤鹃就为他的演说热烈地鼓起了掌。

美丽的相思鸟像是懂得了他们的心思,鱼贯地拥出笼门,一抖翅膀,跃入了蓝天……

又是新的一天。

正当三位未来的鸟学家在桂花坞工作时,赵青河似是自天而降,突然来到了他们的身边。相见时又惊又喜,孩子们争先恐后向他问好。

"赵叔叔,你怎来得这么神秘?简直像是你上次说的捕鸟人,头一天还风不吹、草不动,今天就在咱身后笑哩!"龙龙笑着说。

赵青河见他们果然在此,非常高兴。他迫不及待地大步向山口走去:

"感谢你们报告相思鸟最新消息的电报。王教授拿着它闯到科委主任的家里,再一次要求早日批准相思鸟的研究课题。情况如此紧急,主任被感动了。经他一催,上边到底同意了。我等班机来不及,只好下了火车转汽车,下了汽车找马车……"

已到了山口,赵青河举起望远镜,向山口外眺望。在他鹰隼般的目光中,竟出现了很奇特的景象:

在层峦叠嶂中,似乎有条蜿蜒曲折的空中通道,逶迤向西南伸去。在这空中通道的两旁,都是高峻的山峰。越过头顶的相思鸟群,就是沿着这条空中通道飞去……

赵青河从背包中取地图,询问他们是怎样发现这个山口的。

龙龙绘声绘色地说了经过。

赵青河不禁向天空飞翔盘旋的鹰、红隼看了一眼,然后,久久巡视着三个少年,觉得他们像小杨树一样,转眼间,又粗又壮地冒了一大截。紫云山的风风雨雨,已洗却了他们的稚气。是的,如果没有在野人岭上遭到雀鹰的抢劫,没有在千鸟谷对相思鸟集群的考察,没有一次次的挫折、失败,天空中长时间集中的猛禽,又怎能引起他们大胆的猜想?

那下面可能正是相思鸟的出山口。

因为只有鸟群不断通过,才能源源不绝地为雄鹰提供美味佳肴……

地图摊开了。这幅地图比龙龙的要详细得多,还有很多他们不认识的图例。龙龙他们看到红笔圈起的圆圈中,"桂花坞"三字从一条绿色的粗线上跃然而出时,都惊奇得相视而笑。赵青河得知他们也给这条山坞取了相同的名字后,也惊讶这样的巧合。

"是昨夜王教授和你通了无线电话吧?"龙龙还在想着他怎么一下子就找到桂花坞。

赵青河微笑着说:

"我们没有无线电话,但还是应该感谢你们——观察准确,报告及时。那一晚,我和王教授对着地图研究了半天。你们看,相思鸟由低山向高山飞行时,不再超过六百米左右的高度了,又一致地都向南运动。我们就在这个等高线上寻找山口。真巧,'桂花坞'三个字,突然勾住了眼睛,触动了心灵……"

他突然把话顿住不说了,只是用眼神在询问三个孩子。凤鹃用手掠了一下头发,浮起笑容,说:

"你给咱找到答案了。咱也想起了桂树是常绿灌木。在千鸟谷跟踪时,咱们就总结过:这时期,相思鸟喜欢沿着这种林相飞。对吧?赵叔叔。"

"还有一条:它喜欢沿着山沟溪流飞!你也说过,候鸟迁徙时,大多沿着海岸线飞,进入江河汇口向内陆跋涉!"龙龙的大喉咙可真响。

早早也恍然大悟,更加懂得了赵叔叔长时间考察植被的原因、凤鹃想研究这个题目的意义。

赵青河复查了这里的各种情况,看了他们的记录,肯定了桂花坞确实是千鸟谷相思鸟开始迁徙的出山口。接着,他又详详细细地询问了他们的访问和考察的情况,直听得心花怒放。另外,他也简要地介绍了下一阶段工作的重点——按需要捕鸟。

时间才下午两点。赵青河想及早地碰碰运气。早早用马尾扣捕的鸟,具有无限的诱惑力。他决定立即试试张网捕鸟,为明天正式捕鸟做些准备。

师生四人将一套网挂起后,吸取了上次的经验,分散开从山坞下向网口赶鸟。

可是,所有的相思鸟,都像是看穿了他们的把戏,就是不撞网,总是及时起飞;连天上的猛禽也一个劲地飞高,越过鸟网,穿过山口,向西南方向飞去。

赵青河不明白为什么。

孩子们也焦急起来,但又不敢打扰正在思索的赵叔叔,只是用他们小小的心灵,和已得到的知识,企图解开这些纽结。

眼看已到下午四点,再待下去,孩子们又要走夜路了。他安置了计温器、风力仪后,准备各自回去。

但是,他决定不拆除网,只是加固了网桩。一是他以为可能因临时下网,改变景观,引起相思鸟的怀疑(王教授在谈到三年前捕捉短尾猴时,就很注意了这一点);二是明天还要尽早赶到这里,拆网、挂网都很费时间。反正也不会有人跑到这里来偷。三是想了解一下相思鸟在夜间是否迁徙。若是,夜幕中很可能自然撞网。大雁、天鹅之类的候鸟,在平时一般说来夜间不起飞,但迁徙时,黑夜也作长途跋涉。

临行时,龙龙急着问,明天他们来不来,赵青河只是说:

"我马上就写封信,请你们带给王老师。"

又是一个难得的阳光灿烂的早晨。

当赵青河赶到桂花坞,一看网场时,不禁大吃一惊!

十九 主旋律消失，也许存在鸟王

俗话说：节令不饶人。寒露一到，枝枝叶叶上的露水都透出一股寒气。

仙源一带的早秋是紫云山区天气好得出奇的地方，常常十天半月都是阳光灿烂的晴天，晒得庄稼饱满，烘得橘子特别香甜。今天的大山上，就清朗得如洗过一般。

刚上山脊，吐着火苗般的鹰爪枫林，已跳入了三个小伙伴的眼帘。伤好了的阿利，最先发现了在林边等着的赵青河，像匹骏马似的奔腾跳跃着向主人奔去。

龙龙也小跑着，老远就说：

"赵叔叔，以后，你想撵也撵不走啦，我们非把你的存粮吃完不可！"

昨天，赵青河在给王黎民和学校的信中，提出了一些新的意见，并说明如果学校同意早早他们参加他的野外考察，他将于今天在这里等他们。听了龙龙的话，他心里抑制不住地高兴：

"啊，是吗？"

"真的。要不是时间太紧了，还开欢送会哩！学校派我们到你这里学习，同时组织各个学科爱好小组。回去后，鸟学小组就正式成立。"

跟上来的凤鹛有意仰了仰头，很神秘地莞尔一笑：

"原来还要派老师送我们来。你猜是谁？"

赵青河摇了摇头。凤鹛忍不住了，从口袋里掏出一封信：

"给,我们的介绍信。"

赵青河抽出了信。

青河同志:

  你不久前及昨天让凤鹃他们带来的信,我已转交给学校。校长召集校务会议进行了讨论。你在信中阐述的,生物学在当代科学发展中的重要作用,给大家留下了深刻的印象。特别是在目前没有力量开设生物课的情况下,你建议成立生物学小组的意见,大家一致赞成。

  学校决定,先派出林凤鹃、刘早早、李龙龙三同学,去你那里学习半个月,为成立鸟学小组打下基础,再带动昆虫、动物、植物各组的成立。他们所缺的课程,我们将有计划地补上。希望你对他们严格要求,培养他们在学习科学知识中应具有的品质。

  学校和老师,感谢你关心教育事业,感谢你对孩子们的培养,并热切地盼望你能担任生物学科的辅导老师,现奉上聘书。

  作为教师,我也很希望能够学到鸟学的知识,更何况研究的题目是相思鸟呢!它本身就具有魅力。但是,教学任务在身,只好寄希望于有机会时,再去看望他们在大自然中是怎样学习的。

  谢谢你对我工作的关心。

  祝你在研究相思鸟课题中,取得新的成就!

王黎民
10月18日

"好呀!这次再调皮捣蛋,要当心你们的耳朵了。既然学校把你们交给我带,我就要用教鞭打人了。"赵青河对孩子们说。

孩子们很懂事,只是淡淡一笑,全朝前跑了。

赵青河将回来后所了解的情况,以及种种考虑,已在昨夜浓缩成一张电报稿。他将电文放到阿利的信袋里,打发它回仙源,并附了短笺给凤鹃爷爷,请老人要它晚上回到凤尾岩。

当他们一行四人风尘仆仆地赶到桂花坞网场时,迎接他们的,却是新的灾难:昨天支撑的网倒了,只有两根网桩立在那里,地下的网被撕扯得乱七八糟!

谁也没有说一句话,都被突变闹蒙了:是谁闯来干的坏事?为什么要破坏网?有这样大的鸟?即便是非洲鸵鸟,也不能把网撞开这样大的洞啊!

凤鹃默默地弯下腰理网……

"别动!"赵青河喊了声。

凤鹃和早早只好干瞪眼。赵青河在山坞的草丛乱石中寻找着,龙龙背着手跟在他后面。

地上印着野兽纷杂的蹄印,从蹄印距离看,是快速地从桂花坞冲上来,撞倒了网,然后又冲过山口,出了千鸟谷,遁入崇山峻岭。

"这么多的蹄印!"凤鹃轻轻地说了一声。

"有两只野兽。"

经赵青河一说,再细细辨别,那些杂乱无章的蹄印中有规律。连和山林打交道不久的龙龙也看出,确实是两只野兽留下的步链。他问:

"是豹子?"

"豹子在分类上属哪科?"赵青河反问了一句。

"和小猫一家呗!"

"猫走路,能留下这样的蹄印?"

"不像。"龙龙只好承认,"猫在硬地上留不下印子,印在雪地上的像朵花。对了,上次在琴溪也没见到它留下的足迹。倒有点像猪蹄爪印子。"

"有一点对。蹄印是偶蹄类野兽的,野猪属偶蹄类。但这足迹不定是野猪的。"赵青河往回走了,"再去看看网。"

赵青河表面上平静,心里却正在翻腾哩!野猪为什么要找网撞?既是夜行动物,它会避开网的。

"网兜里还有鸟哩!"早早在那边叫了一声。

真的,远处有黑色的鸟在网里挣扎。它凤头、黄嘴、黑毛。

龙龙蹿过去,一把抓住:

"一对八哥!"

早早从后面翻开网,帮他把鸟拿了出来。他们从没想到,这网能张到八哥。早早对它飞翔时黑翅上的白斑,曾有过很大的兴趣。"飞羽集"上,就粘有它整个的翅羽。

凤鹃半路停住了,说:

"这里也有。"

是一只相思鸟,但已经死了。网把它缠住,费了很大的劲才拿下来。

龙龙很有把握地说:

"是急死的。网不倒,恐怕还死不掉哩!"

早早说:

"赵叔叔,是不是网里的鸟招引了野物?它们想捞点油水。"

"一般说来,偶蹄类的野兽大都是素食,是食草动物,例如麂子、梅花鹿、青羊、鬣羚、獐子、黑麂……"

龙龙没等赵青河说完,就插上一句:

"鸟还在嘛!"

早早没有作声。

赵青河一边理着网,一边说:

"你们看,这上面还有洞。像是长了叉角的偶蹄类动物挑开的。紫云山地区长角的偶蹄类有麂子、鬣羚。这个季节,雄鹿的茸角也骨质化了……"

"小麂子哪有这大的劲？个子也没这样高。"凤鹃指了指网洞。

"我也在想这事,梅花鹿的角有叉,撕扯起来很厉害。但这一带没有华南梅花鹿栖息的生境,也没在千鸟谷发现过它,只是在大小洋湖那边发现过。从种种情况分析,最大的可能是鬣羚,你们这里叫它四不像。"

说鬣羚,早早不知道。说四不像,他见人打到过,还在仙源镇卖过肉。那肉和牛肉的味差不多。

"嗯！大概就是的。四不像的角短,又尖,像把大叉子。"

"它和谁拼命,要冲来这里？"龙龙想,不搞清这问题,以后怎么张网呢？下粗绳子网逮到四不像倒是很有趣,但这是捕鸟的网啊！

赵青河想了想,说：

"事情有些怪,没有很大的冲击力,是不能把网撞倒、撕破的。昨晚临走时还特意加固了网桩！如果是鬣羚的话,一种可能是逐偶引起的。目前正是它们的繁殖交配季节,为了追逐雌羚,雄羚之间常发生激烈的争斗。再一个可能,是它们遇到了肉食性猛兽的追击。"

"对哩！豺狗、豹子都吃它。"早早又想起一件事,"豺狗成群。网上的洞还应该多。只有老豹子单身行动。"

"要防的就是豹子。今天,我们要格外当心一些,虽然豹子是夜行动物,白天不大出来,但也不能排除在饥饿时发生特殊情况。阿利今天又去送信了。"

赵青河理着网,越理心里越乱,责备自己昨晚不该不拆网,省了事却费了更大的劲,起码有一两块网不能用了。

昨天晚上,赵青河已苦苦思索桂花坞有那么多的相思鸟,可是为什么就不撞网呢……问题又还在于,他们要捕的,应是在千鸟谷繁殖、生息的相思鸟。捕到后要放掉,明年春天还要在这里等它们回来,在繁殖期要找到它们的巢……总之,是请来做朋友的,但是友谊的桥梁却这样难以架设。

赵青河向孩子们提出了问题:桂花坞这么多的相思鸟,为什么不撞网,轰呀,赶呀都不成?

三个小家伙的沉默,使赵青河又追问了一次。这时,早早才吞吞吐吐地说:

"大群的鸟,咱们还没找到办法捕,先逮几个行不行?总比没有好吧!一天逮几十只,几天下来也不少,看看它们到底咋样过日子的。"

一句话,把赵青河的眼睛说亮了。

"有道理,你说得对极了。一切问题的根子,是我们对相思鸟的生态知识掌握得太少!捕鸟人不来千鸟谷张网,无非是因为人们还没有揭开它的秘密,很难捕到。我们捕不到整群的,先捕零星的不行吗?你们放了两群鸟就是很好的先例。我们不能帮助它们组成一个群体吗?"他一把抓住了早早的肩膀,"谢谢你打开了我这个榆树疙瘩的脑瓜!"

闹得早早脸涨得通红,他随便说出的话,却引来了这样热烈的反响。

沉闷的空气一扫而尽,龙龙举起带来的鸟笼,三只相思鸟活泼地在转笼中央蹦跳着,不再是惊乍乍的样子。那是早早前次在千鸟谷捕到的。

赵青河很有兴趣地向早早要过马尾扣子,看着,问着,他还不会设置马尾扣子。

早早和龙龙很费了一番心思,争论了半天,才挑中了放转笼的地方。这是两棵棣树之间仅可放一个笼的空地。龙龙又折了点树枝扎在笼上,说是"伪装"。到做马尾扣子时,龙龙注意早早的一举一动。当早早一反常规,把扣子架置在两个树枝上,简直就像是小树长出的枝子,再刁的鸟也要落入圈套。龙龙忍不住用手指点了点他的头:

"怪不得你又瘦又小,肥劲都给心眼用掉了!"

他俩又跑去帮着支网。有两片网遭了殃,只好拿下来。剩下的两片,显得特别可怜,只能张开十来米长。在这荒野的大山里,简直比不上一片蜘蛛网。

有两群红头穗鹛飞来桂花坞,没一会儿,又飞走了。每群都有上百只,队形忽聚忽散,忽上忽下,前锋一转弯,后队立即跟上,划出的曲线美极了。

相思鸟仍然一个不撞网。一起飞就升入空中,越过网区,一直消逝在山口那边的天际。

这一次,他们改变了策略:先形成半包围圈,等到鸟群进入圈内,一声号令,几个人就像赶小猪似的,一步步往前走。快到网前,全都大声喊叫,快速奔跑过来,简直像是演习冲锋……

然而,鸟群却哗啦一下散开了,各自奔突:有反身强行折回的,有用力越过网顶的,有的一拐弯,擦着网桩飞去。赵青河长久地站在那里,仰望着蓝天,那颗迷惘的心,也像是在天空翱翔。

只有一只笨鸟的翅膀被网挂住,从网上跌了下来,却未落入网兜口。龙龙一个箭步扑上去,伸出了双手。鸟倒是抓到手里,人却重重摔在地上,裤子撕破了,膝头淌出血。慌得凤鹃不知怎样才好。他倒好,只是看着手里的鸟,咧着个大嘴笑:

"就剩你一个,还想溜?"

早早的收获,简直使赵青河忌妒:转笼是靠山坞下方的一面,六个门全被踏中活扣落下闸门,关了六只鸟。马尾扣扣住了十只。清一色,十六只全是相思鸟!

连一向沉静的凤鹃,也像个小麻雀一样,跟在早早、龙龙左右,问长问短,乐得眉梢上像开了朵花。

鸟扣捉来的鸟,往大笼里一放就行了。转笼的鸟,却怎么也不进入大笼,撵也撵不过去,反而把中央的三只鸟媒子惊得乱扑腾。装相思鸟的大笼,是赵青河上次从县里买回的。它和一般所见的鸟笼不一样,特点是篾片密、高度低:一方面是为了容量大,便于运输;另一方面,为了使鸟不能飞扑,达到限制它的活动量的目的。平时转笼诱到鸟后,捕鸟人并不急于逮出,有意让媒鸟伴它几天,驯顺它的脾气,可现在还等着转笼去诱鸟哩!

这下难坏了早早和龙龙。赵青河一时也没想出好主意。凤鹃不声不响地将罩笼的黑布,往大笼上一盖:怪事,转笼里的鸟一头就钻进了黑暗里。赵青河自我嘲讽一番,上次就是自己要早早他们用黑布罩笼的嘛!真是乐糊涂了!

松了一口气,凤鹃又问早早:

"它怎么把鸟引进笼的?"

龙龙有韵有辙地念起来:

层层叠叠竹团城,
里里外外都是人;
只望兄弟帮兄弟,
谁知家鬼害家人。

"我是问鸟媒怎么一引,外面的鸟就中了暗算?"

"它叫呗!"早早说,"喏!这样:'笛——笛——笛——'三声一度地叫……"

"怎么叫的?"赵青河打断了早早的话。

"单音节的'笛——笛——笛——'连续叫完三个音节后,就停下了。每次都是这样。我称它为三声一度。"早早见赵叔叔很认真,因而回答时几乎是一字一顿。

"没听到雄鸟那种婉转的叫声?"

早早和龙龙都摇了摇头。早早很机灵,开始猜赵叔叔的心思了,他想起了这几天,在桂花坞听到的相思鸟叫,总感到少了一点什么。

"在这里听到的鸣叫,和咱们在千鸟谷追踪鸟群时听到的有点不一样。"

"不一样在哪里?"赵青河想起来了,刚才还见早早愣愣地站在桂花坞里倾听哩。

"只是感觉,还没细细听哩!"

赵青河已听说早早在音乐方面的才能,对他的细心也是信任的。刚才的话,触动了赵青河的心思,使他懵懵懂懂地感到,有什么东西被自己忽略了。

用鸟媒诱鸟,这其中也不简单。有的是利用雄鸟喜欢霸占巢区的特点。譬如,大别山捕捉白冠长尾雉,就是利用雄雉做鸟媒。捉鸟人侦察到这个山头有雉,就选择好地形,将雄雉放在那里"打蓬子"(像公鸡耸开颈毛、扑膀踏跳)。野雉中的雄雉听到,以为是侵略者已攻入它的巢区,因而立即出动,赶来角斗驱逐。接着便中了捉鸟人圈套。

还有一种通常所使用的,是利用求偶的特点,用雌鸟诱雄鸟,或用雄鸟诱雌鸟。

那么,相思鸟是属哪一种呢?鸟类行为学中的一个问题,突然冒上赵青河的心头。

根据今天和昨天的观察,他对相思鸟不上网的原因,已有了一些想法……

赵青河跟随早早去放转笼了。龙龙和凤鹃仍然在网桩边观察,统计数字。

转笼还放在原来的位置。赵青河很赞赏他会利用已得到的关于相思鸟的生态知识。

他们刚隐伏下来,转笼里的鸟,一边吃着食,一边活泼地跳动着,"笛——笛——笛——"地叫着。

很快,灌丛中有鸟响应了——也是三声一度的"笛——笛——笛——"

赵青河还没看清是怎么一回事,门闸已经落下,关了一只相思鸟。当鸟

发现身入囹圄,立即转身,可是窄窄的竹箅子不容许它后退。媒鸟像是安慰新朋友似的,不停地叫:

"笛——笛——笛——"

不一会儿,又进去了一只。这只也很快三声一度地叫起,像是在呼唤媒鸟的救援。

赵青河愣住了。他再一次抓住了曾经闪现而又稍纵即逝的念头:

"早早,你懂得音乐,它们的叫声到底有什么不一样的地方?"

早早附到他的耳朵上说:

"少了主旋律。"

"是指雄鸟的鸣叫?"

"我们在琴溪听到的,那才美哩,雄鸟像是悠扬嘹亮的琴声,雌鸟的单音节只像和声。一唱一和,十分和谐。现在雄鸟也叫,比起来差多了。"

"差在哪?"

"它只轻轻啁啾两下,不仔细,还以为它是在不满意地叽叽咕咕哩!"

"是什么原因呢?想过吗?"

"你不是说,大多数鸟在繁殖季节歌喉最美,过了这个时期就平平了吗?"

在他们来千鸟谷的头两天,赵青河是这样回答的。现在,他感到问题并不简单。他又向早早提了个问题:

"你再注意听听。估猜估猜,这个三声一度是什么意思?"

又有两只鸟被"家鬼"陷害,失去了自由。转笼中三声一度的鸣叫彼此应和。

早早又附到赵青河的耳边:

"像是在召唤哩!前两声差不多,最后一声'笛'带有点不显眼的拖音,像是'来——来——来……吧!'嘻嘻!"

早早看到赵叔叔笑了,那不是笑他幼稚,而是一种喜悦。赵青河想:早早翻译的鸟语,虽说在直译上牵强附会,但若从意译角度说,未必不是丰富的想象力的产物……不过,也许媒鸟全是雌鸟,诱来的全是雄鸟或全是雌鸟吧?想到这里,赵青河一跃而起:

"走,取转笼去!"

一共关了五只。赵青河将笼提在手里,只瞅那三只媒鸟。他发现是两只雄鸟和一只雌鸟,这使他有些奇怪:刚才观察时,似乎是有两只雌鸟在叫。他又看了一会儿,按书本上介绍的分辨法判断,仍是两只雄鸟。

再看诱来的五只鸟,他高兴得简直要跳起来了。有三只雌鸟哩!自考察相思鸟以来,一些片断的、不连贯的思想,突然连成了一体……

凤鹃和龙龙也跑过来了。

赵青河一把抓住早早的手、紧紧地握着:

"你立了一大功,一大功呀!虽然还要寻找依据,但现在已基本上可以肯定,三声一度的'笛——笛——笛——'是一种信号,是互相呼应的信号,就像'喳喳喳'是惊叫、警戒声一样。"

早早说:

"那么,咱们前次在北区,不大听到雄鸟叫,只有雌鸟的这种叫声,就是召集集群的信号了!"

"对,那时我只以鸟的一般生态知识来解释,现在已证明错了。那个被我忽略而被你注意的事,事实上是个重要的行为信号。"

"咱们乍听,比较敏感。"

"不,还应该加上你对音乐的爱好!"

"嗯哼!对极了,笛笛的哨声……"

"号角。"凤鹃说。

"对,号角一吹,相思鸟开始集合了,再笛笛一吹,出发了!"

"是所有的雌鸟都叫吗?知识小品上介绍过,雁群在迁徙时,有头雁,哨雁哩!"早早提出了新问题。

"在野人岭,凤鹃说,猴群中有猴王!"龙龙觉得"头雁"这个词不气派。

"说不定真有鸟王!"凤鹃接上了话。

早早眸子里那对黑天鹅欢得打旋旋:

"鸟王……嘻嘻!有意思,就叫鸟王。咱们找找看,找到了鸟王那才妙哩!说不定这两天捕不到鸟,就是因为没找到鸟王!"

赵青河听了这些既闪耀着智慧光芒又充满天真的话,说:

"是不是有鸟王,是不是所有雌鸟都叫,雄鸟成了哑巴,或只有鸟王发号施令,等我们工作有了结果再下结论。通过这两天的观察,我觉得鸟群飞得高,群体也不大,一般都只有三四十只,比较容易受惊,这可能是鸟网捕不到相思鸟的原因。不过,发现了雌鸟鸣叫的作用,肯定有利于我们捕鸟。只要再努把力,这个秘密一定能被发现!"

按照赵青河的意见,转笼诱来的鸟被单独放在一个笼里。

大家又开始分头活动。赵青河思忖着下一步的工作。

凤鹃从网桩那头跑了过来:

"赵叔叔,那边来了一个人。"

桂林里,一位扛着火枪、猎人打扮的中年人,正仰头望着他们这里,一步步向山口走来。

他们在千鸟谷几天了,也没碰到一个行人,又有谁来这荒僻的桂花坞?

二十　相思鸟的群体结构，是母系社会吗？

来人老远地就招呼：
"是老赵哇！哎哟，还带了帮小徒弟，又在研究你的鸟！"
赵青河也认出了，是曾在凤尾岩留宿过的猎人张财宝：
"老张，什么膻气腥味把你引来了？"
说话已到跟前。张财宝狡黠地一笑：
"咱千鸟谷兴旺，是因着护鸟神坐镇。怕老豹子篡位，咱跟着来护神的。"
"真是那家伙过来了？"
"你们碰面了？"
"没那缘分。网倒是被扯碎了两片。前头还有逃命的吧？"
"想瞒也不敢了。那次还缠着要咱收你做徒弟，该咱拜你做师傅啦。两头刚合家过日子的四不像，被豹二爷看中了。"
"它亮过了相？"
"苦竹溪那边来报信，牛被咬死。咱在溪尾找到了，它是张龟板皮。"
"不会披的是金钱皮？"
"它俩吃相、吃法不一样？"
"咋不放铳子？"这里猎人称火枪为铳子。
紫云山生活、栖息着两种豹子。一是金钱豹，身上有一块块形如金钱般的黑色花纹；还有一种是龟板豹，又叫荷叶豹，也是因为身上的花纹形如龟板、荷叶,学名为云豹。

赵青河心里很亲近这位勇敢、爽豪、机智的猎人,但嘴里还是不放松:

"别光往灶老爷嘴上抹糖,拣甜的讲。从苦竹溪到这里,有百把里路。跟上来,是腿肚转筋了?"

张财宝连忙从口袋里掏出一张纸,抖了抖:

"喏!不信你看看红大印。经省里批的,动物园找来的,要咱帮他们逮只活的,大年过节要展览。"

赵青河接过,认真地看着。对珍稀动物的保护,他从来不含糊。

这场猜谜语式的对话,把三个孩子的眼睛听得圆溜溜。特别是龙龙,不禁无限佩服起赵叔叔,上午听他对撕坏网的野兽的分析,还以为只是瞎估猜,没想到真是有根有据!广博的知识有神奇的妙用啊!对打猎的喜爱,使他对张财宝产生了友好之情,把他的话一字字都刻在心上。他读过很多描写猎人的故事,但还是第一次见到猎人。

"叔叔,你只扛了根枪,背了个篓子,赤手空拳逮豹子?"

"老师寻底,徒弟刨根。这个嘛,"张财宝有滋有味地吸起了烟,"说不得。你逮了去,咋办?"

龙龙知道是逗他,正想点子掏出话时,早早开腔了:

"你吹哩。叔叔,看到了不动手,还走了百多里路,跟老豹子后头吃……"原想说"吃屁",后来一想不妥,才改成"跟它后头张风?听了不叫人酸牙?"

张财宝把烟锅子磕得直响:

"小把戏只知翻跟头,俗话说:鸟有鸟道,兽有兽路。它散着脚时,你晓得在哪候它?也没一张网能把紫云山罩住!猎人碰到要活逮的野兽,先要跟,跟的诀窍是,又不能逼得近,黏得紧,要不快不慢地跟在它的后头,跟得它吃不饱,睡不好,跟得它只好老实走路。等它走上路了——你们叫有了规律——也就摸清了它的脾性。这个当儿,猎人和它猜心思才能猜得准。选好

243

了地方,放上了饵子,再调皮、再刁滑的精灵也要上笼上钩。"

这话叫人心里熨帖。

赵青河听到"鸟道""兽路",在心里咯噔了一下……

"叔叔,还有几天,你才能把龟板豹逮到?"若不是红嘴玉,龙龙一定会缠着猎人,跟着去逮豹子。那是多么充满危险的诱人的生涯。

"要不是中途碰到了'四不像',明天就能下手。从桂花坞的足迹看,它的蹄步还正,是在路上。帮它掐过八字了,'四不像'走运,两天后见分晓;'四不像'遭殃,四天后,你们到榧子岭那边看龟板豹吧!不收门票,免费参观。"

"豹子在硬地上走,能留下印子?咱们咋没找到?"

"要是让你们也认得出,要打猎的干吗!"

要是没有前头一场话,龙龙不说他在讲神话才鬼哩!现在只好将信将疑。

张财宝要赵青河警惕一些,防止龟板豹意外伤人,又嘱了一些别的话,就寻着蹄印跟踪去了。

赵青河站在山口,锐利的目光,已从猎人的身上,移到了远处起伏的山岭……"鸟有鸟道,兽有兽路"——候鸟的迁徙,有固定的路线。这个规律中,还包含着什么未知因素呢?龙龙为了捉到那只滑网相思鸟的一幕,突然跳了出来……这样松散的群体,能完成万水千山的跋涉吗……这时,映入眼帘的犁沟般的山垄、起伏的山峦形成的空中走廊,像是森林在河谷上空拱起的绿河。绿河上是红色的流淌……回响着"笛——笛——笛——"的鸣叫……

回到凤尾岩,只有林涛拥着寒星迎接他们,去仙源的阿利没有回来。

赵青河又去问来代替他护林的老邹。老邹也说没见到阿利回来。

阿利没有回来引起了师生四人的不安。龙龙很激动,嚷嚷着要立即去找。可是,在这茫茫的黑夜,荒野的山岭、无边的林海中,到哪里去寻?凤鹃以阿利的光荣历史、无数机智勇敢的事迹安慰龙龙;其实,她心里比龙龙还要急哩!

赵青河心里比孩子们更要焦急、隐藏着不为孩子们所知的不安和种种复杂的情感,为了说服还在等待阿利归来的孩子们,他首先躺到床上。

风从千鸟谷吹来,时而像是海洋在远方云层下的波涛滚动,时而,像是潇潇春雨在竹叶上飒飒。突然,一声虎啸震荡山峦……赵青河不觉坐了起来……

阿利并非是种狗目录上能查得着的纯种猎犬,但据说和斑狗有血缘。它的妈妈曾和斑狗在山野混迹一段时间,回来后生下了它。浑身赤红一样的毛,就是遗传因子的杰作。但凭动物学家磨破嘴唇,山里人,特别是猎人,从来坚持斑狗和豺狗只是在"狗"上相同,而绝不承认它们是同一种动物。豺狗凶残、狡猾,成群结队在山林中流窜,集体捕杀鹿、獐、麂、野猪……连碰上老虎、豹子、黑熊也敢周旋。猎人见到它不放铳子,那是绝对的耻辱。斑狗呢?却是猎神杨二郎所饲养,它勇敢、机智、明辨善恶,常常护送单身行人,与人类有着友好的关系。如果确实如此,那阿利所具有的优点,和斑狗攀亲扯故是毫无愧色的。特别是经过赵青河训练以后,它在执行主人的命令方面,简直忠实到虔诚的地步。赵青河相信它能机智地避开劲敌,也能不为可口的美味所诱惑。

可是,它为什么没有按时回来呢?俗话说,老虎也有打盹的时候,难道阿利没有失手的时候?那就糟了,问题并不仅仅在阿利本身,而是它将要带来的信件、脚环……正是他在焦急地等待的。他相信王陵阳教授的复信中,会提出一些非常宝贵的意见——那将能点亮蒙蒙的迷惘,使他找到启开相思鸟神秘生活内幕的钥匙……

不,阿利不可能遭到不测——他不愿相信。

谁留住了阿利?是凤鹃的外公吗?不会。老人理解他的工作,不可能在这样的时候留下阿利。

难道是王黎民？她留下阿利干什么？不是才不辞而别的吗？学校有新的尚未形成一致的意见？也不可能，阿利和她接触的时间不长，她留不住阿利，用绳子拴也拴不住。

一想起王黎民，心里就像是五月的千鸟谷，时时被云遮雾罩，深处，却艳丽得如云霞一般。

他和王黎民度过那么多欢乐的时光……溯河岸边的青草为他们铺过散步的绿毯；中秋的明月，在豆角池边为他们剪过影；张辽亭上婆娑的翠竹，伴过他们心灵的诉说……

正当他们爱情的小船，在书籍的海洋上挂满了风帆……可是，它却搁浅了，不，是倾覆了。

是遇上了风暴，还是碰到了礁石？

在哪里触的礁？

暗礁在哪里？直到三年后的今天，他也不十分清楚……

临考前三天，爱情的天空还是碧蓝碧蓝的，阳光灿烂地照射着。王黎民主动约会赵青河，考试结束后的第二天，一同去游蜀山，同时商定……姑娘满脸的羞涩，已说明这次出游，对他俩之间的关系，将具有多么不平凡的意义。赵青河也主动说：这三天不见面了，以免影响王黎民精力的集中。

考试结束后的第二天，赵青河一早就去汽车站，一直等候到天黑，也没见到王黎民的影子。他头疼、腰酸、腿胀，心被揪紧，不知出了什么事。

次日，去图书馆，也没王黎民的影子。管理员小杨诡秘地笑着递给他一封信，说是王黎民要她转交的。

信很古怪，既无抬头，又无落款，但那上面的字迹倒确确实实是她的：

我已失去到蜀山的一切兴趣，请另找高朋吧！

当头一棒,打得赵青河昏天黑地,糊涂一盆。等待那么多年的希望,突然莫名其妙地破碎了。

赵青河是个硬汉子,牙一咬,脚一跺,在通过了王陵阳的考试后,经过种种周折,也终于如愿来到了千鸟谷。

爱情给他酿的是一杯苦酒!他喝不下去,可是又吐不出来⋯⋯

他走在自己选择的道路上,脚步是坚定的、充满信心的,而且是无比自豪的!

爱情的小船,却怎么如此经不住颠簸,说翻就翻了呢?

王黎民短笺上的字,他一笔一画都记得。风暴和暗礁,就隐藏在字里行间。这位探索鸟类王国秘密的勇敢者,却至今也没有揭开笼罩在爱情上的迷雾⋯⋯

⋯⋯

扑扑,嘭嘭嘭嘭⋯⋯

鸟的扑翅、腾跳嘈杂声,惊得赵青河一个鲤鱼打挺,鞋子没穿就跑出房间。电筒的光亮下,今天才捕来的相思鸟,在笼里惊悸不安。

刚才,一定是什么偷贼来了。

由于有了上次被果子狸偷袭的教训,他连忙采取了一些保护性的措施。早早和龙龙捕来的七十多只鸟,是他们请来的第一批客人,是通向神秘王国的引导者。

天亮了,阿利还没有回来。

经过一夜的反复思考,赵青河觉得,研究工作已到了关键时刻,只要再使把劲,就能揭开相思鸟迁徙行为中的种种奥秘。为了这个决定性的冲刺,他决定做两天室内工作,并为在野外露营做好准备。

他们还要做几只转笼,带到山上诱鸟。早早是设计师,龙龙是施工员。

正忙得满头大汗的龙龙,觉得谁往背上一搭,回头想呵斥——

"阿利!好阿利!你从哪回来了?"

龙龙伸手要抱阿利,阿利却一扭腰肢,跑到早早身后,咬住裤脚就拽。半蹲着的早早立足不稳,跌倒在地。正在做干粮的凤鹃,甩着沾满面粉的双手,跨出了门,下了崖,往凤尾岩后跑去……

"王老师!"

王黎民背着一支崭新的双筒猎枪,汗津津地、笑吟吟地走来。师生相见,格外亲热。王黎民的眼光,很快向岩那边探去,只有参天的大树。她的脚步有些迟疑了,三个学生却只顾拥着老师往前走。

到了岩前,王黎民停住脚,抬头看着岩上的菊花:

"真是名不虚传的凤尾啊!金菊怒放,兴旺繁盛,洒洒脱脱,比孔雀开屏还要夺目耀眼……"

龙龙听说是省里运来给他们的新猎枪,一把就夺了过去,背到肩上,凤鹃也拿下了老师身上的背包。王黎民说:学校派她来看望他们。为了取得组织、指导科学小组的经验,特意要求她和孩子们一道生活,也好进行照顾,免得辅导员赵青河的负担太重。有空时还可补补课。孩子们兴奋的情绪,还用得着讲吗!既感到温暖,又觉得浑身增添了力量。

一串坚实的脚步声,从林间小道传来。

脚步声是熟悉的,但突然停住了。王黎民煞住了话头,却未转过身去。

脚步声又快又急促地重新响起,瞬间,近了。

哗啦一声,竹子跌落地上。

王黎民惊得一转身,

赵青河卸掉了肩上的重负,松了口气,拍打着尘屑,迈着轻捷的步伐走来:

"王老师来啦,欢迎!欢迎!"

王黎民觉得脸上爬满了小虫,用手抹了一把,微微地笑着,略略迎了上去,就转身指着千鸟谷:

"大山变了,千鸟谷也变了,深秋使各种色彩都深沉、浓艳了,太像一幅金碧辉煌的油画!真有你的,怎么挑了个这样神仙都叹气的好地方!修炼得容颜不改,秉性难移!"

凤鹃向早早、龙龙使了个眼色,悄悄地往屋里走去。早早连忙跟上,回头见龙龙还愣头愣脑地站在那里,只得轻声地说:

"龙龙,炕的饼煳了,快去帮忙!"

龙龙一拧脖子:

"凤鹃才揉面哩,哪来的饼?"

王黎民怎么也忍俊不禁,扑哧一声笑出!笑声好比骤起的风暴,顿时吹散了头顶的云雾,使凤尾岩更加明媚起来。

嗒嗒笛,笛笛嗒……

嘹亮高亢的鸟鸣,如钢琴一般奏响……在猝然拔高的音调上,它突然停住了,就像是绷紧的琴弦禁不住猛然敲打,又像一位具有深厚音乐修养、可以任意驾驭音域的歌手。

石楠枝头鸟笼里,一只昂头翘尾的鸟,腾地跳起……

"唱得还要动听一些,只是喂养的时间短了。"这时,赵青河才开了口。

"走,看看去。"

王黎民拉起龙龙。龙龙却快步跑到了笼边:

"棕噪鹛,又叫山道士。那天在低山地区用网捕到的。"停了一会儿,又说,"赵叔叔说,和我们还有一段特殊的缘分哩!我们还没想起来在哪里和它打过交道。只是,它叫得太动听了!"

赵青河已疾步走向阿利,在它身上的信袋里,果然有王陵阳的回电。他饥渴地抽出电报贪婪地看起,重要之处,不禁读出声来:

从你所谈的情况,我以为重点应放在了解相思鸟集群后,群体的组织状况以及组织形式——是松散的,还是严密的?可从它集群前后不同行为入手研究,如飞翔路线、速度、中途停歇地的生境、鸣叫情况……要不厌其烦地一项项地比较。我想,那是有可能找出其中规律性的因素……由于对相思鸟迁徙行为的研究是个崭新的课题,对我来说,也是个新的学习项目,因而更具体的意见倒是希望你们的研究结果出炉……

我已预感到,一当你们揭示出了这些秘密,相思鸟会成群结队地往你们的网里拥,因而,再给你们送上一部分脚环……为了奖励三位爱好鸟学的孩子,动物学会赠送他们猎枪一支……

我已和有关方面商定好,由他们再补发一则紧急通知:各地收购点,在收到带有脚环标志的鸟,应逐项填写清楚,然后放回大自然……

外贸部门收集的一些资料,一并附上。

赵青河在门前踱来踱去,反复咀嚼着信中的一些话,在脑子里理着一根根线索……他要把它们织成一张神奇的大网,去捕捉迁徙中的相思鸟群……

饭桌上,王黎民当着孩子们的面,向赵青河说明了她此次来的任务。赵青河半天没有作声,偶尔抬起头看一眼,也在她得意的目光下,垂下眼帘。王黎民脸上浮起他熟悉的微笑:

"不欢迎?说一声,我下午就回学校。"

赵青河自在林子里听到她的说话声,到现在也还没摸清她为什么又来凤尾岩。三年前,她突然消失,留给他一杯苦酒、一个闷葫芦;不久前,她不辞而别,撕开了已经愈合的伤口;今天,她突然来了……在他生活中,她总是突然而来,悄然而去……留给他的又将会是什么呢?是什么原因使她突然来了?学校的委派是一方面;另一方面,她不是可以不来吗?从来后的表情、谈吐……似乎包含着什么——她的心,也是个神秘的王国……

"你表态呀!"王黎民催促着。

赵青河的眼离开了饭碗,盯着她,一点也不放松,直到她圆脸上涨起火烧云,才说:

"你是学校派来辅导孩子们的,我欢迎或不欢迎,都决定不了问题。"

王黎民用鼻子狠狠地哼了一声。谁也不清楚是什么意思。孩子们却鼓起掌来:

"欢迎欢迎,热烈欢迎!"

饭后,赵青河分配了任务,大家紧张地工作起来。

赵青河要龙龙专门去练气枪瞄准——不是固定目标,而是活动靶。龙龙有些不太愿意,但听说允许把要采集做标本的飞鸟,作实弹射击的靶标,就高高兴兴地走了。

凤鹃教王老师使用双筒猎枪,而且批准做三发实弹射击,可以固定靶纸,也可以猎取不属于保护范围的动物。

大鸟笼在清早就被搬到了外面,放在树丛里,最后一笼诱来的鸟,还放在转笼中。

赵青河跟早早趴在笼边,倾听相思鸟的鸣叫。

昨天捕来的鸟,不像前几天那三只刚来时惊乍乍的样子,显得温顺些。只是人一走动,大幅度的动作,它们才不安地蹦跳,但一小会儿,又都恢复正常。

转笼里的鸟媒,不断地三声一度地叫着,带得诱来的鸟也时时应和。师生两人的意见是一致的:鸟媒的叫声,是使大笼里鸟较为适应的主要原因。

由于笼将鸟集中起来,对"主旋律"消失的感觉,特别突出。只有笛笛笛的三声,极似银号那般清脆嘹亮,别说想听到雄鸟在春天热情的歌唱——雄鸟用百般婉转、美妙的歌喉,求得雌鸟的应和,得其垂爱成为伴侣——就连在夏天已大为逊色的鸣奏短曲也听不到了。偶尔听到的,只是秋虫般的嗡鸣。

早早想起昨天关于雌鸟鸣声的议论,赵青河说这种鸣叫可能就是召唤鸟群的信号,俏皮话溜到了嘴边:

"有意思,雌鸟发号施令,那……赵叔叔,要是有鸟王,该是女王啰!"

"你的想象力真丰富!科学是要有想象力的。"

"哈哈!嘻嘻!有意思,相思鸟的群体结构是母系社会吗?"

赵青河突然想起,在春季,观察相思鸟求偶时,曾看到雌鸟反身攻击雄鸟的现象。当时放在心里的事,现在却有了重要的意义,说:

"你的想法可能很有价值,今天要做肯定的回答,还嫌早了。我们现在正在研究它的群体结构,求出正确的答案回答你。"想了一会儿,又说,"能把它的叫声学会吗?"

早早挺有把握地说:

"行哩!它是单音节的,三声一度的节奏又好掌握。你去有事吧!咱在这儿学。"

"不!还需要观察……"

正说着,连续几记嗒声,像是破竹板的啪嗒响,打断了赵青河的话,他往笼前凑了凑。早早被赵青河的举动,闹得不知是学鸟叫好,还是……赵青河头也没回,说:

"你学你的。"

早早撮唇弄舌,不断校正,渐渐有点入门了。不知不觉中,赵青河的耳膜里,只有相思鸟这种单音节的、有节律的鸣叫声。

"嗒嗒嗒……"又响起了破竹板。

这次,赵青河看清了。是一只相思鸟发出的,位置在食盆旁边,食盆里是玉米粉,已不多了,另一只鸟儿正悻悻地离去。一眨眼,赵青河怎么也分不清刚才发出这种古怪响声的是哪只鸟!更分不出是雄鸟还是雌鸟,但这种声音,又是他从来没听到过的。

连续几次瞅不准是哪只鸟,使赵青河有些烦躁,早早见此情景,说:

"咱们去看转笼里的鸟。"

被提醒的赵青河,乐得在早早的背上拍了两下。转笼里的媒鸟只有三只,它们对人的来往已习惯,观察起来方便多了。不多一会儿,赵青河像被蛇咬了一口,惊得一跳多高:

"怎么?是两只雌鸟?"

"你昨天不是说,有两只雄鸟吗?"早早说。

赵青河也想起了,昨天就曾疑心有两只雌鸟叫,后来,被鸟的羽色排斥了。

现在,他更仔细地注意起来。他一边看着,一边像是对早早,又像是自言自语地说着:

"按书上介绍的分辨相思鸟性别的方法,主要看头顶羽、前胸、喙的颜色。雄鸟的头羽橄榄绿,额头显黄色,渐渐变淡延至后颈,雌鸟只有橄榄绿色;前胸的羽色,雄鸟是深橙色、淡红,雌鸟是黄色,沾点橙。雄鸟的上喙红得鲜艳,鼻孔以后才有点淡黑色,雌鸟的喙红色少,黑色多。你看,这两只不明明是雄鸟吗?怎么有一只叫出雌鸟的声音?"

早早一边听,一边瞅,确定是赵叔叔讲的这样,他眨起小眼睛,两只黑天鹅又活动起来了:

"在这时,不兴雄鸟也学雌鸟叫?"

"不太可能。"赵青河断然否定。

那只被认为是雄鸟的,示威似的连连叫起。

"瞅准那只叫的雄鸟,捉出来!"

"为什么……"早早后面的话是"管它公的母的!"但没敢说出来。

"关系重大哩!"

赵青河把早早捉住的鸟拿在手里,看了头羽瞅喙锋,左瞅右瞧,都是雄鸟的特征。他稍一沉吟,就快步向屋里走去。

早早一溜小跑跟了来。

赵青河二话不说,打开盒子拿解剖刀,早早舍不得了,向前一拦,赵青河伸出手里已捏死的鸟,就势把他拨拉开。一刀下去,伸手掏出了它的五脏六腑,看了一眼不放心,又细细地找。早早怯声怯气地说:

"你是在找像公鸡那样的两个腰子?"

赵青河没有回答,头上豆大的汗珠,却噼里啪啦往下掉,吓得龙龙不知出了什么大事。

赵青河抓了个鸟笼,又疾步走出。他一连从大笼里捉出六只,从羽色上看是雄性的相思鸟,放到小笼里。

早早边跑边问,赵青河就是沉下了脸不回答。

从外面回来的龙龙、凤鹃、王黎民,一看他俩这副神色,不知出了什么大事,也都急匆匆地往屋里跑……

二十一　迷惘，鸟羽彩色图案的密码

赵青河从小笼里抓出一只鸟，没看清他是怎么动作的，刚才还活蹦乱跳的相思鸟，已成一具尸体躺在桌子上。

后来的三个人的心志忑地跳。凤鹃一把按住赵青河去拿解剖刀的手，说：

"发生了什么事？"

语气中充满惊恐不安。这使赵青河注意到围在身边几个人的神色，稍稍冷静了一些。他从另一张桌子上取来了一包东西往桌子上一倒，那哗啦一声，像是他气急败坏的宣泄。

谁也不明白是什么意思，但都拿了一两个在手中端详。王黎民看着这些——上面用钢印打了符号、号码和"千鸟谷"字样——未封口的环形小铝片，更是丈二和尚摸不着头脑，满脸疑云地看着凤鹃。凤鹃只好向老师解释：

"这是套在鸟腿上的脚环，叫环志。咱们捕到相思鸟后，要把脚环套上，放回大自然。各地捕鸟人捉到它以后，送到收购点，收购点做了详细登记，再放走。明年春天，咱们还要在千鸟谷这边捕鸟，看看有多少能飞回来，使它成为永久性的标志。从这些不断的观察中，赵叔叔要为相思鸟制定生命表，研究它的生活史，提出保护、增加产量的措施。眼前的题目，是要知道相思鸟迁徙的路线，越冬地……到现在，还没人能正确地指出它的越冬地在哪里。"

王黎民一边点头，一边在心里暗暗称赞凤鹃：懂的知识真不少哩，使她这个对相思鸟一窍不通的人,听了也明白不少。三个初一学生,能对这些问题有清晰的认识,可见赵青河工作的细致……应该说,是他爱这些孩子,对孩子寄予满腔期望;而自己的工作……要能在将来对他们辅导,还真得好好学习。这样一想,她不禁抚摸起环志上很生疏的两个不同的符号,揣摸它代表的意思……

"这种符号……"

王黎民刚露出想寻根刨底的念头,早早连忙打开了他的"百科全书",用手指着脚环:

"据说,是从古希腊神话引申来的。爱神丘比特成天背着箭,为人间做好事,就画了这个'♂'来代表雄性个体。也有人说,它就是'猎人背箭'的图案,不一定非是丘比特不可。有时也写成这样'↑'。咱倒觉得不管是丘比特或猎人,还是斜着好,因为这是发射的姿势,射击就要有角度,总不能对着天作垂直射击吧。"

他一本正经的样子,使沉闷的空气松泛了一些,王黎民不无赞赏地微笑着看着他。早早才不管这些哩!他就有这种不动声色说俏皮话的本事。于是舐了舐嘴唇,像是抹了点润滑油,更灵活地说了起来:

"'♀'是雌性个体的代表。美神维纳斯老是怕自己衰老,动不动就拿个镜子看……那个成语叫什么来着……"

他添油加醋的本事,逗得赵青河的心情也轻松了一些,王黎民忍不住说:"顾影自怜。"

"对对对,就是这么顾影自怜地对着镜子照呀,照呀,所以嘛,一直到现在,镜子还是拿得正正的(就这一种写法),生怕镜子一歪,它的脸就斜了……"

凤鹃蒜瓣拳头往他背上一砸,才使他的信口开河打了坝,大家全都哈哈大笑起来。赵青河表情复杂地笑得直摇头。

早早拉住凤鹃：

"你不谢咱,还打咱？"

"哟哟哟,啧啧,这还被你歪骗上了。"

"你想,刚才的气氛多怕人,多急人,咱以为赵叔叔要把相思鸟通通杀掉了。"

"这倒真该赏你三块火烧粑粑。"一直没说话的龙龙咧着个大嘴,扬起了巴掌。

早早这才向他们介绍了刚才发生的事情。

赵青河为刚才的急躁,微微红了一下脸,又拿起了解剖刀。早早抢先伸手到笼里抓鸟,还一边说：

"我明白了。套脚环时,首先就碰到鉴别鸟的雌雄问题。要不,谁知该套丘比特的箭,还是维纳斯的镜子？现在这方面出了问题,能叫赵叔叔不急？"

解剖的结果,又出现了一只雌鸟。大家都为新的情况,焦急了起来。王黎民心想,这倒像是"雄兔脚扑朔,雌兔眼迷离；两兔傍地走,安能辨我是雌雄"了(《木兰辞》)。冷静下来之后,刚才的欢声笑语没有了,只有一张张沉思的脸……

哪里响起一度三声的笛鸣？

——嗨,是赵青河的口哨声哩！他带有点淘气的笑容,对着正在注意他一举一动的王黎民的脸一仰下巴,吹出了更响更亮的四声杜鹃叫——接着说：

"愁不出办法来的,我们快工作,还是从羽毛颜色上下手,就是它糊弄了我们,我们要尽快找出在野外区分活体雌雄的办法。"

王黎民在心里说了句：真是个怪人,把大家都逗得烦闷,他倒乐了起来,几分钟前,还急黄了脸！

冷静下来之后,赵青河顿然开朗了,他反而庆幸偶然的发现。否则,按老经验办事,今年误将一些雌鸟当雄鸟套上脚环,将要使未来几年的研究白费,甚至闹出天大的笑话。隐伏的差错暴露了出来,就能找出办法防止。由此,他想到在鉴别活体鸟中存在的问题,很可能其他鸟也有类似的情况,若是那样,倒真是个很有实用价值的研究课题……他也责备自己的粗心,在桂花坞时已有点疑疑惑惑,为什么不追究下去?若不是王教授信上的启示,差点造成多大的失误!

早早又从大笼里抓来几只从羽色上看像是雌鸟的,说是看看会不会混入雄鸟。赵青河觉得不太可能,但还是认真地解剖三只,因为也需要多有几只参照对比。结果没有差异。

"早早,你不是说,要研究鸟的羽毛颜色和图案吗?"

早早没明白赵叔叔问这事干吗,"黑天鹅"只是扇着翅膀,却不开口。

"你好好比较一下,雌鸟和雄鸟在这方面的差异。"

这下早早高兴了。自己怎么没想到呢?他立即忙乎开来。

不久,赵青河首先有了新发现。在对两只混淆成雄鸟的雌鸟的研究中,发现它们是老年雌鸟。对于因年龄大,羽毛颜色就要变得和雄鸟一样,龙龙有点不太相信。赵青河只好以寿带鸟来说明。寿带鸟在这边,群众叫它紫带子。是因为它有较长的深栗闪紫的尾羽(背羽也是这样的颜色),雄鸟的尾羽特别长。飞翔时翼张尾展,非常潇洒优美。但是,随着年龄的增长,它的羽毛颜色开始变成白色,特别是雄鸟的尾羽,简直像是雪白的飘带。羽毛颜色成了它年龄的标志,"寿带鸟"就是这样得名的。

王黎民感到特别新鲜,同时也想到了,这样传授的知识,学生是容易深深地印在脑子里的。

不觉,天已晚了。点了灯,吃了晚饭,接着再进行工作。

功夫不负苦心人,在赵青河的指点下,早早将它们在羽毛颜色和图案方面的不同特点,做了初步的说明,之后,你一嘴我一舌地议论开了。经过不断比较、筛选,最后集中到尾羽上:雄鸟尾梢下面黑色部分宽,雌鸟尾梢下面黑色部分窄。差异很明显,稍注意一下就能分辨出。

大笼里的鸟抬回来了,早早负责捉鸟,第一个鉴别雌雄,然后是凤鹃和龙龙,赵青河把最后的一关。他不厌其烦地测量尾梢下面黑色部分的宽度,一个也不放过。王黎民帮他做记录。

早早叫了一声:

"啊哟!它咬我手哩!"

"别松手!"

赵青河喊迟了,早早已缩回手,上面有个紫印子。

"你听到有嗒嗒声吧?"赵青河问。

早早一想,是哩。他想起赵青河为了听这种声音,才发现问题的,忙说:

"把肉咬掉一块,咱也不放它了。"

没一会儿,早早真的把发出嗒嗒声的鸟,逮了出来。拿到外面,那鸟还啄了他两口。

"雌鸟!"早早高兴地叫了一声。

赵青河更高兴:

"对!一点不错!又为你说的'母系社会'增加了一条理由!"

经过解释,大家都不无赞赏地嘲讽起早早的"发明"。王黎民心疼起他的手,那上面留下了好几个血紫块。龙龙要换他,早早说他有经验了,一个事实不能作为证据,若是发出嗒嗒声咬人的鸟,都是雌鸟,问题也就比较清楚了。

果然,又碰到了两只先嗒嗒叫,接着就咬人的鸟。全是雌鸟。赵青河说:

"这种哒哒声,是威吓、进攻的信号。就像箭猪抖动、摩擦背上的长刺。明天还可再观察。但事实已经说明:雌鸟在一个群体中,确实有不平常的地位,这和它三声一度鸣叫的含意,有一致性。"

"嗯哼!说不定,这嗒嗒叫、咬人的鸟,就是鸟中女王哩!"龙龙活跃了起来。

"母系社会嘛,还得要你这个和尚头去当王?"早早冲着龙龙说。

王黎民笑着点了点他俩:

"你们呀!真是一根线上的两个蚂蚱!"

红眼蚂蚱跳,

绿眼蚂蚱叫;

绿眼蚂蚱蹬蹬腿,

红眼蚂蚱哈哈笑!

凤鹃一唱,王黎民的脸敹敹发涨,她想起刚开学的日子,这首创作曲曾给她找的麻烦。

赵青河的计算,已将尾梢黑色部分宽度的常数求出,达到六至八毫米宽的是雄鸟,窄到只有三至四毫米的是雌鸟。用这个明显的特征去鉴别,连王黎民也很快能区分出活体相思鸟的性别。这证明,它是简便的、行之有效的。孩子们现在当然还不知道——一年以后,赵青河在这基础上,又研究了丹顶鹤、画眉等一些难以区别活体性别的鸟,科学地总结出了一套快速而简单的识别标志。这篇文章得到了鸟学工作者和动物园管理者的热情称赞,获得鸟类学会颁发的二等奖。这个课题的合作者栏目上,刘早早的大名赫然醒目。

王黎民爱上了凤尾岩,天亮就拉着凤鹃攀到岩顶,等候瑰丽多姿、磅礴壮观的青山日出。虽然比云海日出要逊色一些,但骄阳从青山冉冉升起,确也有别致的风韵。

又紧张地工作了一天,晚上,赵青河主持了工作讨论会。天数虽然不多,但亲身经历丰富,成员多,讨论得非常热烈。最后,赵青河将几个问题作了归纳,说出了意见:

"捕鸟人为什么不到千鸟谷支网呢？现在基本上清楚了：相思鸟在繁殖地，虽然已经集群，但群体是松散的，只有在经过一段迁徙的考验，群体中的秩序才能逐步建立，形成较为严密的组织、行动规律，也即猎人说的'鸟道''兽路'。这从在千鸟谷附近，捕鸟人要到明年春天才设场支网、捕回山鸟可以得到印证。

"对相思鸟行为的认识，使我们窥视到鸟类王国的一些秘密。虽然很多项目还须继续考察，但是对雌鸟鸣叫声、雌鸟在群体中作用的认识，将对后一阶段工作产生极大的影响。

"挫折和失败，已使我们积累了一些经验。现在，可以说，已具备了捕鸟的条件。后天，我们将到野外工作，鸟群正在等待我们召唤……"

掌声噼里啪啦震响凤尾岩。王黎民鼓得特别响。

赵青河半夜就动身去买网了。王黎民领着三个孩子在家继续工作。龙龙的成绩愈来愈好，傍晚时，又提回来一串各色的小鸟，这些，都是在飞翔中被射中的，经过几天的反复练习，他用气枪射飞行目标，不说百发百中，失误也只占一二。晚上，赵青河还没有回来，王黎民领着他们将鸟分开，剥制标本，以后带回学校建立标本室。师生四人说着、笑着、忙着……

如果说在二上凤尾岩之前，有关赵青河在千鸟谷的种种传说，使王黎民震动；那么，这几天来，赵青河对待科学事业的态度、引导孩子们热爱鸟学的精神以及孩子般的生气勃勃，已使她感动。

三年前，主动断绝和赵青河的关系，对她说来也是经历了一场内心的风暴……

临考前一天，王黎民要查本书，又来到了图书馆。认识她的管理员小杨，着逗趣地问：

"赵书记的公子怎没来？"

"哪个赵书记的儿子？我还没那样庸俗，去攀高门楼子！"王黎民实在摸不着头脑。

"哎哟！装得真像，没有三天不在这儿碰头的，已经坐在高门楼子上，倒说不去攀。我可不找你去开后门，何必哩！"

这真叫王黎民哭笑不得：

"你别乱嚼舌。跟我一道复习功课的是赵青河。"

"啧啧啧，真叫人酸牙。我来告诉你吧：赵青河就是市委赵副书记的公子，赵副书记的公子就是赵青河！"

小杨曾找赵青河，想叫他爸爸帮助她调个更体面的工作。赵青河摇摇头，说他从来不干这事。小杨一肚子怨气，借此机会全放出来了。

"不搞特权，那是说给我们听的。他老子早就在组织部留了位子、在研究所留下桌子。他复习个鬼，人眼还没瞎完，谁不知他是为谁来伴读的……"

王黎民只觉脑子嗡了一下，转身跑出了图书馆。赵青河只说过，因父亲被打成"特务"，他一直不得被招工。现在已平反了，恢复了工作。他为什么要隐瞒父亲的职务？

是因为自己流露过痛恨"后门风"，还是怕进了组织部、研究所，暴露了是从后门进去的？

正如外国的一句谚语"青年人容易把假的当成真的"，王黎民觉得受了愚弄，对赵青河所说的理想、事业……都产生了怀疑，他的一切言行都成了不可信的。他说，自打老枫树下见到她后，就在心里念着她，这不明明是早就不怀好意了吗？自己为什么那样轻信……她心目中的赵青河，已彻底走了形。在包河小树林边踟蹰到天黑，她决定第二天去查考场，最后验证一下他说话的真伪。

上午、下午考试前，她骑自行车把赵青河可能在的考场，前前后后找了个遍。连他的影子也没见到。王黎民的心乱极了，坎坷的经历，使她最痛恨那种"攀藤植物"式的人物——自己没有筋骨,全靠攀扯住大树往上爬,既扼杀了大树,又毁了自己——考试一结束,她决定跳出爱情的小船……

显然,王黎民的想法、做法,是不合推理小说的推理。但日常生活中,我们有多少行为是符合推理小说要求的呢?更何况,有的年轻人做莫名其妙的事,本身就很莫名其妙。事后,王黎民也曾怀疑过是否有些轻率,但"大丈夫不吃后悔药"使她不愿再想下去。正当她接到大学录取通知、为实现多年的愿望所欢欣鼓舞时,偶然听到赵青河去紫云山当护林员了,偏偏不是进了组织部或研究所。这等于把颗酸果塞到她的嘴里……

这就是赵青河一直不知道的风暴,撞翻了爱情小船的暗礁。

谁知三年后,他俩又在这荒僻而又美丽的凤尾岩再次邂逅。当她发现构思散文中闪闪发光的人物原来是还在爱情的海洋上漂泊的赵青河时,真不亚于发生了唐山大地震。她还是不明白,他为什么不考大学,而偏偏选中了这样的一条道路?尽管他的成绩已说明了问题,但她还是很注重学习上的阶梯;虽然如此,她已产生了在凤尾岩重建爱情之塔的希望;然而,谁又知道凤尾岩下有没有流沙层?

赵青河背着网,在山路上走着,当一看到凤尾岩的灯光,心里立刻充满了温暖的感觉,疲劳也顿时消除。山里的夜寂静,老远就听到屋里叽叽喳喳,不知他们正在兴高采烈地谈些什么。快到门口,只听王黎民在说:

"……都应该好好向你们的赵叔叔学习,为了祖国的繁荣富强,为了科学,什么都舍得丢掉!特别是他刻苦自学的精神……"

赵青河刚想收住脚步,阿利已推开门挤了进去……闹得他和王黎民都有些尴尬,好在孩子们已拥了上来。

赶到桂花坞山口,赵青河就忙着准备释放相思鸟的事。昨夜在凤尾岩,已将在桂花坞捕来的鸟套上了脚环,做了登记。这是他们的第一批客人。它们将要带回大自然的信息。大家心情很激动。

"准备好了没有?"赵青河问。

得到肯定的回答之后,赵青河大声宣布:

"放鸟!"

笼门打开了,鸟刚出,立即展翅,升到天空。在蓝天中自由地翱翔。

王黎民带头鼓起掌来,欢送这些可爱的小精灵——大自然的花朵,大自然的歌手!

整天,各人都在分配的岗位,按计划要求的项目,开始观察相思鸟群的迁徙。结果,更加证明他们的设想是可行的。晚上,就宿在临时搭起的山棚中。山里多得是藤条山芒、落地的松毛,每人又都带了把弯钩柴刀,一旦决定宿营,个个都能忙得上。不一会儿,一座别致的高脚棚就成了。这种山棚和这里的看山棚区别不大,只是更高一些,四根大树作柱,茅草山芒盖顶,松针铺床,王黎民和凤鹃住上层,早早他们住下层。

开始追踪鸟群的第一天,赵青河特别慎重地安排了行军序列:第一组是龙龙和早早,配备了阿利,他们是前哨;第二组是赵青河,作为中军,有利于呼应前后;第三组是王黎民和凤鹃,殿后,做测量工作。

龙龙和早早背着崭新的爬山包,感到特别神气。

出发前,赵青河对着摊开的地图,指着面前的山峰,解说了被认为是"空中走廊"的每段地形特点、地物标志。直到几个人都明白了,才对早早、龙龙说:

"你们俩不要离我太远,五百至一千米就行了。一定要注意安全,我们是在寻找相思鸟的必经路线。只不过因为指定要捕千鸟谷的,所以才要跟踪。我们已观察过了,从桂花坞下山的相思鸟,大多数都在前面那个山嘴落脚。你们第一站就在那里。纪律、考察项目、查找方法等,都记住了吧?"

"记住了!"两人碰响脚跟打了个立正,像个战士一样,响响亮亮地做了回答。

王黎民检查了他们背包的松紧,水壶,枪支,高筒山袜扎牢没有,又小声叮嘱了几句。

"出发!"

刚巧,一群相思鸟呼呼地从头顶飞过。龙龙和早早跟着鸟群,小跑着走了。阿利撒着欢跟在后面。

在山口看,到前面的山嘴并不远,走起来却够两条小腿累的。这边是荒僻的山,平时很少有人走动,根本没有路。虽说森林不像千鸟谷茂密,但灌木丛有时竟像一道墙,无处下脚。好在龙龙已不是一上眉毛峰、探寻红嘴玉时那样,经过这一时期的摔打,已开始懂得山情水故了。实在过不去的地方,就和早早一道用柴刀开路。

到了山嘴,各种鸟不断从面前飞来飞去,就是见不到相思鸟。这下把两个人急坏了,怎么出师就不顺哩!早早说:

"别急。远处看山嘴子不大。你看,这片地方还不小哩!咱俩分开,你到那边,我到这边。"

走着走着,早早学起了三声一度的鸣叫:

"笛——笛——笛——"

可是,大山只回答他阵阵的风声,枝叶的哗哗响。早早不灰心,专门往小灌木丛里跑。

"笛——笛——笛——"大山回答了。早早高兴得差点叫起来。他忍住了,胸口怦怦地跳着,一边学着鸟叫,一边寻找。赵叔叔规定了:要见到鸟才算,光听到鸟叫不行。凤鹃她们还要做植物考察和其他的测量哩!

这片山崖,大多是次生林,长绿阔叶树都不高大,稀稀朗朗。林下灌木苦竹倒是挺茂盛。早早眼睛瞅得疼,也没看到一只鸟,淘气的阿利总是在身前身后跑个不停。早早站住不走了,也命令阿利老老实实坐在身边。

喘过气来,早早又学起鸟叫。不一会儿,鸟群呼应声了……两只红嘴绿背、黄眼斑的小鸟,一边啄食,一边跳跃,从树缝钻过去。这时,早早才给阿利下达命令:把龙龙领来。

现实,比预计的困难得多。他们在这里整整工作了两个多小时,还不见鸟群起飞,倒是不断有从桂花坞方向飞来的鸟落到这里。

赵青河一想,有些蹊跷,就一直向鸟的前进方向走去。直到把这片岭走完,前面是低谷断路,才看到有鸟群飞起,越过小谷。他再和早早、龙龙倒过头来往回走,这才见到两三群鸟飞起就落下,只作短距离飞行。

凤鹃和王黎民工作的结果,发现这里食物丰富——根据上次解剖、食性分析的材料,是相思鸟喜爱的食物。

原来,在有这样植被的岭子,相思鸟多是在林下跳跃前进,不断觅食。

为了紧紧盯着千鸟谷来的鸟群,头几天前进的速度非常缓慢。

然而,生物钟是以自己特有的步伐在前进,相思鸟的迁徙正在逐渐走向高潮……时间的紧急、面临的困难,使赵青河心里很是烦恼。

正在这时,仙源送来了一份电报……

二十二　进退赤沙冈，雾中遭遇龟板豹

电报是王陵阳教授发来的。通告了两天前木塔收购站，收到一只脚脖上系有紫色尼龙丝的相思鸟。据捕鸟人回忆，可能是三天前捕到的。他们的网场，设在距收购站二十里的羊尾河一带。

这不啻是年初一的开门炮，响得人心里喜洋洋，春风荡漾，焕然一新。

龙龙和早早，感激地看着凤鹃，但凤鹃却低下了头。凤鹃怕听到别人对她的称赞，尤其是当事实证明在争论中她是正确的一方时，因为那意味着对别人的批评。龙龙见此情形，也低下头去，那是一种愧疚的感觉。他想起了为放鸟时的争论。王黎民看着三位学生的表情，感到了他们水晶一般的心灵。

只有赵青河一边夸奖他们仨，一边忙着铺开地图。羊尾河是闽江上游的一条支流。再由木塔那边的距离判断，不难确定地点。若是按现在的速度，还要在四天后才能到达那里，若是轻装直插，一天足够了。赵青河和大家商量，决定在捕鸟人前面10多里的地方寻找适合的地点设网场，以避免干扰。

这不仅为他们争取了可贵的三天时间，而且根据释放的日期，很快就估算出了相思鸟迁徙中每天飞行的平均距离，互相参照，修正了这两天来观察所得的一些资料。

所有这些，都出乎三个孩子原来的意料，也带来了意料不到的喜悦和感想。

赵青河还说,凤鹨外婆在燕子脚脖上缀红布,实际上是很古老的习俗,也是群众保护益鸟、标志以识的朴素的做法。龙龙说:

"这是今天环志的老祖宗。"

下午四点左右,队伍来到了赤沙冈。

赤沙冈上覆盖着常绿阔叶林,乔木稀疏,灌木茂密。灌木中尤以茶树兴旺,油绿肥大的树冠上,顶着大朵大朵洁白的茶花,嘟噜着嘴的花蕾,看一眼,都让人心里爱得慌。

山冈上是一色的赤色沙子,山体如条游龙似的从东北而来,伸向东南,龙头一展,成了块伸出去的半岛式的小岭。岭下是百多米宽的山谷,和对面的九郎庙遥遥相望。

经过凤鹨和王黎民的一路辛勤工作,他们已掌握了这种林相,是相思鸟迁徙途中,典型的临时栖留地——龙龙叫它"旅馆"。

早早只"笛笛"几声,灌木丛中的相思鸟,已用三声一度的鸣叫,响响亮亮地回答了他的呼唤。

傍晚五点左右,龙龙和赵青河埋伏到临谷的岭下。自从龙龙发现相思鸟有沙浴、水浴的习惯,推测出它们在中午也有休息的时间后,在桂花坞的统计数字,以及沿途的考察,不仅证实这个推测是对的,而且已基本上把它们每天的日程表摸清:

早、中、晚各有一次飞行高潮,天亮起飞,九十点钟后,活动较少;下午一点左右,继续飞行;三点前后,活动减少,直到傍晚时再飞,寻找合适的留宿地。飞行高潮中,不断停下觅食;飞行活动减少时,主要是觅食。中午十二点前后,确有一段时间是处于休息和沙浴、水浴,并兼饮水。

这使早早有些奇怪:为何大雁、天鹅不是这样?赵青河说:这是由于鸟类体形和消耗能量的比例所决定的,它们之间有个常数。小型鸟体重小,消耗能量多,特别是在迁徙途中,这就需要不断地补充食物……

埋伏的时间不长,就听到树丛中响起带有特殊韵味的呼呼声,接着见到鸟群从头顶飞过。现在的相思鸟,已不是桂花坞山口见到的二三十只一小群,一般都在五六十只,大群的百只以上。很显然,是迁徙的途中扩大了队伍。

从飞翔的姿势和鸟群的阵势,很清楚地看到阵营比较严密。几个鸟群都是成锥形向前飞行(他们曾绘了好几张图,后来带到庐城,有位研究空气动力学的教授看了,认为这些队形,充分利用了空气动力学上的一些理论,使它们飞行时速度快,且省力)。

赵青河对龙龙说:

"注意到了吧,群体是跟随最前面的那只鸟行动。它高,鸟群随即升高。它向左拐,鸟群马上紧跟。这再一次证明几天来的观察分析,是合乎实际情况的。如果有头鸟……"

"鸟王!"龙龙加以纠正。他喜欢用这个头衔。

"或者像你们说的鸟王,那么,它就应该是的。现在就靠你来印证:它究竟是不是女王了。有把握吗?"

难怪他一直要咱练习用气枪,射击飞行中的鸟哩!霰弹一打一大片,断定不了是哪只——龙龙把两道鹰翅眉生动地展了展,沉着地说:

"你指哪只,咱打哪只。你尽管注意鸟的飘落点吧!"

"有你这股说话的沉稳劲,一定成功。"赵青河轻轻抚了抚他的背。听到相思鸟起飞的声音,立即说,"预备——打那只最前面的!"

扑通一声,鸟已飘下。

鸟群立即乱了阵营,但很快又恢复了正常的飞行,只是他们已看不清是否有另一只鸟,填补了空出的领航位置……

赵青河两眼盯着落处的物标,然后再跑去捡。

若不是有了上次的经验,非把这只鸟当成雄鸟不可——它的头羽、喙锋、翅斑、胸羽,无一不和雄鸟一样。但翻开尾梢黑羽,就暴露出了它的真面目——雌鸟,老年雌鸟。

连续六次射击,共获得五只头鸟。

早早一见他俩胜利归来,立即迎上去夺过标本看,笑吟吟地说:

"清一色,全是老祖母。"

绿眼蚂蚱蹦了,红眼蚂蚱还能不蹬腿?

"老祖母领头,带着儿子、孙子、孙子的儿子、灰头蹦子、蹦头灰子……嘀里打挂走娘家啰!"

那副打锣卖糖耍猴相,逗得凤鹋也忍不住笑出了声。王黎民笑得直摇头。凤鹋想和早早打趣龙龙,故意说:

"早早,你研究过没有——相思鸟的尿和灶马尿,功用有何不同?"

早早不笑不恼地说:

"相思鸟的尿的功用,只要咱们龙龙说说体会就行了,他刚才那副形态就是它的效力。它们两个功用有什么不同……嗨,简单,和你还有龙龙刚才的形态一比较就出来了……"

凤鹋和龙龙还饶得了早早?可早早只一扭腰,就把正在沉思的赵青河推到前面当了盾牌……

赵青河说:

"有劲留着搭山棚。我们就在这里安营扎寨了。"

勘察后,决定将网场设在岭头靠山谷的一边,因为相思鸟到这里一定得起飞,越过谷地,到达对面的九郎庙。

山棚刚搭好,凤鹋和王黎民就踏着暮色回来了,报告有十几群相思鸟落在岭上留宿。

早上四点多钟,赵青河准时醒来。

刚掀开草帘,一股白汽扑了进来,他以为是溶溶的月色,又揉了揉眼,才走了出来,却像一下掉进了棉垛里!四周是茫茫一片混沌!乳白的水汽如帏如幕,遮掩了绿的树,青的山。秋雾不像夏雾那样飞卷翻腾,也不像春雾那样浓淡交错,层出不穷。它只是静静地、悄悄地弥漫着。

龙龙还在扣衣服,就抱怨开了,这么多天,一直是晴朗的好天,偏偏到捕鸟时作起怪来。赵青河顾虑大雾是连绵秋雨的前奏,心里着急,只是催促大家赶快行动。

网下好了,天也亮了。早早一学舌,灌木丛中的鸟就呼应,总算一切正常。

赵青河发出了信号,五个人围成了弧形包围圈开始收缩,大家手中的竹竿打得枝叶哗哗响,还一边吆喝着。等到距离网只有二十来米时,赵青河一个吆喝起,连天的呐喊冲锋声震荡山岭,惊得鸟群扑棱棱地飞起……

鸟群一改平时起飞的常规,腾地一下升入高空。

接着是一片嘈杂:有惊呼、有失望、有欢叫……龙龙又粗又大的喉咙压过了一切:

"野兽!"

浓雾使一切都白茫茫的,谁也不知究竟出了什么大事。

"快捉鸟!"

赵青河威严的喊声,总算稳住了阵脚,早早、凤鹃追着龙龙向网口扑去。

一阵忙乱过去,王黎民松了口气,轻轻拍着胸口,说:

"哎呀!吓得我腿都提不起,真以为撺出个豹子、老虎出来……"

话未落音,只听龙龙在网那头的雾中叫道:

"还不快来!"

王黎民一惊,却见早早从面前蹿了过去。

嗨!真有他的,连网抱住的竟是一只兔子。这个倒霉蛋,怎么糊里糊涂撞到了鸟网上?

凤鹛和王黎民被闹得哭笑不得,但还是被这桩奇事吸引了过去;更何况那只兔子的红眼是那样可爱哩!

轰鸟时,赵青河只是紧盯着鸟群和网口,但竹竿落处蹦出的野物,并未逃过他的视线,从它那形态和跳跃的姿势,已估摸出不是什么凶险的玩意儿。更何况,看到鸟群越过网纲,他已见到网里有几只鸟……当龙龙他们抱着兔子往这边走来,看到赵青河愣愣地立在那里时,谁也没敢多说话。

是的,这一网总算捕到了七只鸟,但若是按研究课题的要求——捕捉整个的群体,或它的大多数——却是失败。

这又是什么原因?

好不容易等了两小时,才又有一群鸟从灌木丛中跳跃着进入了网纲。轰赶的结果:鸟群仍然是受惊起飞,越过网纲,立即腾入高空。他们只捕到四只。

一丝的风都没有,雾还是浓浓地罩着山岭。赵青河没见到一群自然起飞的鸟,而且还感觉到有些异样,可一时又说不清楚,他将问题提给了大家。

撞网的兔子倒是立了功——浓雾是造成它被捕的原因。浓雾大约也是鸟群一起飞就腾空、爬高的原因。它看不清方向,只好尽量飞高,就像飞机驾驶员总是努力在云层上飞行——赵青河认为这个结论是正确的。

既然浓雾扰乱了原来的计划,早早和龙龙仍去干老行当:诱鸟和扣鸟,同时观察相思鸟在雾天的活动。

这一着倒是走对了,不大起飞的鸟,更容易受到诱惑或失足。

开头的收获很可观,但也有倒霉的时候。十点钟去取鸟时,转笼一个门闸未落,马尾扣上更是空的。两人有些丧气,重新调整了转笼和鸟扣的位置。第二次去取时,仍然还是空的。两人沉不住气了,自从追踪相思鸟以来,还从来没有碰到这样背时的事!

雾还是浓浓地笼罩着山山水水,风还是一丝不刮。

早早半天不吭声,只是在想心思;龙龙的鹰翅眉半天才扇动一下。早早忽然蹲到地上,学着相思鸟三声一度地叫着。龙龙说:

"鸟头方向不是早就找好了吗?"

早早只是学着鸟儿的鸣叫,不再作声。放转笼和马尾扣子的窍门,是要找到头鸟带领群体前进的方向,然后拦头。在桂花坞时,就只有迎着鸟头方向的一面,有鸟进入笼中。

鸟群回答早早的呼唤了,但是,早早并未停止撮唇弄舌,仍然三声一度地叫着。叫着、听着、走着、看着,看着、走着、听着、叫着,他发现了从未见到过的情景:鸟群一改常规,队形紊乱,左闪右突……甚至徘徊和迂回……

他把这种只是感觉到,但尚不能用语言明确说出的模模糊糊的想法,告诉了龙龙。龙龙也连忙去看,印象是相似的。他想起几次遭遇野兽的事:

"别是赤沙冈上埋伏了豹二爷、虎大爷?膻臊味逼得鸟儿也乱了套!"

"唔!早上你撵起了一只兔子……这鬼雾……黑煞冈……难保不藏着……"

早早也拿不定主意了。两人跑去找赵青河,吞吞吐吐地说出了想法,才知赵青河也发现了不正常情况。他向王黎民、凤鹃打了招呼,要她们提高警惕,带着阿利,不要离开网口,就和早早、龙龙分头去追踪鸟群,查明原因。

走了一段路,早早心里闪了个念头,又急急折回,将转笼、马尾扣调换了方向。

赵叔叔和龙龙的身影早已被雾遮掩。早早转入正北,向分给自己的路线走去。大雾使早早更多了层麻烦:一会儿就得取下眼镜擦拭,要不水汽就蒙得什么也看不清,这使他格外小心。真是越怕出鬼,越有鬼——

雾蒙蒙中,几声似扑腾,夹着鬼嘶一样的尖溜溜的叫声,把早早吓得每根汗毛都立起了。

当他凝神侧耳好一会儿,沉静却又像混沌沌的雾。

"吼——"

一声猛兽的低吼,犹如惊雷击顶。

距离是这样近,声音是这样地震耳。

吓得早早跳了起来,以为在浓雾中一头误撞到那家伙的头上……

他的手不自觉地往肩上伸去,抓了个空,才想起没带枪。

一切又沉静了下来,静得出奇,整个山野,只有浓浓的雾在眼前无声无息地流淌……

他想喊龙龙,虽然不见他的身影,但他的位置是清楚的,只要往那方向喊一声,保准有人答应。可刚才听到的究竟是啥怪物? 别闹笑话。

早早毕竟心眼多,他向那个方向投了块石头——嗨,鬼嘶声,带有种空洞的扑腾声又出现了。虽然仍未听清是什么东西叫,但方向摸准了:隐隐约约似是从树林里传出。他轻走两步,不错,全是高大的乔木,山势也变了,陡峭起来,他决心悄悄地接近……

"谁? 站住!"

喊声像根棒槌砸来。早早更觉蹊跷,闪往旁边石岩,紧盯着喊声传来的方向。眼睛都瞅酸了,却仍然只有不飘不荡的雾,沉重的可怕的沉默。

他正想挪步却猛地一回头——感到身后有了异样——气得上去就是一拳!

"哈哈! 小把戏不谢咱,倒用拳头当见面礼! 这是哪个老师调教出来的?"

"你装神弄鬼地吓人,咋不让豹二爷把你叼去?"

"嘿嘿,咱以为哪个缺德鬼趁着雾天来抢口。谁知是你哩! 啧啧啧,要不,说啥也得找顶八抬大轿接驾!"

"你吹也舍不得力气! 能把雾吹散,太阳吹来,还值价。"早早模腔学调地,"四不像走运,两天后分晓,四不像遭殃,四天后……"

张财宝仰脸哈哈、嘿嘿大笑,充满诡秘:

"小把戏,别净出咱洋相!天灵灵、地灵灵,打锣开场吧,今儿老把戏要玩一套给你小把戏看看,要不……来,闭着眼,跟咱走。谁偷着睁眼是小狗!"

老豹子哗啦扑来,黄麂尖溜溜长嘶鬼叫。早早不禁向后退了一步。

"小把戏,你就这大的胆?不要紧,笼是栎树钉的,撞不开哩!放在另一格的黄麂,诱它上了笼。这仇还不深?没奈何咫尺天涯啊!你怕啥?把心吞到肚里吧!"

豹子身上深褐色的花纹活似龟壳,只不过是一张皮。纵然有龟壳的坚甲,它也绝不会把头缩进去,你瞅瞅它那双眼吧,在大白天都幽深幽深的、虎视眈眈的!

原来,这头龟板豹吃掉'四不像'后,又碰上了一群小石猴。大约是厌恶了那种陆地追踪——'四不像'是跳崖过涧的里手,专喜选那嶙峋的鬼道——碰到了能施展看家的解数更感新鲜,它在树上展开了追逐。

饱餐了猴肉以后,更是不服从安排。张财宝只好忍着辛苦跟后追。直到昨天下半夜,在雾天中饿得团团转,禁不住黄麂一声一声叫,馋得淌口水,才在快天亮时上了笼。张财宝想马上运走,又怕龟板豹性急,要撞成脑震荡,或者饿坏,因而打了只野鸡丢进去,人在远处看着。

早早说了为什么事到了这里。张财宝一拍大腿,说:

"险些忘了。那天在桂花坞,碰到你们师徒,咱也留意起红嘴玉的事。前儿在榧子岭那边,遇到捕鸟的正收网。问做什么,说是他们年年在那设网场,捕从九花山来的鸟,收成不错。谁知今年在那,只捉到西北风。一查,是那场的林子被砍光了,成了不毛冈,存不住鸟;鸟改道,往赤沙冈这边来了,咱还说让人捎个信给你们老师……"

"你别走,咱去喊赵叔叔!"

到了放转笼和马尾扣的地方,早早忍不住瞅了瞅,见两处都有了结果,才一溜烟去找赵青河他们。

赵青河听早早说了后,感到很有道理:不是一群鸟,都互有排斥性,更何况是两处不同栖息地来的鸟群呢?这和观察到的情况有一致性。看来,捕鸟人经过多年的积累,自有一套"识鸟经"。

但是,千鸟谷的相思鸟和九花山的相思鸟,还能有明显的不同?是两个亚种?这倒是冒出了新问题。

张财宝不愧是个优秀猎人,没被赵青河提出的问题难倒,有根有蔓地说:"听说九花山山势和咱紫云山长相不一。那儿鸟的嘴也红,胸也黄,翅膀上也有块红巴巴。只是,它整个儿的毛色显得暗,没咱紫云山的鲜,没咱紫云山的亮……你没听人说过?老赵,在所有红嘴玉中,咱紫云山的是上品,花鸟公司一听说,根本不挑肥拣瘦,统统收下呀!"

赵青河心里顿然豁朗——是的,外贸部门介绍过紫云山的相思鸟在国际上很有信誉,极受欢迎,但他从未问过被称之为"上品"的原因何在。

早早已将诱来的鸟提来。俗话说:不怕不识货,就怕货比货。

哎呀!真的有两种羽色的相思鸟哩!在暗淡的羽毛衬托下,更显出另一种鲜艳夺目。若不是被提醒,不经意,还真容易打了马虎眼!

"嗯哼!鸟在清晨鸣叫次序和气候、亮度有关系。赵叔叔,你还说过羽毛的颜色和光照有关系嘛!是这个道理哩!九花山能和千鸟谷每年的日照时间一样?干吗不兴它们羽毛颜色有差别?早早就比咱皮肤白,干吗不兴鸟也有俊丑?"

他那副脸红脖子粗、要找人吵架的样子,逗得大家都笑了。

说话间,凤鹃和王黎民都来了。她们兴致勃勃地去看用笼关到的龟板豹。进山以来,王黎民真是大开了眼界,见的、想的,都异常新鲜,甚至在心底萌生出隐隐的冲动:写篇几个孩子去鸟类王国探险的故事。

张财宝得意非凡,宏论滔滔不绝:

"算你们有眼福,这才叫野兽!动物园的那些牲口算啥?咱看看都伤心,全是些喘着口气儿、还能走动的死牲口。失去威风了!人没精神,空活;兽没野性,山林还有啥味?动物园的牲口放到山里来,咱都没眼角瞧它!"

听得龙龙像小鸡啄米那样,只有点头的份儿。

凤鹃却忙着打听榧子岭植被遭受破坏的情况。

赵青河却有更重要的事!多亏及时发现了问题,否则,还不知要过几天才能明白。他心里暗暗责备自己,深有感触地说:

"这是又一次的教训。从事科学研究和做其他任何事一样,必须老老实实,一丝不苟,来不得半点投机取巧。当然,这次有特殊情况。"

事情是大家都经历的,赵叔叔却这样批评自己,这使大家想得很多、很多。龙龙又想起早早爷爷的那句话"人不挨骂,不能长大"。这个"骂",大约也应该包括自己骂自己吧!

饭后,赵青河摊开了地图。经过研究,他们决定退回到乌沙冈,那里和榧子岭隔着一座高山,估计那一带,应是单纯地从千鸟谷来的相思鸟群。距离赤沙冈有三十里,中间有十来里的高山草地带。

既然是草地,应比跋山涉水的路要好一些。经过挫折后,赵青河谨慎多了,考虑到严密性,还应从赤沙往西北岔,溯着九花山区这条鸟路,做些考察,以便于更好地判断两地区鸟的迁徙路线;免得乌沙冈出现特殊情况后,又得重新寻找千鸟谷相思鸟的临时栖息地。但这样一来,得翻座大山,绕行四十来里路。

时间和任务都清楚地表明:必须将人员分成两队。凤鹃要求跟赵青河走那条绕行的路,她对考察榧子岭很有兴趣——林子被砍光后,鸟都改了道啊!龙龙却说,跑远路理所当然是身高腿长的他的任务。

赵青河没有忙着做决定,因为还有个未知数——雾到现在都未散。若是能犟得过来,还有段晴天干路的日子;若是犟不过来,秋雨一落,那就不是一两天的事了。还得重新计划……

老天凑趣,晚霞烧得像是转炉的钢水,火红火红,抹得山峦出彩。赵青河喜不自胜地说:明天是个万里无云的好天!

决定也迅速做出:赵青河单独绕道榧子岭那边。理由是无法争辩的:七八十里的山路,不是开玩笑的儿戏。况且,凤鹃在这边的任务,是别人无法代替的,经过锻炼的龙龙更是主力队员。他们四人分成两个梯队,前一组早早和龙龙,任务是开路、寻踪;后一组的王黎民和凤鹃,考察植被和接应,配备一支猎枪和阿利。

天刚亮,他们舍弃了山棚上路了。赵青河又将各样事情叮嘱了一遍。到达岔路口,赵青河不禁伸出了手,和早早他们握着:

"王老师,那一路就托付给你了。担子不轻呀!"

王黎民毫不犹豫地紧紧抓住他的手:

"你也要谨慎!一人在荒山野岭走路。"

龙龙大手一挥,满腔豪情地说:

"嗯哼,我们也要去过蹚草地了,虽然它不在四川,但也能体会体会当年红军过草地的生活,到哪里能遇上这样的好运!赵叔叔,咱们在乌沙冈炖好兔子,等你啦!"

是因为造山运动的神力,将所有的山岭都晃倒了,还是这里原来是汪洋大湖,被戳了个洞,将水漏得干干净净?否则,怎能会在高山上出现一望无垠的草地!

成天在山岭里钻的师生四人,看着脚下的草海,感到无限的新鲜和喜悦,连心胸也被开拓得宽广、坦荡!

但是,在喜悦、新奇的浪潮过去之后,首先是早早碰到了难题:没有看到草海的路径,该从哪里通过草地?只好用指南针定个大概的方向。

到了草地的边缘,更使王黎民和凤鹃有些吃惊:

它和想象中铺展着矮草、平坦的草地形象迥然不同。它长满了白穗子的山芒,正枯黄的山茅、苦蒿、野蔷薇等各色小灌木。紧紧慢慢的风,在草海上掀波卷浪;稀稀落落的大树连不成林,只像是为了点缀点缀似的。这是他们从未经历过的特殊生境,从未见过的植被!该往哪一路去寻找相思鸟的踪迹呢?

王黎民从直觉上感到:对通过这片草地估计得乐观了!

但事已至此,也只有一往无前,倒是提醒自己要多长个心眼。她突然感到肩上有些沉重。这些天来,和赵青河在一起时,她心里踏实,就像靠在一棵大树上;但现在,自己成了被倚靠的大树。早早转悠了一会儿灵灵秀秀的黑眸子,说:

"咱们来个笨法子。先一字排开,观察鸟群从哪里飞过,然后就从哪里进入草地!"

说是"笨办法",其实是机智的点子;虽然费去了一些时间,但毕竟找到了鸟群,开始向草地进军。王黎民一再告诉早早和龙龙,不要把距离拉得太远。

凤鹃和早早都说:这地方特殊,走路得当心,尽量别往草丛里走。实在绕不过去,手别乱动,脸要护好。山茅、山芒的叶子像刀一样割人,蔷薇科植物带刺的枝条,像锯子一样拉人,稍不当心,就被拉条血口子。

阿利却不管这些,欢快地走在早早的身边。龙龙还不知道厉害,也没把早早的话放在心上。走不多远,手上已被拉了两条血口子,这才挑有树的地方走。

愈往前走,草棵渐渐深了、密了,小灌木反而少了。

一阵泥沙溅落草上的声音,使早早停住了脚步。从身后吹来的风稍稍弱了一点,阿利立即兴奋起来。由于黑煞冈的经验,今天风向又不利,早早一把按住了阿利,没让它乱动。又是一阵沙簌簌声。龙龙小声地说:

"像冰雹打在草上。"

"嘻嘻,你真会逗猴,太阳当头照着在嘛!"

"是兔子打洞?"

"没见过。"

"成语说,狡兔有三窟!这'窟'字还不是洞?"

早早一想也有道理,反正前面草深,也看不出名堂。两人刚挪步,左侧前方就像爆炸了一颗地雷——两人来不及躲,也没地方躲。

草丛里跃出三只长角的褐色野兽,一个追着一个飞一般驰骋,随着紧密杂乱的蹄声,视线里只剩下炸开的尾花……

"鹿!梅花鹿!"

"去你的吧!梅花鹿咱没见过,画子上的还没看过?咋不见那一朵一朵的白梅花?"龙龙的不相信也不是凭空来的。

早早息事宁人地说:

"它到了秋季要换毛,准备过冬。白斑逐渐消退。明年春上再换毛,白点子又鲜亮得像朵梅花了。"

一提到梅花鹿,人们的脑海里立即浮现出东北的深山密林,以为只有那里才有梅花鹿。也是近两年,动物学家们才知道紫云山区生存着梅花鹿,王陵阳教授已组织了对它的考察。

后来,才知道是顺风鹿已觉察到他们,为了侦察情况,它也来了个投石问路——用后蹄刨起泥沙。龙龙他们不知情,还往前走,这才使鹿们判明了情况,决定了逃路的方向。赵青河还说了一些考察梅花鹿时所发生的有趣的故事,引得早早他们羡慕不已。

龙龙真是懊悔猎枪给了凤鹃她们,否则放一枪吓吓它们也好;虽然他知道梅花鹿属国家一类保护动物,但爱打猎的天性,还是常常诱惑着他。

又走了段路,却根本看不到飞翔的相思鸟了。两人稍作商量,就横向拉开了距离,齐头并进,扩大搜索的范围。

嘎！呀……咕嘎！

几声粗粝的叫声,惊得龙龙停住了脚。他向传来声音的地方寻找,什么也没有,连叫声也没有了。等了会儿,耐不住,又走动起来,那叫声又粗粝地响起。不止一个哩！声音里透出一股凶狠劲。当又静下来时,龙龙看看四周,只有早早在不远处,显得无比空旷、荒凉,心里不禁有些发怵,连忙把气枪提到手里。

好奇心又使龙龙向前走去,怪腔怪调的叫声又响起了。龙龙发现,只要一有响动它就叫,倒是不跑。就这样走走停停,最后找到是一棵大树下面发出的,好像还在树里面。他又掉转方向,才看到离树根尺把高的地方有个洞。

他又踢打起树棵,这下听得真切,怪叫确是从树洞中发出。

是野兽？是什么野兽？

他已见过山林中的不少怪物,谁知没照过面的还有多少？龙龙现在学乖了,没有贸然行动,记清了这里地物特征,就一溜小跑去喊早早。

龙龙领着早早、阿利急急忙忙往大树走来,离有二十米的样子,阿利兴奋得狂蹦乱跳。早早一把将它按倒,对龙龙说：

"隐蔽！"

他们没有猎枪,总得特别小心才行,在这样荒野的大山,什么凶猛的野兽碰不到？

阿利止步,抬头望着天上。

"啊呀！什么怪物？"

龙龙惊乍乍的一声叫,使早早看到草海上空有只土黄色的大鸟正向他们飞来。他们在桂花坞山口,看到过好几种猛禽,也算熟悉它们的各种飞翔姿势,但这只鸟非常奇异,它的头特别大,是一副他们从来没见过的怪模怪样,嘴里叼着一根长带……不,是蛇,还在扭动哩。

"金雕?"

"好大的眼！圆溜溜的。"

"秃鹫?"

"冲咱们来的,气枪能打到?"

"不行,没那么大威力。"

说话时,鸟渐渐飞近了。

"龙龙,你看那脸像什么？不是头大,是脸盘子大。"

"像……像店里卖的《三打白骨精》里孙悟空的面具哩！"

"猴面鹰?"早早又喜又怕,"听说它凶狠极了,一口能把人鼻子挖走,一爪能把人眼抠去。"

龙龙想起了,还是刚到仙源时,早早说过这种鹰身猴面鸟。

"不是说极稀罕,极珍贵……"

阿利一拧身子,想挣脱按住它的早早的手。早早连忙伸出另一只手去帮忙,碰得草叶、树枝刷刷响……

二十三　高山草海，猴面鹰发起凌厉攻击

"不好！它向我们冲来，快跑！"

眼看大鸟快速俯冲，深沉的目光，像冷冷的枪口瞄准他们。听凤鹃说过，猛禽的眼具有特殊的望远装置，能在远距离内，将物体看得一清二楚。同时，孙大爷猎雕不成，反被雕伤的一幕，也都映现在早早和龙龙的脑海里……

龙龙又催：

"快跑！"

"别动！"早早喊着，随手捡了个石头，向树洞那边砸去。树洞里应声响起嘎嘎的叫声，声音里充满急切的盼望和哀怨。

正俯冲的猴面大鸟做了个非常敏捷而快速的转弯，准确地落向树洞口。洞里立即响起刺耳的喧嚣……

龙龙想明白其中的因由：

"往前爬爬，看个清楚。"

"不行，近了找霉倒。用望远镜看！"

两个人各自找了个更便于观察的地方，平心静气地观察。

大鸟由白色羽毛构成的大面盘，更像副尖腮猴头。斜吊着的黑色眼斑上，黄褐色的细羽形似睫毛，衬得圆眼更加寒气逼人。它放下蛇，用脚爪踏住，带钩的短嘴只一啄一扯，蛇就被撕开了，立即有几张弯钩一样的嘴伸出洞口，吃那白生生的蛇肉。

"它在喂小鸟。"

"刚才我以为是野兽躲在那里。"

说话间,那条蛇只剩下一张皮了,树洞里还在嘎嘎哇哇地叫,不满足又委屈。怪鸟不理不睬,只顾在树皮上左一下右一下地抹着嘴。

"它也像你家画眉一样,磨刀哩!"

"能有画眉那样的好嗓子,该赏块金牌。"

怪鸟又瞅瞅左右,一蹬腿,起飞了。它擦着山芒白穗花,像飞机在跑道上滑行,徐徐升高,渐渐消逝在草地的上空。

他们决定抓洞中的雏鸟。首先派阿利给王老师和凤鹃送信,要她们在远处等着,不要闯到这里来。

"咱们把办法想得全面一点。你在远处担任对空监视。我去抓。看到大鸟你报信,我赶快躲。危急时放气枪,多少也有点用。"龙龙说。

早早心里活动一些:

"怎样抓法?用什么东西装?"鸟笼在凤鹃她们那里。

"我脱条裤子下来,裤筒是口袋。怎么抓,到时候再说。顾不得那么多,赵叔叔一定非常需要这样的鸟。"龙龙说。

龙龙慢慢向洞口走去。听到响动,幼鸟连连嘶叫。龙龙沉住气,学着赵叔叔观察时的样子,先在周围走了一遭,记住一些特征。那条有斑纹的黑色蛇皮、狰狞的蛇头还在那里。他没有动它,只是往洞口接近。

啊呀!五六个张开的血红的嘴、猩红的舌头,让他头皮直发麻……

他定了定神,脱下外裤,身上只剩一条薄薄的单裤。别看龙龙愣头青、大高个,其实,胆子没有早早大;再说,就是胆子大的,对不知深浅的野物,又是这样穷凶极恶的样子,心里也要打个寒战。但是,一想到它的珍贵,赵叔叔对它的需要,龙龙气粗胆壮了。默了默神,他看准一只,伸手就抓住它脖子。挺沉的,提出一看,好大的鸟!他像攥着一个火炭,顾不得细看,就装到扎成口袋式的裤里。

好！第二只，第三只，都顺利地抓出来了。他有些得意，没想到这样顺当，或许早早听说的那些凶险，只是吓人的话吧！

洞里，裤筒里，一片惊慌又凶猛的嘶叫，龙龙不管这些，伸手又去捉第四只……

"哎哟！"

龙龙缩回手，手背上已被撕下一块皮肉，鲜血涌了出来，疼得他直甩手。那鸟却一仰脖子，把肉吞了下去。龙龙火了，血也不擦，牙一咬，猛力把咬人的鸟抓住，扑通一声，狠狠掼到裤筒里。

手背上全是血，还在大滴大滴往下掉。他想用手帕扎一下，但是这个念头刚一闪，就自我否决了。他不觉抬头往早早那边瞄了一眼，幸好，还没危急信号。看看树洞里再也没有"货"了，他向早早发个信号，背起裤子，迈开长腿，立即向预定目标奔跑。时间就是胜利，他哪里管什么山茅、刺条、树桩和溪沟！

"龙龙，快跑！"

早早可着嗓子在远处喊。

龙龙抬头，发现天空出现了黑点子。他拼命地跑起来。

天空的黑点子愈来愈大了。龙龙发觉早早还呆呆地站在一棵小树旁，他心里像火烧一样。早早为什么不跑呢？瞧，他还顶个草帽站在那里！

怪鸟抓了只老鼠，正返回老巢哺育儿女，看到地面有了变化。它像战斗机碰到紧急情况、丢掉副油箱那样，弃去猎获物，箭似的射向大树。

"嘎——"

一声撕心裂肺的长鸣，令人毛骨悚然！

它没有听到幼鸟应答，恐慌了，愤怒了，急速升空，向草帽扑去……

龙龙顿时吓傻了，一边心急火燎地呼喊，一边奔跑。

这时，王老师和凤鹃赶来了。她们开了一枪，怪鸟才怏怏地飞走了。

三个人急忙朝小树那里奔去。

"早早——"

"早早——"

小树那儿没有回答。

龙龙声音都变了调：

"早早啊，你怎么啦？"

到了小树跟前，三个人看到，草帽已经被怪鸟撕碎，但并没有早早的身影。

"傻样，为啥又喊又叫？我在这儿藏着哩！"

是早早，他正从左前方十多米处的草丛里探出头来。

这个早早！

凤鹃和王黎民也到达了，见到龙龙只穿一条薄薄的单裤，裸露在外的腿上布满了左一道、右一道，像蛛网一样的血痕，急得问长问短。龙龙只是躲着不让看，嘴里说着：

"没啥，没啥！山茅草想亲热亲热，只是方式不友好。"

凤鹃眼尖，又看到他右手背上鲜血淋漓，伤口还在可怕地往外淌血，慌得脸都变了颜色。王黎民赶快拿出药水、棉花、绷带，替他包扎。龙龙把手伸得直直的，头偏过去看也不看，药水棉球沾到伤口时，酒精烧得龙龙疼得直哆嗦。王黎民的心颤抖了，手也慢了。龙龙见此，一挺脖子，胳膊伸得笔直，再也没有动一下。

到搽腿上伤口时，龙龙不耐烦她那样轻手轻脚，一道道地搽抹，顺手夺过镊子，把鹰翅眉一愣抵住，自个儿大泼大抹起来。不一会儿，两条小腿都像从红药水缸里出来，王黎民久久地凝视着他，像是要把他内在的美好品质都看个透。越是看得深，心里越是不平静……

是什么使那个说"骨碌碌碌碌碌——粪球"、把英文字母"O"读成数字零的孩子,变成为了取得珍贵标本,不怕怪鸟袭击,不怕茅草割扯的勇敢的孩子呢?她在思索着生活中遇到的教育学上的问题。

鹰崽被放进王黎民带来的折叠式鸟笼。

凤鹃说,这确实是猴面鹰,学名叫草鸮,她看过鸟类图谱,对它有非常深刻的印象。书上还说它是极珍贵、极稀有的。赵叔叔曾向她外公打听过,可外公也只听说在紫云山有,但从来没见过。她将笼子往小树棵里藏严,就说要去树洞那边考察猴面鹰巢区的生境和巢的形状、组成物等。

早早指指笼子里的鹰崽:

"它娘,还来怎么办?"

"不会的!它不怕枪?"龙龙说。

"亲儿哩!有丢下亲儿不管的娘?"

孙大爷的厄运,是深刻的教训。王黎民和三个学生一商量,采取了一些措施,就赶紧往大树边赶。龙龙却大手一拦:

"猴面鹰这样珍贵,咱们放回去四只吧!赵叔叔和动物园有两只也够了。"

几个人都说好。早早还说:

"留几只,说不定它爹它娘就不会来追咱们了。"

王黎民现在还不知道,龙龙、早早的发现,之后赵青河再次的巢区考察,后来全部发表了。它是我国第一份比较详细地报道猴面鹰繁殖生态的文章,填补了鸟学研究的空白,揭示了多年来一直是谜一样的猴面鹰的生命史。动物园为了奖励两个孩子,除颁发了奖状还送了一部分书籍、仪器给了鸟学小组。

巢区考察一结束,就又要忙着去寻找相思鸟的踪迹了。大家心里明白,必须尽快走出草海。

草地宽阔,茅草、山芒茂密——这个比较特殊的环境,再加上来自空中的威胁,给工作带来了困难。按理,应是分散成"一"字长线,同时向前推进较好,但现在,却不得不做些相应的集中。

四处都不见相思鸟。早早学着鸟叫、呼唤,都听不到回应,这使大家非常着急。

不是可以注视天空,观察有无鸟群飞过吗?这办法不是没想到,而是行不通。经过这几天的观察,他们已掌握了相思鸟群迁徙途中的飞行规律。现在的时间,是十点来钟,它们大都在灌木丛中,一边觅食,一边作短距离的飞行,除非碰到山谷或越过一片低地,他们只能在灌木丛中寻觅。

是因为刚才草鸮叫、枪响的干扰,还是这样的生境根本就不是相思鸟的迁徙路线呢?不,正是因为发现了相思鸟群,才进入草地的。龙龙爬到一棵树上,用望远镜搜索这一带的景观,他发现草地的东侧,有条弯弯曲曲南北向的灌木丛带,像是一条游动的小河,两旁的草也特别深密。梅雨季节,那或许真是浅浅的河床吧?

早早和龙龙决定去那边看看,留下王黎民和凤鹃在这边,又叮嘱了一些事,才以急行军速度往那边去。

离灌木丛带有四五步,早早看到草海上空出现了两个黑点,对龙龙说:

"只要不向我们扑来,就不开枪,争取时间,尽快查清。枪一响,寻找相思鸟更困难。"

"不得了,它去把小鹰的爸也找来了。"

早早眨巴眨巴眼睛,又说。

龙龙也感到形势严峻,一只怪鸟就够对付的了,更何况又来了一只?

灌木丛带实际上并不太窄,两人一面注视天空,一面学着三声一度的鸟叫……

凤鹃也发现了正向这边飞来的猴面鹰。王黎民没见过这样的阵势,又目睹过龙龙的伤口,更加担心三个孩子的安全,心里很紧张。

凤鹃在离鸟笼有段距离的地方,找了个较好的隐蔽地,要王黎民危急时躲到那里。她说:

"就像防空常识上讲的对待空袭一样,来得及应躲到防空洞里;来不及,应面对猴面鹰。咱看它和老鹰攻击时,动作一样。龙龙在打飞行的鸟时,有个提前量。它在向人进攻时,也有个提前量。到时候,你只要突然站住或迎着它猛跑两步,或往旁一闪就能躲开,千万不能同方向跑,它的速度快。"

王黎民理解凤鹃的好意,点了点头,说:

"要想出办法把猴面鹰的注意力吸引到咱们这边。掩护龙龙和早早更重要。道理不说你也明白。"

凤鹃和王黎民在这片寻找相思鸟。

草海上空的猴面鹰,这次并没有急于展开攻击,倒是在巢区附近做起盘旋,两圈一飞,突然叫起来:"嘎!呀咕咕咕咕,嘎!"

这一叫不打紧,笼里的雏鹰立即叫起,树洞那边更是一片尖声厉叫的嘈杂,在这空旷的草海显得特别怵人。

就在笼里雏鹰刚叫出第一声时,凤鹃急忙用包把笼盖实、遮严。

只见天空左边那只猴面鹰,突然一斜翅膀,闪电般地落到树洞口。龙龙放回去的四只鹰崽全都张着嘴,伸出了头,哇哇叫。老鹰转动着冷峻犀利的目光,挨个在鹰崽头上来回看了两遍,根本不理亲子嗷嗷待哺的喊叫,一蹬腿,就向留在天空巡视的那只鸟飞去。

留在空中巡视的猴面鹰,立即发出尖厉的叫声。还未看清是怎么回事,两只鹰都已加快了飞行速度,各自一边叫着,一边搜寻。那叫声中充满了愤怒、痛苦和焦躁。显然,它们正在寻找被抢去的鹰崽。

没一会儿,连王黎民也看清了,两只鹰划分了搜索的区域,比战斗机的长机和僚机的配合还要默契……

尽管凤鹃采取了各种措施,笼里的鹰崽只要一听到天空的呼喊,立即应答,透着惊恐和哀伤。

两只猴面鹰突然一斜膀子,向王黎民隐蔽地冲去。

王黎民站在那里,挥舞着一根树枝。

距离在猎枪射程之外,急得凤鹃大喊:

"阿利!"

接着又吹了个尖厉的呼哨。

阿利一听这特殊的命令,立即蹬开四蹄,像匹骏马,贴着草尖,狂叫着向猴面鹰冲锋。

"砰!"

凤鹃的枪也响了。虽然未装铅弹,只是虚张声势,但还是有恫吓作用。

左路的猴面鹰被阿利的猝然袭击吓得一歪翅膀,擦着草尖滑溜开了。阿利哪肯放过,跟后就追……

右路配合进攻的猴面鹰,被枪声吓退,但它却来了个急转弯,闪电般地从阿利背后掠过。阿利浑身猛一哆嗦,舍掉原来追的左路鹰,调头跟后再追,愤怒地对着升高的偷袭贼狂吼。

不知什么时候,已溜开的左路猴面鹰,又飞到阿利侧面,展开横向攻击。

王黎民挥舞着树枝,扑向侧攻阿利的左路鹰。

左路鹰的偷袭虽未能得逞,但它已将阿利引到这边。天上的飞贼,异常巧妙地轮番向阿利进攻。这种夹击和钳制,逼得阿利拼命东奔西跑、追左逐右,展开了一场地对空的追逐。眼看战场离王黎民逐渐远去。

凤鹃松了口气,但正观战的王黎民却对她下达了命令:

"快去救阿利!"

王黎民见凤鹃还未转过神来,只好边跑边说:

"它们有意将阿利引开,然后左右前后夹击;纵然阿利能闪开它们的尖嘴利爪,最后还是疲于奔命累死了。有篇写大雁对付狐狸,采取的就是这种办法。"

凤鹃连忙往前看去:阿利果然在东奔西突。她马上运气撮唇——长长的啸声陡然而生,震荡着草海。

阿利向右路鹰虚晃一枪,趁势折转身,风驰电掣般向凤鹃奔来。但两只猴面鹰却更如狂风席卷、穷追不舍……形势对阿利异常严峻,眼看它就要遭到厄运时,迎上来的凤鹃,已连连用枪声威吓猴面鹰,直到把它们打得不敢低飞、飞近……

凤鹃见浑身汗湿的阿利已回来,才放了心。但看到它身上可怕的伤口,鲜血淋漓的脊背,难受得一把抱起了它。阿利疼得犬牙直龇。

两只雄鹰只顾冷着尖嘴猴腮、瞪着仇恨的火眼在天空盘旋,时时呼唤。笼里的小鹰更是嘶哑地喧嚣。

凤鹃和王黎民已无法工作了,她们聚在一起,端着猎枪,全力警惕来自天空的袭击。

正在这种难解难分的时候,龙龙和早早回来了。龙龙老远就问:

"有水吗?渴死我了。"

"我们刚才想找点给阿利喝,也没找到。"王黎民抱歉地说。

等到龙龙看见阿利的可怜相,以及她俩的狼狈,立即舔舔嘴唇,羞赧地说:

"其实,谁稀罕它草里的水,尽是又苦又涩的咸水!摆个饮水宴请咱,咱也不喝。"

经龙龙这么一嚷,把大家的饥饿、干渴都引得难耐。他们还是天亮时吃了餐饭,喝了点水。原以为二十多里的路不过是半天的时间,也没留神要节省,水壶早已底朝天。再说,有山就有水,跑了这么多天,何曾渴过?等到想喝水时,草海却拿他们开了个大玩笑:小溪干枯得撑开了裂缝,偶尔碰到小水凼,刚捧了口到嘴,苦涩得早早直呕。

做饭是更用不着说了。

他们第一次碰到了干渴、饥饿的煎熬。

形势迫使他们必须迅速穿过草海。王黎民将队伍集结起来，重新编排了行军序列。

没走多远，深密的草地已使他们一个个疲惫不堪。

个子小的早早、凤鹃几乎被草掩盖，只能看到前面龙龙的身子，难以看清左右。龙龙也只能暴露个头在外。王黎民格外需要眼观八方。

已是深秋了，草里的昆虫却猖狂地向他们发起攻击，其穷凶极恶的程度并不亚于猴面鹰！特别是那种小黑虫，简直让人防不胜防，咬得人脸上鼓起疙瘩，奇痒难当。到了晚上，龙龙说王老师的脸上是"丘陵起伏"。凤鹃不平，反讥龙龙脸上是"额角丛生"。

眼下，又正值十二点以后，是一天最热的辰光，太阳晒得草海像大蒸笼一般。浃背的汗水腌得被茅草割开的伤口火辣辣地疼。早早说：

"过沙漠，可能还要比这快活一点。"

更可恶的是猴面鹰，常常冷不防从天空杀下，使队伍陷入进退维谷的境地。

王黎民责备自己对山情水故懂得太少，对这片高山草海太缺乏估计，也更想念起赵青河。若是他在这里，情况大概会陡然改观……但现在，她是这支小小队伍的老师，纵有天大的困难，她也要坚忍不拔地将队伍领向前。

事情也有奇特的一面，不知是因为四个人集结在一起，使猴面鹰不敢轻举妄动，还是它们本身也非常疲倦，威胁逐渐减轻。

王黎民停下队伍，要大家把背上的包都卸下，稍做休息。前面横挡着更深密的草，植被也单纯化了，几乎全是山芒和山茅，土黄色的一片，似沙丘一般沉寂。偶尔才能见到一两棵小灌木，那青枝绿叶使这片死气沉沉的草海，多少跳动着一些生气。

她凭着直感,觉得是一段异常艰难的行程。

还未走到二三十米,严酷的事实已证实了王黎民的预感——草深得连王黎民也只露个头在外,猴面鹰也从消极跟踪,转为积极进攻。

来自天空的威胁突然增大,王黎民放了两枪后,效果不太显著。猴面鹰好像算定他们不会真刀实枪,或者是已习惯了这种虚张声势,只是穷追不舍,而且又开始发出那种特殊的有节律的叫声,引得饥饿中的幼鹰更是声嘶力竭。

受伤的阿利,一点也帮不上忙;它那伸着长舌,气喘吁吁的样子,谁看了心里都难受。

偏偏又祸不单行:由于消耗过大,霰弹只剩下五颗了。凤鹃和龙龙的意见异常一致,不能再放空枪了,必须留下这五颗子弹作保护。当然,若是要将这两只猴面鹰击毙,子弹还是绰绰有余的。他俩谁都能毫不费力地做到这一点,但是他们吃了这么多苦头,容忍了它们如此无礼的欺凌,还不就是想保护这对稀有的鸟吗。

"王老师,打伤它。用气枪打伤它翅膀!"

龙龙的提议,一下把大家吸引住了。反复讨论后,认为虽然危险,但也只有此法有效。否则,这对猴面鹰是不会痛痛快快地放过他们的。倘若前面草深得连王黎民也露不出头,他们就只有挨打的份儿了。在不久前,只剩下凤鹃保护王老师和看鹰崽时,凤鹃原以为只要将王黎民隐蔽好,就等于进了防空洞,谁知形势的发展,完全出乎她的预料。刚才虽然吃了亏,但倒是提供了极重要的教训。

谁知道在复杂的生活中,要用到什么样的本领呢?赵青河要龙龙练习射飞鸟,就绝不是为了对付猴面鹰的。然而,他手上的伤……王黎民刚把目光落在龙龙手上,龙龙已一挺胸:

"它早就不疼了!"

没有别的好办法了。几个人一商量，订出一套周密的方案——因为这似乎是背水一战，功成或惜败就在龙龙的手中，他们不得不异常慎重啊！龙龙感到肩上的分量，两额真像顶出了犄角，大眼里喷出了火似的；但是，他又默了默神，在脑子里细细地考虑了一番。

队伍向后退了二三十米，回到刚才休息的地方。凤鹃用猎枪保护，早早和王黎民看了龙龙庄重、严肃的表情，觉得一切的叮嘱都是多余的，也就各自进入了位置。

龙龙开始了伏击。

真是刁钻古怪极了！猴面鹰像猜透了他们的心思，说啥也不进入摆好的阵势，只保持一定距离的盘旋。

猴面鹰采取了新的战略战术——它在飞行中，发出一种很有节律的叫声，而互相配合得又是那样好，很容易使凤鹃想到它们是在划分区域，逐片寻找。既运用了锐利的目力，又充分使用了亲子之间的特殊关系。当凤鹃明白了它们的企图之后，预感到要出问题了。

几个人都在难耐的焦急中，眼巴巴地瞅着天空。满脸伤痕的早早，舔了舔干裂的嘴唇，转悠起了眼睛——还是那样晶亮、灵灵秀秀——那对黑天鹅一闪翅膀，早早也起身弓腰跑到了笼边，用树枝敲打起笼框。雏鹰立时恐慌地扑着、叫着……

再刁的猴面鹰，也耐不住鹰崽牵肠挂肚的呼喊了，一扎翅膀……

"配合进攻的鹰在你右前方二百米外……"

早早不断向龙龙报告另一只鹰的飞行动态，就像空战中僚机负责掩护主机的进攻一样。

飞临隐藏着鸟笼空域时，领头的猴面鹰打了个愣，突然斜倾翅膀，回旋过身子，声嘶力竭地狂叫一声。这一叫不打紧，笼里的雏鸟骤然喧嚣，发疯般地呼爹叫娘。他们还未看清老鸟怎样耍了个特技飞行，老鸟已打了空翻，根本不理睬摇手举帽的凤鹃,迅速兵分左右两路。

"右侧鹰已占据攻击位置,开始俯冲,距离四十米,三十米……"

眼见打头阵的猴面鹰,流星般向龙龙砸去,龙龙只是迎面瞪着大眼瞅着它。王黎民的心都提到喉咙口——这毕竟是场恶战,只要稍一大意疏忽,龙龙的危险是可想而知的。谁都知道孙大爷猎雕惨死的事故——但是,那个身高马大的龙龙,仍像一座雕像立定在那里……

"你的任务是隐蔽好。这样,咱就能放心大胆和它斗,咱有枪,不会出大问题。"

凤鹃说后,就不容分说将王老师安置到一处隐蔽的地方,自己选了个有利地形,以吸引、监视猴面鹰的行动。

王黎民看到面前的恶鹰,伸出利爪了,龙龙却只将身体稍稍侧了点,似是要兼顾在侧面离他也只三十米远的鹰,但两眼仍然射定扑来的鹰。急得她在心里狂喊猛叫:"快射!快射!"

龙龙感到眼前只有黑鹰的这千钧一发之时,早已将侧过的身子往后一仰,面对向他冲来的侧面的那只鹰,等到一阵疾风从眼前掠过(若是伸手,大概也能一把扯住它的翅膀),举枪就打配合进攻的猴面鹰。他刚射出子弹,连看一眼都来不及,就又装上一颗子弹,掉转枪口,撵着正在爬高的猴面鹰背后又是一枪……

好!它们一前一后落入草丛,扑打得那片山茅哗哗响。

欢声雷动,笑容在凤鹃、王黎民脸上绽开。

早早三脚两步蹿到前头,对正用衣袖擦着额头汗水,长舒了一口气的龙龙伸出大拇指:

"过劲!傻样变成了一头精明的鹿啦!这一仗,简直能记载到战例史上,嘻嘻!放过打头阵的叫避其锋芒,然后是攻其不备,专射正得意偷袭的家伙,最后来个追——穷——寇!"

这个鬼早早！真是机灵透顶！连王黎民也被提醒，认清了刚才一仗中龙龙的章法！

凤鹃眼尖，抓住龙龙右手，那上面凝住血的伤口又挣开了，鲜血在手背上淌成一条沟——刚才，他使了多大的暗劲！她根本不睬龙龙的扭捏，硬是用手绢把伤口扎住⋯⋯

笼内一种古怪的扑打、嘶叫声，把正在欢欣鼓舞的师生四人吓了一跳。连忙向那边走去。

惊心动魄的打斗刚映入王黎民的眼帘，她就慌得用巴掌在笼上连连拍打、吆喝，可是，一点没用。两只鹰崽旁若无人地，只顾撕扯，互相扑击，像是要一口吞掉对方；有了伤口，溅着血迹⋯⋯

早早用树枝伸进去敲打也无济于事。龙龙只好伸手进去逮出一只，放到另一笼中，但就这短暂的时间，手背又被它咬去一块肉⋯⋯

王黎民帮他扎伤口，龙龙说，它们饿急了，提着气枪就要去猎小鸟⋯⋯

走出这片沙漠般的草海，凤鹃惊喜地喊了声：

"赵叔叔⋯⋯"

那边响起了枪声。是的，是赵青河迎面飞一样跑来了！

原来，赵青河一路顺利，在下午两点多钟就到达了汇合点。见王黎民他们还未到，很是纳闷。按路程算，他们在上午头十点就该到达的，即使路上遇到了复杂情况，那也应该到了。他没有多犹豫，立即向这条路迎来。显然，他们是碰到了特殊情况。

赵青河一见鹰崽，别提有多高兴了，但一见师生四人的情景，尤其是龙龙手背上的伤口，酸甜苦辣一齐涌上心头。

据赵青河说，一窝鸟中的亲兄弟，为了争食，时常是强者将弱者蹬出鸟巢摔死。这种生存竞争是残酷的，但对保持群体的强盛，又是必要的。

出了草海，各个都长舒了一口气，也都脱了一层皮。裸露在外的皮肤，除了眼睛,没有一块没受伤。王黎民的嘴唇都被小黑虫叮肿了。但新的发现、丰硕的收获、振奋的心情,将饥饿、干渴、一切的疲劳都扫荡得一干二净。

突然,从行列中响起了歌声,先是龙龙大喉咙,接着是早早的细声尖嗓子:

> 向前进!向前进
> 走到大门口,
> 摔了个大跟头,
> 爬起来,摸摸头
> 大步向前走!
> ……
> 向前进!向前进!

那进行曲的旋律,使每人的脚步都合上了节拍。三个少年昂首挺胸,大步在山峦上迈步!

王黎民的眼角涌出了泪水。她微笑着看了赵青河一眼,他却正庄严地跨着步伐,小声跟在凤鹃后面,有韵有律地哼着这支雄壮豪迈的战歌!

像是有片阳光,陡然照到她的心里,她似乎理解了他们的情感,又好像还有些没有悟出……

两边的资料一拼凑、校正,很快就在乌沙冈的南岭,找到了相思鸟群,而且确定了是从千鸟谷来的。

宿营地的篝火熊熊地燃起了,炖兔肉的香味弥漫,壶里的水吱吱地响着。刮了一天的风,现在也变得轻盈,从树冠上、大朵的茶花上悠悠吹来阵阵清香……

王黎民领头轻轻地唱起了《山谷里升起一朵白云》。

起伏的冈峦、峡谷,也应声和鸣……

二十四　等待，等待大自然的回答

粉嫩、粉嫩的茶花洁白如云，它开放在如火的枫林；鲜红、鲜红的茶花，艳丽如霞，它开放在碧绿的石楠丛。

深秋，正是茶花的盛放期。在这变幻莫测、丰富多彩、盛产油茶的紫云山区，只有乌沙冈的油茶花最美。这使得乌沙冈的秋色，洋溢着春的气息，引得植物学家们年年都来观察。但今年，出现在省报头版上的乌沙冈，却因为科学工作者和孩子们对相思鸟的探索而闻名遐迩。

早晨，早早和龙龙追来了一群相思鸟。经过这两天捕鸟的实践，小把戏们已能神奇地把它们和别的鸟群分开，进行分群捕鸟。鸟群到达网场后，他们首先使它们安定情绪，请网口鸟笼里的诱鸟一声声亲切地唤着新来的朋友。这种三声一度的演奏，似有无形的吸引力，几乎不需要怎样驱赶，新来的鸟群都自动地向这边行进。

捕鸟工作，经过乌沙冈上几天的摸索，愈来愈科学，愈神奇，那张在桂花坞还是一副可怜相的网，现在仿佛是一面魔网。要捕哪群鸟，那群鸟就应着三声一度的歌声前来报到。

这一天，龙龙和早早在山坡上支了网，把一切准备工作都做好了。

王黎民老师和凤鹃，两天前回到仙源镇学校。她们要去运取一些物资，更重要的是带领各班选出的代表，前来参观捕鸟和放鸟。今天早晨，他们从附近的居住地赶到了岭下，等早早一发出信号，立即带领同学们向网场前进。

霎时,山坡上晃动着花衣服、蓝褂子,方脸、圆脸、长脸的孩子们身影。王黎民看到树丛中的龙龙、早早,心里感触很多,不禁说了句:

"真是一根线上的蚂蚱!"

凤鹃向王老师身后的同学瞄了瞄,咯咯地笑起来,清脆脆的银铃般的笑声,在山野上特别甜美。

"你现在用根线,拴了一大串的蚂蚱哩!"

王黎民喜滋滋地说:

"是的,是追求知识的神奇的线。"

三声一度的银笛响起来了:

"笛——笛——笛——"

这是胜利的号角!

像是平地刮起一阵秋风,呼呼地从灌木丛掠过……

"红嘴玉!红嘴玉!"

"网上挂起彩霞啦!"

"快捉鸟!扑网啦!"

尽管事前已交代多次,隐伏在网桩两端的几十位代表,还是拍手打巴掌地欢呼起来。

撞网的鸟太多了,先是像朝阳初露、无数彩线射向网面,继而是云霓满天,直到晚霞落山——网兜里装满了鸟。

监视网场的早早,庄严得像取得战役胜利的将军,响亮地宣布:

"整群的鸟,没有一个漏网,全部捕获!"

网前,捉鸟的工作如火如荼地进行着。赵青河和早早他们,一人领着一个小组在工作。幸亏王黎民已对代表们进行过捉鸟的训练,如果不是增加了这么多的人手,鸟在网兜里,时间长了,一是容易钻出来,再是挤压后易于受伤。

统计结果:这一网共四百五十七只,多庞大的一个鸟群!

如果不经过从千鸟谷到乌沙冈沿途的考验,怎能有这样组织严密的群体!

如果没有一个坚强、智慧、富有组织能力的头鸟,怎能带领鸟群穿越千山万水!

赵青河准备了有特殊标志的脚环,把它套在头鸟的脚上,打算在明年回收时再予以专门研究。

在运鸟笼时,有了点空闲,王黎民将带来的信交给赵青河。赵青河一看是王陵阳教授来的,连忙拆开,一张照片立即吸引了大家。

赵青河说:"我这次去参加考试时,正巧碰到王老师过去的一些学生,他们是来讨论中学生物课教材的。大家约好星期天一道去看望老师,一位记者闻讯赶到,抢下了这个欢乐的镜头。这是记者送的,我们每人一张。"

热心的记者还在照片上题了词:"师生。"

照片上是令人羡慕的场面:中年人、年轻人济济一堂,像众星拱月一样,挤在王陵阳的身边。王陵阳闪着智慧、深邃的目光,似乎提了个什么有趣的问题,引起了大家会心的微笑。

后来的龙龙伸头一看,扬起了鹰翅眉,用手指着照片惊喜地呼喊:

"赵叔叔,原来就是他——你的老师,王陵阳教授?"

"对!"

"这张照片有缺点。"龙龙大模大样地说。

一时把大家说蒙了,只有凤鹃甜甜地笑着说:

"是啊,照片里还要加上咱们!"

孩子们都拍手叫好。

这话引起赵青河的沉思,等孩子们议论够了,他说:

"凤鹃说得好! 你们也是鸟学队伍的一员。而且在学术上,我应该超过我的老师,你们应该超过我们!这样,我们的国家才能繁荣,我们的科学才能发展!"

静静地站在一旁的王黎民,充分地感受到了教师职业的自豪和责任的重大。是呀,只有出色的人类灵魂的工程师,才可能雕琢出高尚的灵魂!

黎明,青青的山峰无比妩媚,蔚蓝的天空像被水洗过一般洁净。

一群孩子站在茶花中,等待激动人心时刻的到来。

赵青河又做了一次检查,用眼神示意大家做好准备,然后大声宣布:

"释放开始!"

相思鸟像是一朵朵鲜花,从敞开的笼口飞出,飞向碧绿的树冠,开放在蓝晶晶的天空。它们飞旋着,上下翻舞着,头鸟只用几个飞行动作,纷飞的鸟儿便组成了井然有序的队列,像一片彩霞在蓝天上飘动。

太阳出来了,灿烂的阳光普照峰峦起伏的群山。

孩子们用热烈的掌声。欢送这些小精灵回到大自然的怀抱。

他们又在盼望、盼望它们秋去春归,带回大自然的信息。

一阵优美的鸟鸣响起来了。

"棕噪鹛。棕噪鹛也为释放仪式奏乐了!"龙龙向新来的同学介绍。

早早想起了赵叔叔在千鸟谷说过的话:

"你不是说,它又叫作八音鸟,和我们有特殊的缘分吗?"

赵青河从口袋里掏出了本子,翻到一页,说:

"你们自己看吧!"

从《山海经》开始,古代各个历史时期的古籍中,均记载紫云山有音乐鸟,又名山乐鸟:

"夜闻啼禽声甚异,若歌若答,节奏疾徐,名山乐鸟,下山咸无"。

(清·黄肇敏)

"忽闻松林中细声袅袅,宛如笙笛……夏日盛多,入秋则少……"

"山乐鸟羽毛五色、顶有冠、丹喙赪。(《临淮异物志》)"

"哎呀!这不是相思鸟吗?秋天迁徙了,当然也就少了,我早就说过,音乐鸟就是相思鸟,它们是一个。"龙龙兴奋地喊了起来。

赵青河要他们继续往下看:

元朝汪泽民归纳了古籍中记载,又根据自己的亲身观察,提出山乐鸟有三种:

一、和八哥差不多大小。常数十只一群,羽毛是浅赤的颜色。游客将要到山上时,它叫:"客到、客到。"

二、体形似百舌鸟,几十只为一群,叫声变化多端,一会儿像大车隆隆地走过,一会儿又清脆嘹亮。

三、生活在灌木丛中。现在听说,它就是百舌鸟。

早早秀灵的小眼睛转悠着:

"像,根据这上面说的,棕噪鹛像山乐鸟哩!"

"群众又称棕噪鹛为琴鸟!"赵青河说。

"是呀,是和我们有缘分,早早起的头,我们就是沿着琴溪去探险寻找哩!哈哈,没想到见面还认不得,原来就是它!"

"现在下结论太早,还需要经过周密的研究。"赵青河说。

"行,我们接着研究!"

龙龙袖子一撸,像是马上就要上阵。

赵青河深情地看着孩子们,那一张张稚嫩的脸上,充满了期待,他感到心里有股热流激荡:

"很好！你们都有探索科学奥秘的志气,当百花争艳、百鸟争鸣的春天到来时候,欢迎大家再来。

"让我们共同寻找音乐鸟,揭开一千多年来留下的疑案。

"让我们共同接受由相思鸟群带回的大自然的信息,倾听大自然对人类发出信号的回答!

"来吧,同学们!鸟学科学在等待着你们!别看你们现在是孩子,其实,你们是祖国未来的巨人!未来科学的巨人!"

> 1980年11月22日—1981年3月24日初稿于合肥
> 1982年6月11日定稿于北京
> 1996年春修订于合肥

后　记

《千鸟谷追踪》初稿完成于1980年11月—1981年3月,合肥。定稿于1982年6月,中国少年儿童出版社,1985年初版。

1996年中国青年出版社结集为《刘先平大自然探险长篇系列》(五卷本)出版。1997年获中宣部全国"五个一工程"奖、国家图书奖。

2003年收入中国少年儿童出版社"传世名著"。

附录

刘先平四十多年大自然考察、探险主要经历

1974—1980 年

- 参加野生动物科学考察队和筹备建立自然保护区的考察，主要区域在皖南的黄山和皖西的大别山。
- 1980 年以前，这里一直是刘先平的生活基地，至今每年至少会去考察两三次。美丽奇绝的自然风光、深厚的人文底蕴，曾吸引了诗仙李白等长期在此漫游。目睹了生态的恶化、珍稀动物的灭绝、人与自然的矛盾，他于 1978 年重新拿起笔来呼唤生态道德，孕育了描写在野生动物世界探险的长篇小说《云海探奇》《呦呦鹿鸣》《千鸟谷追踪》及散文集《山野寻趣》等。1978 年完成、1980 年出版的《云海探奇》，被认为是中国大自然文学的开篇之作、标志性作品。
- 那时的野外考察异常艰难，在山里行走，只能凭着"量天尺"——双脚。根本没有野营装备，只能搭山棚宿营。使用的还是定量的粮票、布票……

1981 年

- 4 月，考察云南西双版纳热带雨林及访问昆明植物研究所。为热带雨林繁花似锦的生物多样性所震撼，从此走向更为广阔的自然，将认识大自然作为第一要务。5 月，到四川平武、黄龙、九寨沟、红原、卧龙等地探险，参加对大熊猫的考察。之后，前后历时六年，参加保护大熊猫、金丝猴的考察。著有长篇小说《大熊猫传奇》、考察手记《在大熊猫故乡探险》《五彩猴树》等。

1982 年

- 在浙江舟山群岛考察生态和小叶鹅耳枥（当时是全世界唯一的一棵）。

1983 年

- 10 月，在大连考察鸟类迁徙路线。11 月，在广东万山群岛考察猕猴，到海南岛考察热带雨林、长臂猿、坡鹿、珊瑚。

1985 年

- 7 月，在辽宁丹东、黑龙江小兴安岭考察森林生态。

1986 年

- 8 月，在新疆吐鲁番、乌苏、喀什等地探险及考察生态。

1988 年

- 在甘肃酒泉、敦煌等地考察生态。

305

1992年

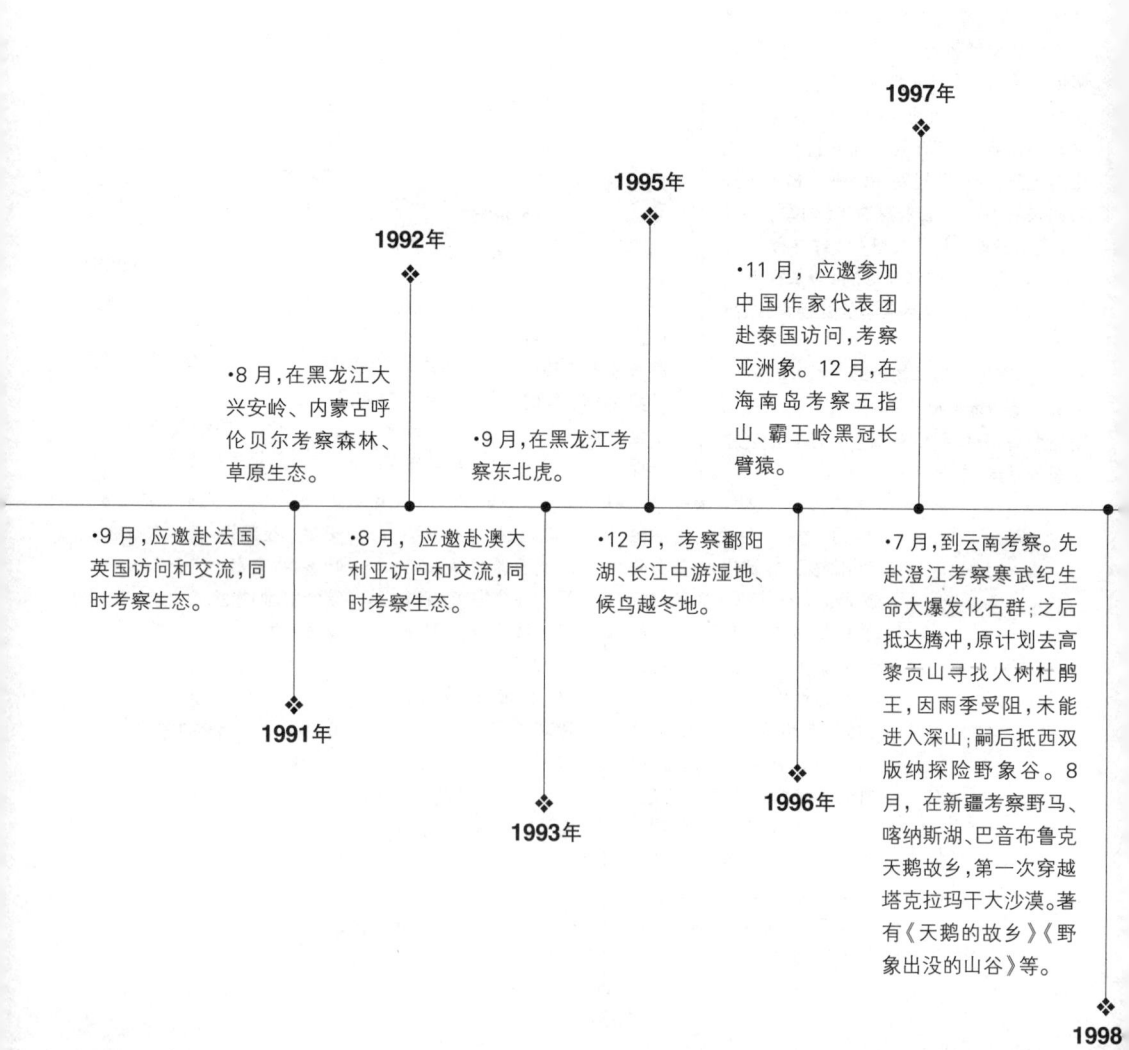

- 8月，在黑龙江大兴安岭、内蒙古呼伦贝尔考察森林、草原生态。

1995年

- 9月，在黑龙江考察东北虎。

1997年

- 11月，应邀参加中国作家代表团赴泰国访问，考察亚洲象。12月，在海南岛考察五指山、霸王岭黑冠长臂猿。

- 9月，应邀赴法国、英国访问和交流，同时考察生态。

- 8月，应邀赴澳大利亚访问和交流，同时考察生态。

- 12月，考察鄱阳湖、长江中游湿地、候鸟越冬地。

- 7月，到云南考察。先赴澄江考察寒武纪生命大爆发化石群；之后抵达腾冲，原计划去高黎贡山寻找大树杜鹃王，因雨季受阻，未能进入深山；嗣后抵西双版纳探险野象谷。8月，在新疆考察野马、喀纳斯湖、巴音布鲁克天鹅故乡，第一次穿越塔克拉玛干大沙漠。著有《天鹅的故乡》《野象出没的山谷》等。

1991年

1993年

1996年

1998

1999年

- 4月，在福建考察武夷山等地的自然保护区及动物模式标本产地、小鸟天堂，寻找华南虎踪。7月，应邀赴加拿大、美国访问和交流，考察两国国家公园。8月，一上青藏高原，主要考察青海湖。9月，在贵州探险，考察麻阳河黑叶猴、梵净山黔金丝猴。著有《黑叶猴王国探险记》《金丝猴的特种部队》。

2000年

- 1月，考察深圳仙湖植物园。5月，考察江苏大丰麋鹿国家级自然保护区。7月，二上青藏高原。探险黄河源、长江源、澜沧江源。由青海囊谦澜沧江源头和大峡谷至西藏类乌齐、昌都、八宿（怒江上游），再至云南德钦、丽江、泸沽湖。沿三江并流地区寻找滇金丝猴。10月，在广西考察白头叶猴。11月，至海南，再次考察大田坡鹿、红树林生态变化。著有《掩护行动——坡鹿的故事》。

2001年

- 8月，应邀赴南非访问和交流，考察野生动植物。

2002年

- 3月，考察砀山。4月，在高黎贡山寻找大树杜鹃王，终于得偿心系二十一年的夙愿。一探怒江大峡谷，但因大雪封山，未能到达独龙江。6月，在湖北石首考察麋鹿。7月，再去江苏大丰考察麋鹿。8月，三上青藏高原，探险林芝巨柏群、雅鲁藏布江大峡谷、珠穆朗玛峰国家级自然保护区。著有《圆梦大树杜鹃王》《峡谷奇观》《麋鹿回归》等。

2003年

- 4月，在四川北川、青川考察川金丝猴、大熊猫、羚牛。8月，应邀访问英国、挪威、丹麦、瑞典，由挪威进入北极圈。著有《谁在跟踪》。

2004年

- 8月，横穿中国，由南线走进帕米尔高原，考察山之源生态、风土人情。路线及主要考察对象为：青海柴达木盆地、察尔汗盐湖→可可西里→雅丹地貌→花土沟油田→翻越阿尔金山到新疆若羌→第二次穿越塔克拉玛干大沙漠→帕米尔高原。10月，随中国作家代表团访问南非、毛里求斯、新加坡。著有《鸵鸟小骑士》等。

2005年

- 7月，横穿中国，由北线走进帕米尔高原，寻找雪豹、大角羊、野骆驼。路线是：甘肃河西走廊→罗布泊边缘→从北线再次穿越柴达木盆地到花土沟油田→回敦煌（原计划进入阿尔金山国家级自然保护区，未成行）→库尔勒→第三次穿越塔克拉玛干大沙漠→托木尔峰→伽师→帕米尔高原→红其拉甫。10月，在重庆金佛山寻找黑叶猴，到沿河土家族自治县再探黑叶猴。著有《走进帕米尔高原——穿越柴达木盆地》等。

2007年

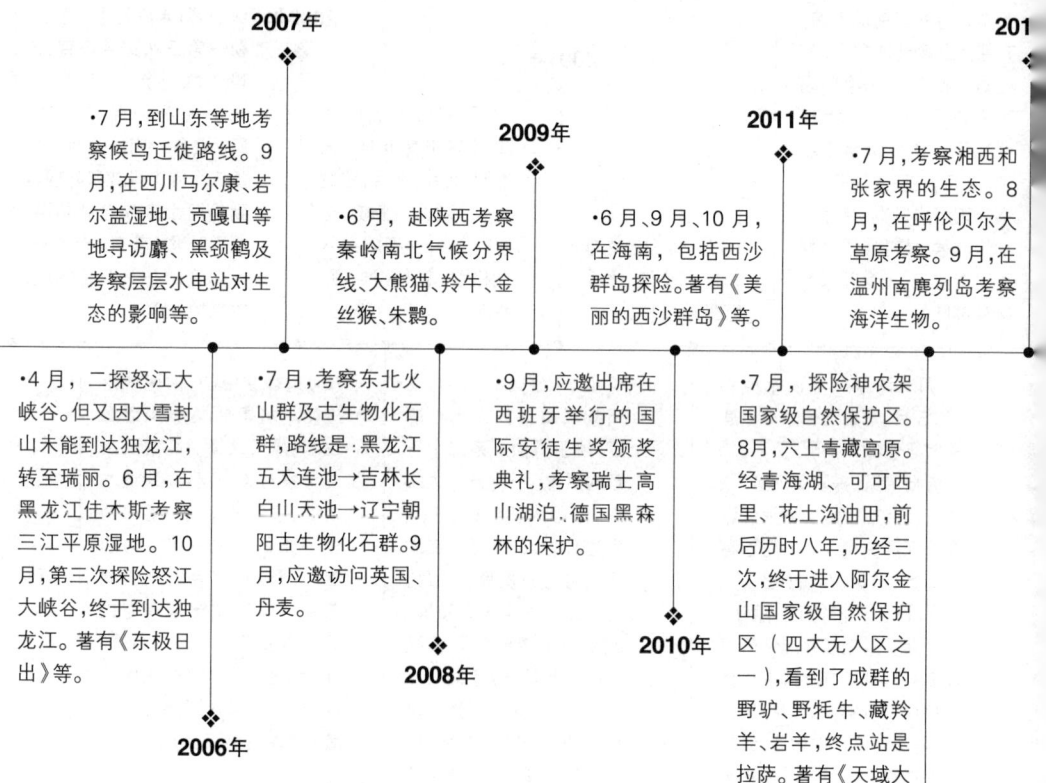

- 7月，到山东等地考察候鸟迁徙路线。9月，在四川马尔康、若尔盖湿地、贡嘎山等地寻访麝、黑颈鹤及考察层层水电站对生态的影响等。

2009年

- 6月，赴陕西考察秦岭南北气候分界线、大熊猫、羚牛、金丝猴、朱鹮。

2011年

- 7月，考察湘西和张家界的生态。8月，在呼伦贝尔大草原考察。9月，在温州南麂列岛考察海洋生物。

- 6月、9月、10月，在海南，包括西沙群岛探险。著有《美丽的西沙群岛》等。

- 4月，二探怒江大峡谷。但又因大雪封山未能到达独龙江，转至瑞丽。6月，在黑龙江佳木斯考察三江平原湿地。10月，第三次探险怒江大峡谷，终于到达独龙江。著有《东极日出》等。

- 7月，考察东北火山群及古生物化石群，路线是：黑龙江五大连池→吉林长白山天池→辽宁朝阳古生物化石群。9月，应邀访问英国、丹麦。

- 9月，应邀出席在西班牙举行的国际安徒生奖颁奖典礼，考察瑞士高山湖泊、德国黑森林的保护。

- 7月，探险神农架国家级自然保护区。8月，六上青藏高原。经青海湖、可可西里、花土沟油田，前后历时八年，历经三次，终于进入阿尔金山国家级自然保护区（四大无人区之一），看到了成群的野驴、野牦牛、藏羚羊、岩羊，终点站是拉萨。著有《天域大美》等。

2006年

2008年

2010年

2012年

201[2年]

308

2014年

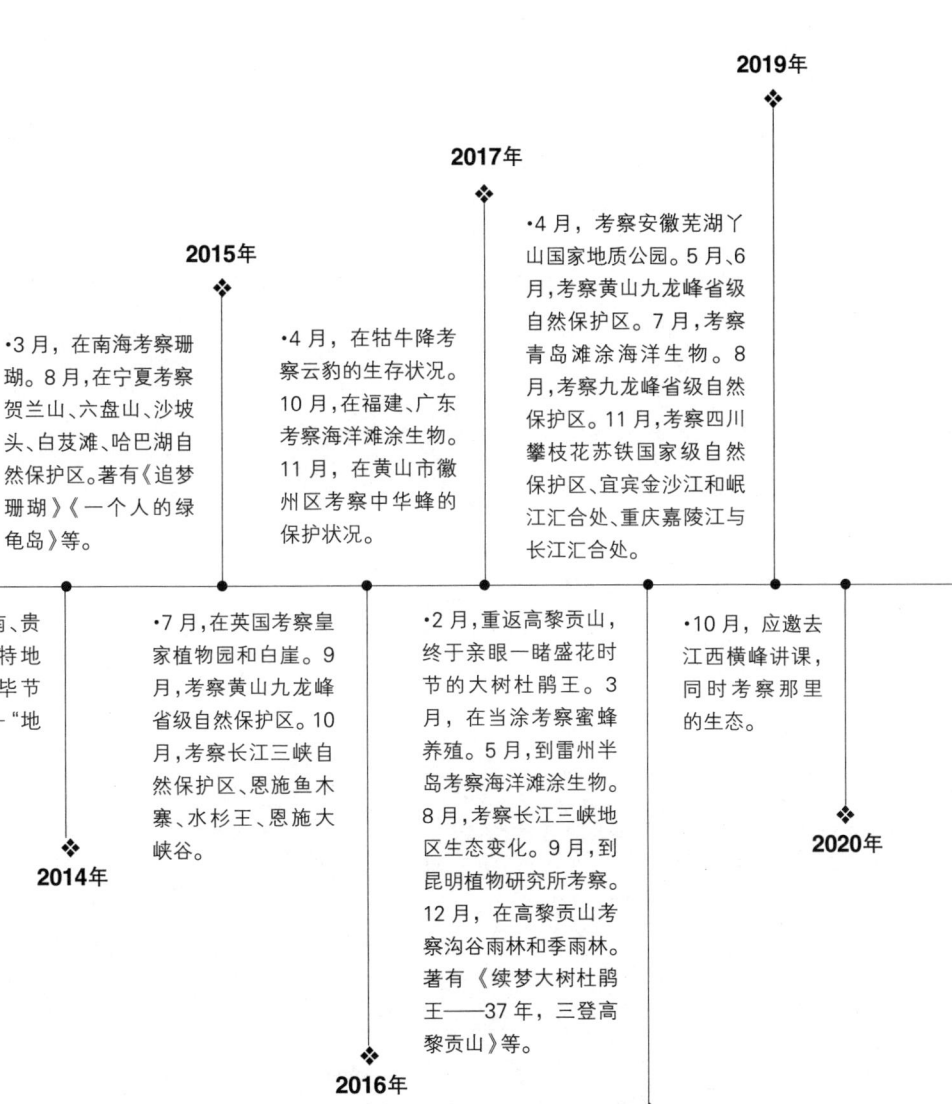

•3月，在云南、贵州考察喀斯特地貌的森林和毕节百里杜鹃——"地球彩带"。

2015年

•3月，在南海考察珊瑚。8月，在宁夏考察贺兰山、六盘山、沙坡头、白芨滩、哈巴湖自然保护区。著有《追梦珊瑚》《一个人的绿龟岛》等。

•7月，在英国考察皇家植物园和白崖。9月，考察黄山九龙峰省级自然保护区。10月，考察长江三峡自然保护区、恩施鱼木寨、水杉王、恩施大峡谷。

2016年

2017年

•4月，在牯牛降考察云豹的生存状况。10月，在福建、广东考察海洋滩涂生物。11月，在黄山市徽州区考察中华蜂的保护状况。

•2月，重返高黎贡山，终于亲眼一睹盛花时节的大树杜鹃王。3月，在当涂考察蜜蜂养殖。5月，到雷州半岛考察海洋滩涂生物。8月，考察长江三峡地区生态变化。9月，到昆明植物研究所考察。12月，在高黎贡山考察沟谷雨林和季雨林。著有《续梦大树杜鹃王——37年，三登高黎贡山》等。

2018年

2019年

•4月，考察安徽芜湖丫山国家地质公园。5月、6月，考察黄山九龙峰省级自然保护区。7月，考察青岛滩涂海洋生物。8月，考察九龙峰省级自然保护区。11月，考察四川攀枝花苏铁国家级自然保护区、宜宾金沙江和岷江汇合处、重庆嘉陵江与长江汇合处。

•10月，应邀去江西横峰讲课，同时考察那里的生态。

2020年

309